Sir Arthur Conan Doyle

El sabueso de los Baskerville y otras aventuras de Sherlock Holmes

Colección *Filo y contrafilo* dirigida por
Adrián Rimondino y Enzo Maqueira.

Ilustración de tapa: Fernando Martínez Ruppel.

El sabueso de los Baskerville
y otras aventuras de Sherlock Holmes
es editado por
EDICIONES LEA S.A.
Av. Dorrego 330 C1414CJQ
Ciudad de Buenos Aires, Argentina.
E–mail: info@edicioneslea.com
Web: www.edicioneslea.com

ISBN 978-987-718-439-6

Primera edición. Impreso en Argentina.
Octubre de 2016. Talleres Gráficos Elías Porter.

Conan Doyle, Arthur
    El sabueso de los Baskerville : y otras aventuras de Sherlock Holmes /
Arthur Conan Doyle ; editado por Luis Benítez. - 1a ed . - Ciudad Autónoma
de Buenos Aires : Ediciones Lea, 2016.
    256 p. ; 23 x 15 cm. - (Filo y contrafilo ; 45)

    ISBN 978-987-718-439-6   .

1. Cuentos de Detectives. 2. Novelas de Misterio. I. Benítez, Luis, ed. II.
Título. CDD 823

Sir Arthur Conan Doyle

El sabueso de los Baskerville y otras aventuras de Sherlock Holmes

Edición, introducción y selección de Luis Benítez

EDICIONES Lea

Introducción

¿Quién es, en la ficción, Sherlock Holmes? A lo largo de los cincuenta y seis cuentos y las cuatro novelas que nos dejó su autor, podemos establecer una biografía bastante completa, recordando que, para muchos de sus lectores, resulta además inadmisible que sea simplemente un personaje literario. Aún hoy, para mucha gente, Sherlock Holmes existió alguna vez. Sus nombres y apellido completos son, según lo escribió Conan Doyle, William Sherlock Scott Holmes, y nació el 6 de enero de 1854, en un sitio de Inglaterra no especificado por su autor. Sus ancestros eran acomodados terratenientes y él era nieto de una hermana del artista plástico francés Emile Jean Horace Vernet. Holmes tenía un hermano, de nombre Mycroft, que era siete años mayor que él, con un puesto gubernamental muy importante y que residía en el muy exclusivo y londinense Club Diógenes. Solterón impenitente, Holmes nunca se casó ni tuvo hijos conocidos. Antiguo estudiante en la universidad de Oxford, tras graduarse se mudó a la Montague Street, situada cerca del British Museum, donde continuó estudiando a fin de aplicarse a la que sería luego su pasión principal: la investigación criminal, que desarrolló hasta 1904 a través de 23 años de servicio por demás activo: resolvió más de un millar de casos, siendo derrotado sólo en cuatro; "en tres de ellos, por hombres, y en uno solo por una mujer", como le hace decir su autor.

Esta carrera como investigador privado, que fascinó y fascina a varias generaciones de lectores, comienza en 1878, cuando Holmes tiene 24 años de edad. Cuatro años después, Holmes entró en relación con el Dr. Watson, con quien se muda a unas habitaciones situadas en una de las direcciones de la ficción más conocidas del mundo: Baker Street 221B, en Londres. Watson será el amigo, confidente y compañero de aventuras de Sherlock Holmes, y en numerosas ocasiones la voz relatora de sus peripecias. Físicamente, Sherlock Holmes es bien alto para la media de la época –mide 1 metro con 80 centímetros–, sumamente delgado, y su cara es estrecha, su frente amplia, con el cabello negro y las cejas gruesas. Su nariz es fina y afilada, como el pico de un halcón –podemos imaginarlo muy parecido a Peter Cushing, el actor inglés que le dio cuerpo y voz en varios filmes y también en la televisión–; sus ojos grises resultan llamativamente penetrantes, sus labios son delgados y su voz es muy fuerte y resonante. Posee una personalidad singular. Dotado de una increíble inteligencia lógica, que le permite encontrar pistas allí donde otros simplemente han seguido de largo –como los inspectores de Scotland Yard de quienes tanto se burla en muchos de los relatos– es muy sensible a los halagos y los aplausos, que sin embargo no dejan de cosechar otros, en la prensa inglesa, cada vez que Holmes resuelve un caso. Finge entonces modestia y desinterés en el asunto, aunque Watson (y por ende, también el lector) sabe muy bien que no es así. Por otro lado, uno de los grandes logros de su autor, Conan Doyle, fue dotar a Holmes de una serie de virtudes y defectos que, al humanizarlo, lo vuelven verosímil. La personalidad del famoso detective es compleja, rica en relieves interesantes. El mismo Watson, que se constituye como narrador en muchas de las narraciones escritas por Doyle, da cuenta más de una vez de esas peculiaridades del carácter y la conducta de su amigo, a quien describe como incansable a la hora de trabajar en la resolución de un caso, por difícil e intrincado que éste sea, pero también predispuesto, cuando sufre lo que Watson denomina "sus ataques", a pasarse días enteros prácticamente inmóvil sobre un sofá en Baker Street, apenas pronunciando unas pocas palabras en toda la jornada. Nos adelanta el buen doctor Watson –quien posee un temperamento mucho más formal que el del excéntrico Holmes– que su compañero de andanzas tiene una fuerte adicción a la cocaína, que emplea entre caso y caso como un paliativo a la depresión que le sobreviene cuando no tiene nada por descubrir. Cuando no cae en sus accesos de inmovilidad y mutismo, Sherlock Holmes se muestra agitado y siempre impaciente, nervioso y excitado, dotado de una irrefrenable curiosidad, soberbio y, en definitiva, bastante egoísta en muchos aspectos.

Sir Arthur Conan Doyle

Como sucedió con Bram Stoker, el autor del célebre *Drácula*, la vida de su contemporáneo, Sir Arthur Conan Doyle, adquirió para nosotros, que somos su posteridad, relieve e interés a partir de la creación de un famosísimo personaje, en este caso el rey de los detectives de ficción, Sherlock Holmes. Fue el imaginario Holmes quien nos hizo interesarnos, lateralmente, en el hombre real que lo ha creado.

Sir Arthur Ignatius Conan Doyle nació el 22 de mayo de 1859, en Edimburgo, Escocia, y falleció el 7 de julio de 1930 en Crowborough, East Sussex, Inglaterra.

Graduado como médico naval en 1881, mientras estudiaba comenzó a escribir historias breves, la primera de ellas publicada antes de que cumpliera los 20 años, el 6 de septiembre de 1879, en el *Chambers's Edinburgh Journal*, titulada "The Mystery of Sasassa Valley". La fortuna no le sonreía por aquel entonces, pues así como sus primeras publicaciones no despertaron mayor interés entre el público lector ni la crítica, tampoco su carrera médica lo hizo muy popular. Cuando intentó ejercer la oftalmología en Londres, recuerda Doyle en su biografía, ningún paciente entraba en su consultorio, pero agrega también que aquello le dejaba mayor tiempo para escribir. Recién en noviembre de 1886, cuando la editorial británica Ward Lock & Company publicó la primera de las aventuras de Sherlock Holmes, *Un estudio en escarlata*, su autor conoció un anticipo de la repercusión y el reconocimiento que posteriormente le brindaría su inmortal personaje. Aunque entonces Doyle sólo recibió 25 libras por la venta de sus derechos de autor sobre *Un estudio en escarlata*, su novela fue publicada nuevamente, aquel mismo año, en el *Beeton's Christmas Annual* y recibió críticas elogiosas en *The Scotsman* y en el *Glasgow Herald*. Su naciente fama (y por supuesto, la de su luego tan célebre Sherlock Holmes) comenzó a nacer por aquella época, aunque inicialmente no reportara una gran recompensa económica para nuestro autor. Ante el creciente éxito de ventas, le fue encargada una secuela de *Un estudio en escarlata*, y así nació la segunda entrega de la saga, titulada *El signo de los cuatro*, que fue publicada por la revista *Lippincott's Magazine* en febrero de 1890, gracias a un convenio establecido con Ward Lock Company. Doyle se sintió explotado por estos editores, y decidió abandonarlos, una vez establecido como un autor conocido y elogiado por la crítica. Nuevos encargos se sucedían, a medida que su personaje resultaba más y más reconocido por el público lector.

Sin embargo, como sucede tantas veces con otros autores, para Conan Doyle la que sería definitivamente su obra maestra no era lo más importante en su personal escala de valores. Para él, lo fundamental era su escritura de novelas históricas, género que cultivó a lo largo de toda su vida, pero en el que alcanzó apenas un mediano éxito. Estas obras de Doyle, así como sus obras de teatro, ensayo y poesía, han sido prácticamente olvidadas, mientras que Sherlock Holmes sigue siendo uno de los personajes más destacados de la literatura popular, y el más llevado al cine, superando a Drácula, de Bram Stoker, a *Frankenstein*, de Mary Shelley, y a *Tarzán*, de Edgar

Rice Borroughs, quienes lo siguen inmediatamente en cuanto a apariciones en la gran pantalla.

Inclusive, Conan Doyle llegó a cansarse del gran detective que había creado, a punto tal que, en la cima de su popularidad, cuando nuevas peripecias de Sherlock Holmes y su infatigable compañero, el Dr. Watson, eran ávidamente esperadas por miles y miles de lectores en buena parte del mundo, llegó a imaginar su muerte, para librarse de él definitivamente y poder dedicar su creatividad a aquellas obras que más le interesaban. Cuando se lo comentó a su madre –que era una lectora ferviente de las aventuras de Holmes imaginadas por su ya célebre hijo– ella le dijo, textualmente: "You won't! You can't! You mustn't!. ("No lo harás! ¡No puedes hacerlo! No debes!").

Pero lo hizo: en 1893 se publica *Las memorias de Sherlock Holmes*, una colección de nuevos relatos que incluye el titulado como "El problema final", donde Holmes –huyendo del implacable profesor James Moriarty, su mayor enemigo– se encuentra en Suiza y, como consecuencia de un enfrentamiento cuerpo a cuerpo con Moriarty, quien le ha tendido una trampa, cae con aquel al que había bautizado como "el Napoleón del crimen" al abismo líquido de las tenebrosas cataratas de Reichenbach.

Las quejas de los lectores –incluyendo a su propia madre– y también de sus editores, llevaron a Doyle a "resucitar" al famoso Holmes en "La aventura de la casa vacía": solamente el malvado Moriarty sucumbió en las cataratas; Sherlock Holmes está vivo y de vuelta en Londres, donde aplica sus extraordinarias facultades a esclarecer nuevos crímenes, para satisfacción de todos.

El 7 de julio de 1930, después de publicar numerosos relatos y varias novelas cuyo protagonista principal fue Holmes, Conan Doyle fue encontrado muerto en la sala de su mansión, Windlesham House, en Crowborough, East Sussex, a causa de un ataque cardíaco, a los 71 años de edad. Murió convencido de que su nombre perduraría en la memoria de la posteridad gracias a aquellas novelas históricas que mencionamos antes, a pesar de que la fama de su inmortal personaje, Sherlock Holmes, había llegado a abarcar toda Europa y América, donde se sucedían las ediciones, las versiones cinematográficas, radiales y teatrales de sus andanzas, siempre en compañía del más formal e invariablemente fiel doctor Watson.

Todo parece indicar Sherlock Holmes seguirá capturando nuestra atención, pues a 130 años de publicada su primera aventura, sigue fascinándonos como antes su fabulosa capacidad de deducción y el suspenso que recorre todas sus peripecias.

Luis Benítez

El sabueso de los Baskerville

1. El señor Sherlock Holmes

El señor Sherlock Holmes, que acostumbraba salir de la cama tardíamente, salvo en las oportunidades repetidas en que directamente no se acostaba a reposar en toda la noche, se hallaba en aquel momento tomando su desayuno. Yo me encontraba cerca de la chimenea, de pie, y me incliné a fin de tomar aquel bastón que una visita olvidó la noche pasada: lucía muy sólido, confeccionado con madera de alta calidad. Un engrosamiento de la vara hacía las veces de empuñadura: era de esa variedad conocida como "abogado de Penang". Después de aquel engrosamiento venía una ancha franja de plata, como de dos centímetros, donde se veía grabado: "Para James Mortimer, MRCS, de sus amigos de CCH, 1884".

Era ese justamente el tipo de bastón que acostumbraban gastar los médicos de cabecera al modo de antaño: pleno de dignidad, solidez y que daba confianza.

—Vamos a ver, Watson, ¿a qué conclusiones arribó acerca de esto?

Holmes me estaba dando entonces la espalda, y yo no le había referido en qué me hallaba ocupado.

—¿Cómo es que usted conoce qué cosa estoy yo haciendo ahora? Debo suponer que posee ojos en la nuca.

—Lo que tengo ante mí es una refulgente cafetera bañada en plata —fue su respuesta—. A ver, Watson, ¿cuál es su opinión acerca del bastón de nuestro visitante? Dado que desgraciadamente no coincidimos con su visita y consecuentemente no sabemos qué cosa quería, este recuerdo casual toma una fundamental importancia. Por favor, deme su descripción del dueño del bastón, según la información que haya obtenido del examen de ese objeto.

—Estimo —le dije, siguiendo hasta donde me resultó factible hacerlo la metodología de mi camarada— que este doctor Mortimer es un médico ya mayor y dueño de algún prestigio. Creo que disfruta de alguna generalizada buena reputación, desde que aquellos que lo conocen le obsequiaron esto en prenda de su alta estima por él.

—¡Muy bien! —dijo Holmes—. ¡Es excelente!

—Asimismo creo muy probable que sea un médico rural y que realice caminando un buen número de sus visitas profesionales.

—¿Por qué lo supone así?

—Pues porque este bastón, a pesar de su notable calidad, se halla tan gastado por el uso que no es posible suponer que lo emplea un médico de la ciudad. El tope de su punta es de hierro pero está muy deteriorado: una evidencia de que su dueño lo ha empleado durante mucho tiempo en sus caminatas.

—¡Un razonamiento realizado con suma perfección! —apuntó Holmes.

—Sumado a ello, no hay que dejar de lado a los "amigos de CCH". Estimo que nos encontramos ante un club regional de cazadores, y que a sus miembros nuestro doctor los ha atendido y ellos le han reconocido mediante este testimonio.

—Ciertamente usted alcanzó a superarse a sí mismo —manifestó Holmes, corriendo la silla de la mesa de desayunar y encendiendo a continuación un cigarrillo—. Me veo compelido a confesar que, generalmente, en las narraciones con las que usted reseñó mis medianos logros, invariablemente lo he subestimado. Puede que usted no posea demasiadas luces, mas indudablemente es un buen medio conductor de lo luminoso. Existen individuos que, aunque no son geniales, sin embargo tienen un notorio poder como estimulantes. Debo yo reconocer, mi buen camarada, que le debo algo.

Hasta aquel instante jamás Holmes se había mostrado tan propenso a la lisonja y tengo que admitirlo: sus dichos generaron en mí un sentimiento muy pleno de satisfacción, pues la falta de interés con la que habitualmente correspondía a mis expresiones de admiración y mis intentos de hacer conocer su metodología me habían lastimado en innumerables oportunidades. De igual manera me sentía yo orgulloso al pensar que había alcanzado el dominio de sus métodos en una medida suficiente como para ponerlos en ejercicio y poder ser reconocido por Holmes. En ese momento mi amigo se adueñó del bastón y lo estuvo escudriñando por un rato; después –como si algún detalle hubiese atrapado su atención– dejó de lado su cigarrillo y se dirigió hacia la ventana con aquel instrumento en sus manos, a fin de examinarlo otra vez con el auxilio de una lupa.

—Resulta ser cosa interesante, pero simultáneamente elemental —sentenció, al tiempo que retornaba a su lugar favorito, el sofá—. Encuentro un par de indicios en este bastón que me posibilitan realizar otras tantas conclusiones.

—¿Hay algo que se me pasó por alto? —inquirí con un tono no exento de alguna pedantería—. Espero no haber soslayado algún aspecto de importancia.

—Me temo, mi buen Watson, que la mayoría de sus conclusiones resultan ser absolutamente erróneas. Al mencionar que me ha servido usted como un acicate estaba manifestando, a fuer de serle honesto, que muy a menudo fueron sus errores mi camino hacia la verdad. Ello, pese a que tampoco es verdad que la haya marrado usted de punta a punta, al menos, en lo referido a este caso puntual. Sí, efectivamente: es un colega suyo, de práctica rural y que camina denodadamente.

—Así me está dando usted la razón.

—Hasta ese punto, así es.

—Pero sólo hasta ese punto, ¿verdad, Holmes?

—Sólo hasta ese punto, mi querido Watson. Eso no constituye todo el asunto, ni mucho menos. Yo veo como más factible, y esto es solamente un ejemplo, que el obsequio ofrendado a un médico provenga de un hospital que de una asociación de cazadores. Asimismo, colijo que cuando las iniciales "CC" se hallan unidas a la palabra "hospital", seguidamente debemos suponer que se refiere ello a Charing Cross.

—Es posible que esté usted en lo cierto...

—Todo parece indicarlo así y si tomamos esto como hipótesis, dispondremos de un novedoso punto de partida para desenmascarar a nuestra enigmática visita.

—Está bien, entonces: vamos a suponer que "CCH" quiere decir: "Hospital de Charing Cross". A partir de ello, ¿qué nuevas conclusiones podríamos extraer?

—¿Ninguna se le ocurre? Usted está al tanto de cuáles son mis métodos. ¡Aplíquelos ahora, en este caso!

—Solamente atino a sacar una conclusión muy evidente: nuestro hombre trabajó en Londres antes de irse a la campiña.

—Podemos adelantar bastante más. Vamos, Watson: véalo desde esta óptica: ¿cuándo es más probable que se le hiciera un obsequio de tales características?¿Cuándo se habrán concertado sus amistades para regalarle este bastón como demostración de afecto hacia él? Resulta claro: fue cuando el doctor Mortimer cesó de trabajar en el hospital para poder establecer su consultorio particular... Estamos al tanto de que le ofrecieron un regalo, suponemos que hubo una modificación en algo y que el doctor Mortimer dejó el hospital ciudadano por un consultorio rural. ¿Sospecha que estamos llevando muy lejos nuestras suposiciones al afirmar que el obsequio del bastón estuvo motivado por su traslado a la campiña?

—Por supuesto que resulta un asunto muy factible...

—Observará, además, que no había forma de que resultara miembro de la planta permanente de esa institución hospitalaria, a causa de que solamente obtienen un nombramiento los profesionales muy experimentados, quienes poseen una nutrida plantilla de pacientes en Londres... Un profesional de ese tipo no se mudaría al campo... Entonces: ¿qué era nuestro doctor? Si servía en el hospital sin estar incorporado a la planta estable, exclusivamente podría tratarse de un cirujano o un médico interno. Ello es, apenas un poco más que un estudiante postgraduado. Se fue hace cosa de un lustro, la fecha se encuentra en el bastón. De modo que su médico de cabecera, hombre serio y ya de una mediana edad, se desvanece, mi querido Watson, y aparece alguien menor de 30 años, de carácter afable, de escasa ambición, algo distraído, y además amo de un perro por el que siente un marcado afecto. Puedo hacer su descripción aproximada: se trata de una mascota de mayor tamaño que un terrier, mas no tan grande como un mastín.

Yo reí, dudando de cuanto me había manifestado, al tiempo que Sherlock Holmes se repantigaba en el sofá, arrojando hacia el cielorraso de la habitación temblequeantes anillos de humo.

—En lo que hace a sus postreras afirmaciones, no tengo cómo rebatirlas —le dije—, pero como mínimo no resultará arduo encontrar ciertos datos acerca de la edad y la carrera médica de este caballero.

Del humilde estante donde apilaba los volúmenes referidos a temas médicos extraje un directorio de profesionales; buscando por apellidos, di con un cierto número de doctores Mortimer, mas solamente había uno que coincidía con aquel misterioso visitante y por dicha causa leí en voz alta su biografía: "Mortimer, James, Miembro del Real Colegio de Cirujanos, 1882, Grimpen, Dartmoor, Devonshire. Desde 1882 hasta 1884 fue cirujano interno en el Hospital Charing Cross. Recibió el premio Jackson de Patología Comparada, merced a su obra titulada: "¿Es la enfermedad una regresión?". Es un miembro correspondiente de la Sociedad Sueca de Patología. Autor de *Algunos fenómenos de atavismo* (ed. Lancet, 1882), *¿Estamos realmente progresando?* (ed. Journal of Psychology, marzo de 1883). Médico municipal de Grimpen, Thorsley y High Barrow".

—No se hace referencia a un club de cazadores —manifestó Holmes con malicia—. Aunque sí acerca de que nuestro intruso es médico rural, como usted concluyó con total acierto. Estimo que mis conclusiones están bien fundamentadas. En lo que hace al carácter del intruso, recuerdo que afirmé que era afable, escasamente ambicioso y bastante distraído. De acuerdo con mi experiencia, exclusivamente un individuo de carácter afable se hace meritorio como para ser obsequiado por sus pares. Solamente alguien que no tiene mayor ambición deja su carrera en la ciudad para mudarse al campo y asimismo, solamente uno que sea distraído abandona su bastón en vez de dejar su tarjeta personal tras aguardar una hora a ser recibido.

—¿Y en cuanto al perro que también usted mencionó?

—Está ese animal habituado a llevar el bastón de su dueño: es un objeto pesado, debe sujetarlo con energía, tomándolo por su porción central, y las marcas de su dentadura son absolutamente evidentes. La mandíbula del can, así lo demuestra la distancia entre las marcas de su mordida, es muy amplia para que se trate de un terrier, pero no lo suficiente como para que sea un mastín. Podría tratarse... ¡Desde luego! Es un cocker spaniel de pelo enrulado.

Holmes se había erguido y se paseaba por la estancia al tiempo que decía todo aquello.

Tras un rato se quedó inmóvil, cerca de la ventana. Había un tono de tanta certeza en su voz, que no pude evitar levantar los ojos con sorpresa.

—¿Cómo puede tener tanta seguridad al respecto?

—Por la simple razón de que a ese perro lo estoy viendo ante esta casa, y terminamos de oír cómo su amo llamó a nuestra puerta. Le suplico que no haga ningún movimiento. Es un colega suyo y que usted se encuentre aquí puede resultar de gran ayuda. Este instante es el dramático: se dejan escuchar por las escaleras los pasos de uno bien dispuesto a irrumpir en nuestras existencias. Ignoramos si eso será positivo o negativo... ¿Qué es lo que el doctor James Mortimer, un científico, desea obtener de Sherlock Holmes, un investigador? ¡Adelante, pase usted!

La apariencia del visitante fue sorprendente para mí, puesto que aguardaba vérmelas con el característico médico rural. En vez, contemplé a un sujeto de elevada estatura y muy delgado, de nariz alargada y en forma de gancho, lanzada hacia adelante y saliendo de entre unos ojos grisáceos y de mirar penetrante, muy juntos, que fulguraban tras unos anteojos de marco dorado. Su atuendo era acorde con la profesión, mas algo descuidado, ya que su levita no estaba limpia y sus pantalones lucían raídos. Encorvado pero aún juvenil, marchaba con la cabeza proyectada hacia el frente. Tenía un aire, en general, de sujeto de buen talante pero miope. Cuando ingresó en la estancia, su mirada se detuvo en ese bastón que Holmes sostenía entre sus manos. Por esa causa se arrojó en su dirección dejando oír expresiones de júbilo.

—¡Qué alegría! —nos dijo—. Ignoraba si lo había dejado en este sitio o bien en la agencia marítima. ¡Hubiese lamentado muchísimo perderlo!

—Se trata de un obsequio, según yo deduzco —aventuró Holmes.

—¡Eso mismo!

—¿Un regalo proveniente del Hospital Charing Cross?

—De un par de amigos que tenía en ese lugar. Fue cuando me casé que me lo regalaron.

—¡Caray! ¡Qué contrariedad! —manifestó Holmes, moviendo su cabeza.

—¿En qué consiste dicha contrariedad?

—Usted dio por tierra con nuestras humildes conjeturas... ¿Su casamiento, eso fue lo que dijo?

—Así es, caballero. Dejé el hospital cuando me casé, y en él toda esperanza de abrir un consultorio. Precisaba contar con un hogar.

—Bueno... tan errados no andábamos, en definitiva —aseguró Holmes—. Entonces, doctor James Mortimer...

—No soy un doctor en Medicina; tan sólo un modesto miembro del Real Colegio de Cirujanos.

—Y alguien muy amante de la precisión, concluyo.

—Un mero aficionado a las ciencias, señor Holmes, un coleccionista de caparazones en las playas del gran mar de lo ignoto. Supongo que estoy conversando con el señor Sherlock Holmes...

—Está en lo cierto. Soy Sherlock Holmes y este caballero es mi amigo, el doctor Watson.

—Estoy encantado de conocerlo, doctor Watson. Escuché mencionar su nombre asociado con el de su amigo. Me interesa usted en grado sumo, señor Holmes. No esperaba dar con un cráneo tan dolicocéfalo ni con un arco supraorbital tan marcado. ¿Le molestaría que recorriera con mi dedo su fisura parietal? Un molde de su cráneo, hasta que pueda uno disponer del original, constituiría el mayor orgullo de un museo de antropología. No quiero yo parecer obsequioso, mas tengo que confesarle cuánta codicia siento por su cráneo.

Con un gesto, Sherlock Holmes invitó a sentarse al extraño.

—Observo que se entusiasma en tanta medida con sus conceptos como yo lo hago con los míos —agregó mi amigo—. Y por su dedo índice, concluyo que se lía usted mismo sus cigarrillos. No dude en fumarse uno si así lo quiere.

El doctor Mortimer extrajo enseguida papel y tabaco y se armó un cigarrillo con admirable habilidad. Sus largos y temblorosos dedos resultaban ser tan ágiles y tan inquietos como las antenas de un insecto.

Holmes siguió guardando silencio, mas lo intenso de su concentración hablaba a las claras del interés que había hecho nacer en él aquel visitante.

—Estimo —dijo mi amigo tras un rato—, que no debemos la cortesía de su visita de anoche y la presente sólo a sus ansias por contemplar mi cráneo.

—Desde luego que no es así. Sin embargo me congratulo de haber podido hacerlo. Vengo hasta usted, señor Holmes, porque sé que estoy dotado de un escaso sentido práctico y, también, porque súbitamente me veo en el trance de hacerle frente a un asunto de tanta gravedad como singularidad. Sabiendo como yo lo sé, que usted es el segundo experto europeo de mejor calificación...

—Ajá... ¿Estoy yo en condiciones de preguntarle a quién le corresponde el primer sitial? —lo interrumpió Holmes con un matiz áspero en su voz.

—Para alguien partidario de la precisión y lo científico, estimo que el trabajo de monsieur Bertillon poseerá invariablemente un profundo magnetismo.

—¿No sería más adecuado, entonces, consultarlo a él?

—Me referí antes a gentes partidarias de la precisión y de la ciencia... Mas en todo lo referente a la practicidad, todos coinciden en que usted, señor Holmes, no tiene parangón. Yo aguardo, caballero, no haber, con mis expresiones...

—Apenas un poco —le informó Holmes—. No sería improcedente, doctor Mortimer, que sin mayores rodeos tuviese usted la gentileza de referirme, sintéticamente, cuál es el problema que necesita resolver con mi apoyo.

2. La maldición de los Baskerville

—Llevo en mi bolsillo cierto manuscrito... —refirió el doctor James Mortimer.

—Lo entendí así cuando ingresó usted —replicó Holmes.

—Se trata de un manuscrito antiguo.

—De la primera mitad del siglo XVIII, si no es falso.

—¿Cómo puede saberlo...?

—Los tres o cuatro centímetros de ese manuscrito que yo puedo ver, sobresaliendo de su bolsillo, me permitieron inferirlo mientras usted me hablaba. Alguien que no pueda calcular la fecha de un documento con un margen de falla aproximada de una década, no es un experto. Quizás esté al tanto usted de mi humilde monografía acerca de ese mismo asunto. Yo fecharía su manuscrito aproximadamente en 1730.

—La fecha correcta es 1742 —dijo el doctor Mortimer, al tiempo que extrajo el manuscrito del bolsillo de la levita—. Sir Charles Baskerville, cuya súbita y trágica muerte hace cosa de noventa días tanto escándalo produjo en Devonshire, confió a mi resguardo este documento familiar. Posiblemente yo deba explicarle que era su amigo personal y también su médico. Sir Charles, aunque dotado de una gran resolución, sagacidad, practicidad y carente en tanta medida como yo de imaginación, estimaba que este manuscrito era un tema de la mayor seriedad. Ya estaba muy preparado para aquello que finalmente acabó con su existencia...

Holmes estiró su mano para recibir aquel documento y lo alisó entonces sobre su rodilla.

—Observe usted, Watson, el uso alternado de la S larga y la corta. Constituye este rasgo uno de los indicios que posibilitan calcular la fecha del documento.

Por sobre su hombro aprecié aquel papel amarillento y la letra ya casi difuminada. Como encabezamiento se podía leer en él: "Mansión Baskerville". Después, trazada con amplios números irregulares, esa cifra: "1742".

—Parece consistir en una declaración.

—Así es: una respecto de determinada leyenda acerca la estirpe Baskerville.

—Aunque puedo suponer que su consulta se refiere a un asunto de tipo más moderno e índole definitivamente práctica.

—De urgente actualidad. Un asunto muy práctico y urgente, el que debe ser resuelto en un plazo de 24 horas. Si me permite, le voy a leer el documento.

Holmes se repantigó en su asiento, cruzó las manos y cerró los ojos con resignación. El doctor Mortimer colocó el manuscrito bajo la luz y leyó, con voz de tono agudo y que en ocasiones se angostaba, lo que sigue. Era cosa pintoresca aquello, mas simultáneamente muy rara.

"Acerca del origen del sabueso de los Baskerville se han brindado innumerables explicaciones, mas como yo desciendo en línea directa de Hughes Baskerville y la conseja me la narró mi padre, quien la oyó de labios de mi abuelo, la puse por escrito, persuadido de que cuanto aconteció lo hizo justamente como aquí se explicita. Con ello quisiera convencerlos, mis hijos, de que la Justicia que pune el pecado puede asimismo perdonarlo sin pedir algo a cambio, que cualquier prohibición puede ser superada merced a la energía de la plegaria y el arrepentimiento. Aprendan de esto a no tener miedo de los retoños del pretérito; en mejor medida, a ser irreprochables en el porvenir, de modo que las horrendas pasiones por las que nuestro linaje ha padecido hasta el presente de manera tan encarnizada, no tornen a desencadenarse otra vez y nos induzcan al aniquilamiento.

"Deben saber que en los tiempos del magno levantamiento –y encarecidamente les recomiendo la historia que sobre el tema redactó el erudito lord Clarendon– el amo de esta mansión Baskerville era cierto Hughes del mismo apellido; no se puede esconder que era un sujeto salvaje, soez y sin temor de Dios, el peor que se puedan imaginar. Ello, ciertamente, se lo podían haber perdonado sus contemporáneos, puesto que los hombres santos nunca florecieron en las inmediaciones, de no ser que su depravación y crueldad lo tornaron odiosamente célebre en el conjunto del occidente de la región.

"Resultó que este tal Hughes se enamoró –ciertamente de un modo tan oscuro que no es adecuado asignarle ese nombre– de la hija de un modesto dueño vecino. Mas la jovencita, plena de discreción y dotada de una excelente fama, invariablemente rehuía la presencia de aquel Hughes de Baskerville, quien la aterraba de solo verlo. Tuvo lugar, entonces, que en cierta jornada de San Miguel este nuestro ancestro, acompañado por media docena de secuaces tan infames como él, se aproximó a hurtadillas a la finca y raptó a la joven, sabiendo que no se encontraban en la propiedad ni su padre ni sus hermanos.

"Ya en su mansión, los infames sujetos encerraron a su víctima en una estancia de la planta superior y se dieron a celebrar una orgía, cosa que acostumbraban perpetrar cada noche. Lo más seguro es que la pobre muchacha perdiera la razón al escuchar los aullidos y aberraciones que se dejaban oír desde la planta inferior; pues aseveran que las expresiones que empleaba aquel terrible Hughes de Baskerville al embriagarse eran suficientes como para hacer morir a aquel que se animara a mascullarlas. En definitiva, forzada por el horror, la joven llevó a cabo algo a lo que seguramente no se hubiese animado el más corajudo y hábil caballero: aprovechando la hiedra que todavía recubre el flanco sur de la mansión, bajó hasta el piso desde la planta superior y se dirigió a su vivienda, resuelta a atravesar las tres leguas del erial que separaba ambas propiedades.

"Poco después, Hughes abandonó por un momento a sus convidados, a fin de llevarle viandas y bebida a su prisionera; quizás incluyó cosas peores. De todas formas, la jaula estaba desierta y había volado el ave. Desde ese instante, según parece, el carcelero así burlado pareció dominado por el mismísimo diablo, pues regresó al salón a toda prisa, se subió de un brinco a la mesa tendida, desaparramando con ello jarras y fuentes y a los alaridos proclamó ante cuantos se encontraban allí que le entregaría su alma al demonio con tal de volver a capturar a la joven fugitiva. A sus invitados los aterró su aspecto y su iracundia, pero entre ellos se contaba uno dotado de una perversidad mayor o tal vez más ebrio todavía que los demás, uno que mencionó la posibilidad de soltar los perros para que dieran con la muchacha. Apenas oyó aquello, Hughes de Baskerville salió a escape de la mansión, gritándole a la servidumbre que ensillaran de inmediato su corcel y soltaran los canes. Después de hacer que la jauría oliese una prenda de la muchacha, la perrada salió corriendo tras su pista bajo la luz lunar, persiguiéndola por el páramo.

"Durante un lapso los energúmenos aquellos se quedaron en silencio, sin poder comprender cuanto estaba sucediendo a tanta velocidad. Mas paulatinamente emergieron de ese estado y comenzaron a suponer lo que iba a tener lugar. El barullo se produjo en el acto y mientras unos ordenaban que les proporcionaran caballos, otros bramaban por la entrega de sus armas, o bien por algo más de vino. Con el tiempo sus cabezas enfebrecidas por la embriaguez recuperaron algo de lucidez y en su conjunto —eran trece— subieron a sus cabalgaduras y galoparon detrás de Hughes. El astro de la noche brillaba sobre ellos mientras urgían a sus montados, recorriendo el sendero que la fugitiva debió tomar rumbo a su vivienda paterna.

"Llevaban hecha cosa de media legua de camino cuando se toparon con un pastor de los que por la noche velaban por el ganado del páramo y a los gritos le preguntaron por esa singular cacería; el pastor, así narra la conseja, pese a encontrarse aterrado hasta casi no poder murmurar una palabra, finalmente soltó que sí, que sí había dado con la desgraciada muchacha y la jauría que iba tras ella.

"Sin embargo, vi más que eso —dijo el pastor— porque también me crucé con Hughes de Baskerville, quien galopaba sobre su yegua negra. Detrás de él venía un perrazo salido de los infiernos, uno que quiera el Señor que jamás venga tras de mí.

"De modo que los hidalgos ebrios cubrieron de maldiciones a ese pobre infeliz y siguieron su persecución. Empero, enseguida su sangre se les congeló en las venas, al escuchar un galope: cruzó ante ellos la yegua negra de Hughes, las riendas sueltas y sin montar, toda cubierta de espuma. Desde ese instante los caballeros, aterrorizados, continuaron por el páramo, mas de hallarse en tales instancias cada uno de ellos a solas, sin duda hubiese vuelto grupas de inmediato. Tras andar así más despacio por un rato, arribaron en definitiva hasta donde estaban los perros. Los pobres canes, pese a su fama de coraje y pureza de linaje, gemían lastimeramente allí donde principiaba un angosto valle, con el pelo erizado y los ojos que se les salían de las órbitas, sin atreverse ninguno a ingresar en la hondonada.

"Ya menos dominados por la bebida que antes, los caballeros detuvieron su marcha: en su mayoría no deseaban seguir adelante, pero los más temerarios –o tal vez, los que seguían más borrachos– prosiguieron y así alcanzaron lo más profundo del vallecito, que enseguida aumentaba su anchura. Allí se encontraban dos grandes rocas, las que todavía siguen en el mismo lugar y son un trabajo de pueblos arcaicos. La luz de la luna alumbraba aquel cuadro y en el centro se hallaba la desgraciada joven allí donde había caído, muerta de horror y cansancio. Empero, no fue ese espectáculo –ni el cadáver de Hughes de Baskerville, muy cercano a la joven– lo que llevó a esos audaces borrachines a horripilarse. Se debió a que sobre el cuerpo de Baskerville, destrozándole el cuello, se encontraba una horrorosa criatura. Era enorme, negra; parecía un perrazo, pero era mucho más grande que cualquier otro.

"Aquel ente demoníaco le arrancó la cabeza a su víctima ante los caballeros, quienes aullaron de espanto y retrocedieron con total desesperación, galopando por el erial maldito. De acuerdo con lo que se refiere, uno de los hidalgos falleció esa noche misma, a causa de lo que había visto, mientras que un par más jamás lograron reponerse de aquel espectáculo enloquecedor.

"Tal es la historia, mis hijos, de cómo apareció el sabueso que torturó a nuestra estirpe desde entonces. Lo dejo escrito en razón de que aquello que se conoce ciertamente origina menos espanto que lo que simplemente se insinúa o intuye. No es posible negar que muchos de nuestros ancestros murieron de un modo muy desgraciado, muy seguidamente súbito, enigmático y sangriento. Tal vez alcancemos, de todas maneras, a encontrar refugio en la bondad sin límites de la Divina Providencia, que no punirá sin causa a los inocentes nacidos allende la tercera o cuarta generación, que es el límite de la amenaza de acuerdo con las Santas Escrituras. Es a esa Providencia Divina, mis hijos, que los encomiendo en este mismo instante. Les aconsejo que a modo de precaución, jamás vayan a atravesar el páramo en la horas oscuras, cuando reinan las potencias malignas.

"De Hughes Baskerville para sus hijos, Rodger y John, previniéndoles que ni una sola palabra al respecto le digan a su hermana Elizabeth".

Al finiquitar el doctor Mortimer la lectura de aquella impar narración, alzó sus lentes hasta colocárselos sobre la frente y permaneció mirando a Sherlock Holmes fijamente. Este bostezó y arrojó al fuego la colilla del cigarrillo.

—¿Entonces? —le dijo.

—¿Lo cree cosa de interés?

—Para un aficionado a los cuentos de hadas, puede ser.

El doctor Mortimer extrajo del bolsillo un periódico que llevaba allí doblado.

—Señor Holmes, a continuación le leeré una noticia más reciente, publicada en el *Devon County Chronicle*, el 14 de junio del corriente año. Es un corto resumen de la información acerca de la muerte de sir Charles Baskerville, acaecida apenas unos días antes.

Mi amigo se inclinó hacia adelante y su expresión se tornó más atenta.

Nuestro visitante se calzó las gafas y principió a leer:

"La súbita desaparición de sir Charles Baskerville, cuyo nombre había sido sugerido como adecuado candidato liberal en Mid–Devon para las cercanas elecciones, ha enlutado al condado. Si bien había residido en la mansión Baskerville durante un lapso relativamente corto, su comprobado don de gentes y su notoria generosidad le granjearon a sir Charles el afecto y el respeto de cuantos gozaron de su trato. En esta era de nuevos ricos es un bálsamo dar con un descendiente de una añeja estirpe venida a menos que supo remontar su fortuna en tierras extranjeras y tornar al solar familiar para renovar el pretérito esplendor de su solar ancestral. Sir Charles, como bien se conoce, se enriqueció apelando a la especulación financiera en Sudáfrica. Dotado de mayor cautela que aquellos imprudentes que continúan en ese negocio hasta que la buena fortuna desaparece para ellos, sir Charles detuvo sus operaciones justo a tiempo y tornó a tierra inglesa con lo ganado. Han pasado nada más que un par de años desde que se estableciera en la mansión Baskerville y son conocidos los ambiciosos planes de reedificación y mejoras que han quedado tronchados con su fallecimiento. Puesto que no tenía descendientes, su voluntad era que toda la región recibiera un beneficio, mientras él estuviese con vida, de su fortuna personal. Muchos lamentarán su anticipada muerte; esta publicación reiteradamente ha difundido sus generosos aportes a obras de caridad tanto a escala local como de todo el condado.

"No es factible afirmar que la investigación llevada a cabo haya alcanzado a develar absolutamente las instancias de su desaparición, mas como mínimo se ha echado luz adecuada como para acabar con los rumores basados en las supersticiones regionales. No existe razón fehaciente para las sospechas de la comisión de un crimen, ni para suponer que las causas del deceso no sean de índole natural. Sir Charles era viudo y tal vez, asimismo, alguien relativamente excéntrico respecto de ciertos asuntos. No obstante su gran fortuna, sus inclinaciones eran simples y solamente contaba entre sus servidores con un matrimonio llamado Barrymore. El esposo le servía en la mayordomía y su mujer en calidad de ama de llaves. Su testimonio, confirmado por el de un buen número de sus amigos, ha ido de utilidad para saber que la salud de sir Charles empeoraba desde hacía tiempo y, de modo particular, para conocer que sufría de una enfermedad cardíaca cuyos síntomas incluían empalidecimiento, ahogos y depresión nerviosa. El doctor James Mortimer, amigo y médico de confianza del difunto, brindó su testimonio coincidente.

"Los hechos se relatan sin mayores obstáculos. Sir Charles acostumbraba pasearse cada noche, previamente a retirarse para reposar, por la célebre Vuelta de los Tejos, de la mansión Baskerville. El testimonio del matrimonio Barrymore así lo ratifica. El pasado 4 de junio sir Charles expresó su intención de viajar a Londres en la jornada siguiente, y ordenó a su mayordomo Barrymore que le preparase el bagaje necesario.

Esa noche salió, como era habitual, a dar su paseo nocturno, durante el cual tenía por hábito fumar un habano, mas no retornó. Al dar ya la medianoche y hallar aún abierto el portón principal, el mayordomo se alarmó vivamente. Tras encender una luminaria, partió buscando a su amo. Ese día había llovido y eso facilitó que el sirviente siguiera las pisadas de sir Charles por la Vuelta de los Tejos. A la mitad del paseo se encuentra una tranquera que permite dejar el páramo. Según parece, sir Charles se detuvo en ese sitio durante un rato. El mayordomo siguió su camino y en el punto más alejado de la residencia dio con el cuerpo de su amo. Según el testimonio del señor Barrymore, las pisadas de su amo cambiaron de aspecto allende la tranquera que da al erial: según refiere, parece que a partir de aquel punto se desplazó yendo en puntas de pie. Cierto sujeto, un gitano apellidado Murphy, comerciante en caballos, se encontraba en las proximidades, aunque confesó que completamente embriagado. Murphy sostiene que oyó gritos, pero no es capaz de aseverar de dónde venían. En el cadáver de sir Charles no se halló ningún signo de violencia y pese a que el testimonio del médico subraya una distorsión prácticamente inverosímil de los rasgos faciales –tanto que, en una instancia inicial, el doctor Mortimer se resistió a admitir que fuera ese su amigo y paciente–, se pudo confirmar que el señalado es un síntoma nada infrecuente en casos de disnea y fallecimiento por fatiga de miocardio. Esta suposición fue confirmada por el examen forense, que corroboró la presencia de una afección crónica, y el dictamen del jurado concordó con los exámenes médicos. Es cosa de congratularse que ello sea así, pues con toda evidencia es de principal importancia que el heredero de sir Charles se mude a la mansión y dé continuidad a la honrosa labor tan trágicamente tronchada. Si los descubrimientos del médico forense no hubiesen acabado con las leyendas románticas y fantasiosas referidas a los hechos, hubiese sido arduo dar con un nuevo morador de la mansión Baskerville. Se conoce que el pariente más cercano del difunto sir Charles es el señor Henry Baskerville, hijo de su hermano menor, si es que sigue vivo. La última ocasión que se supo de este joven se encontraba en los Estados Unidos; actualmente se llevan adelante las diligencias imprescindibles para dar con él e informarle de las desdichadas noticias sobre su pariente".

El doctor Mortimer tornó a doblar el ejemplar del periódico y lo guardó en su bolsillo.

—Tales resultan ser, señor Holmes, los sucesos relacionados con la muerte de sir Charles Baskerville que conoce la opinión pública.

—Debo yo agradecerle —le dijo Sherlock Holmes— por haberme informado acerca de un caso que es de indudable interés. Recuerdo haber leído sobre ello en ciertos periódicos, mas me hallaba entonces completamente concentrado en la investigación detrás de los camafeos del Vaticano. Por satisfacer a Su Santidad, perdí todo contacto con unos cuantos casos locales muy interesantes. ¿Me dice usted que ese suelto abarca la suma de los acontecimientos de conocimiento público?

—Exactamente eso.

—Entonces, sírvase instruirme sobre los hechos de carácter privado —solicitó, recostándose en el sofá, Sherlock Holmes. Él volvió a unir las manos por las puntas de los dedos y adoptó esa expresión tan característicamente suya, impasible y juiciosa.

—Haciendo algo así —refirió el doctor Mortimer, quien comenzaba a mostrarse dominado por una gran emoción— me dispongo a contarle aquello que a nadie más le confié. Mis razones para esconderlo durante la investigación previa radican en que un hombre de ciencia no puede adoptar en público una posición que podría servir de cimiento a las supersticiones y leyendas. Asimismo me llevó a adoptar esa actitud que, tal como lo refiere la publicación, la mansión Baskerville permanecería deshabitada si se confirmara su fama, que ya sin lo sucedido es bastante mala. Por dichas causas creía conveniente referir apenas una porción de lo que obra en mi conocimiento, pues no vendría de su completa referencia algún beneficio de índole práctica. En vez, en estos momentos, siendo usted quien es, no hay razón de ninguna clase para no contarle todo.

"Apenas tiene el páramo algunos pocos habitantes, que se visitan asiduamente. Por esa causa yo me veía muy seguidamente con sir Charles Baskerville. Salvo en lo que respecta al señor Frankland, de la mansión Lafter, y del señor Stapleton, un naturalista, no hay más gentes educadas en kilómetros a la redonda. Sir Charles era de naturaleza reservada, mas su enfermedad llevó a que nos viésemos repetidamente. Asimismo, la coincidencia de nuestros intereses de tipo científico ayudó a nuestra relación. Había traído caudalosa información científica proveniente de Sudáfrica, y fueron incontables las veladas que compartimos él y yo, entregados a una grata conversación que tenía por tema fundamental la anatomía comparada del pueblo bosquimano y el hotentote.

"En los últimos meses advertí, en cada oportunidad con más nitidez, que el sistema nervioso de sir Charles estaba soportando una tensión imposible: se había tomado tan a pecho la leyenda que termino de leerle que, aunque paseaba por su propiedad, por nada de este mundo habría salido a caminar de noche por el páramo. Así le resulte a usted completamente inverosímil, señor Holmes, estaba persuadido de que pendía sobre su linaje un sino horroroso y la información que poseía respecto de sus ancestros no consistía precisamente en una invitación al optimismo. Lo torturaba la idea de una presencia espeluznante, y más de una vez me interrogó acerca de si durante las caminatas que en ocasiones me veo llevado a concretar en horas de la noche y por motivos profesionales había avistado algún ser raro o escuchado ladrar a un perro. Esto último lo preguntó muy seguido, invariablemente con un matiz de su voz notoriamente alterado.

"Lo recuerdo muy nítidamente: cierta vez, como tres semanas antes de la tragedia fatal, yo arribé a su mansión entrada la noche y sir Charles, por mera casualidad, se encontraba junto al portón principal. Me apeé de mi carruaje y al ir hacia él, noté que sus ojos se hallaban clavados en algo ubicado por encima de mis hombros y que Baskerville se veía francamente horrorizado.

"Cuando me di la vuelta apenas pude avizorar algo que supuse era una ternera negra y muy grande, la que atravesaba la otra punta de aquel paseo. Sir Charles se veía definitivamente preso de una gran excitación y tan alarmado que debí ir hasta el sitio donde había entrevisto a la bestia y buscarlo. Mas se había esfumado, pese a lo cual aquello dejó una terrible impresión en el ánimo del propietario. Permanecí con él toda esa noche y fue entonces que para ayudarse a explicarme cuanto sucedía, me confió el relato que antes referí. Si traigo a colación este hecho nimio es porque tiene algún peso tomando en cuenta lo que trágicamente tuvo lugar más tarde, pese a que por entonces ya estuviese yo persuadido de que consistía en algo baladí por completo y que el desasosiego de mi amigo era completamente infundado. Se aprestaba, por recomendación que yo le hice, sir Charles a trasladarse a Londres. Yo estaba al tanto de su afección cardíaca y de que el estado de permanente ansiedad en que se encontraba –más allá de lo fantasioso de su fundamento– en nada colaboraba para mejorar su salud. Estimaba yo que sir Charles, distrayéndose en la gran ciudad durante varios meses, mejoraría notablemente. El señor Stapleton, un amigo que teníamos en común, alguien que también se hallaba altamente preocupado por su salud, coincidía plenamente con mi punto de vista. Finalmente tuvo lugar ese horrendo desenlace.

"La noche en la que falleció sir Charles, Barrymore, su mayordomo, quien dio con el cuerpo, mandó a Perkins, el muchacho de las caballerizas, montar y correr a buscarme. Puesto que aún no me había yo retirado a reposar logré apersonarme en la casa Baskerville en solamente una hora. Confirmé con mis propios ojos cuanto después se estableció en la pesquisa. Seguí las huellas por la Vuelta de los Tejos y vi aquel lugar, junto a la tranquera que lleva al erial, allí donde sir Charles parecía haber permanecido a la espera. Comprendí que algo había cambiado en las pisadas a partir de allí. También confirmé la falta de otras huellas que no fueran las de Barrymore sobre la arena blanda. A la postre examiné minuciosamente el cadáver, intocado antes de que yo llegara a ese sitio. El cuerpo de sir Charles yacía boca abajo, con los brazos extendidos, los dedos clavados en el suelo y sus rasgos en tanta medida alterados por algún tipo de poderosa emoción que muy arduamente hubiese alcanzado a referir bajo juramento que se trataba del amo de Baskerville. No había indicios de alguna lesión en aquel cuerpo, por supuesto que no. Mas Barrymore aseveró algo erróneo durante la pesquisa, al referir que no había algún rastro en torno del muerto. Sucedió que el sirviente mayor no dio con señal alguna de ese tipo, pero yo sí lo hice. Estaba algo distante, pero era bien reciente y fresco".

—¿Distinguió algún tipo de huellas?

—Así fue: eran huellas.

—¿De hombre o de mujer?

El doctor Mortimer nos miró extrañado durante un rato y su voz se transformó en un murmullo cuando respondió a ese requerimiento:

—Señor Holmes... ¡las que vi entonces eran las huellas de un perro enorme!

3. El dilema

Debo confesarlo: me estremecí al escuchar aquello. El temblor en la voz del médico demostraba que asimismo lo alteraba en profundidad lo que terminaba de decirnos. La emoción condujo a que Holmes se inclinara hacia adelante y surgiera en sus ojos aquel brillo duro e impasible, tan típico del momento en que un asunto se apoderaba de toda su atención.

—¿Las vio realmente?

—Tan nítidas como estoy ahora viéndolo a usted.

—¿Y nada dijo sobre ello?

—¿Con qué razón yo haría algo así?

—¿Cómo es posible que ninguna otra persona las haya visto?

—Las huellas se hallaban a unos veinte metros del cadáver. Nadie se ocupó de ellas. Estimo que yo hubiese procedido de igual forma si ignorase la leyenda.

—¿Hay numerosos perros de pastoreo en el páramo?

—Indudablemente, pero no es este el caso. No era ese un perro pastor.

—¿Dice que era grande?

—Era ciertamente una bestia enorme.

—Mas, ¿no se había aproximado al cuerpo?

—No lo hizo.

—¿Cómo se encontraba el clima esa noche?

—Era muy húmedo y frío.

—¿No llovía?

—No.

—¿Cómo es la Vuelta de los Tejos?

—Abarca dos filas de tejos muy antiguos, los que conforman un obstáculo imposible de superar, de cuatro metros de altura. El sendero en sí abarca unos tres metros de ancho.

—¿Existe algo que se interponga entre el seto y el sendero?

—Así es: una franja de césped de dos metros de ancho a cada flanco.

—¿Es correcto afirmar que el seto que conforman los tejos queda truncado por una tranquera?

—Sí; aquella que da al erial.

—¿Existe algún otro tipo de comunicación?

—No existe ninguna.

—¿De modo que para llegar a la Vuelta de los Tejos hay que venir caminando desde la casa o, caso contrario, ingresar atravesando la tranquera del páramo?

—Existe otra salida, abierta a través del pabellón veraniego en la punta más alejada de la mansión.

—¿Había alcanzado a llegar hasta ese sitio Sir Charles?

—No, no había alcanzado a hacerlo. Se halla a cosa de unos cincuenta metros.

—Dígame entonces, doctor Mortimer, y esto es un asunto importante: aquellas huellas que usted observó en el sitio, ¿estaban en el sendero, no en el césped?

—En el césped no quedan las huellas marcadas.

—¿Estaban las huellas en el lado del paseo donde está la tranquera?

—Así es: al borde del sendero y en el mismo flanco.

—Me interesa de modo extraordinario lo que me cuenta. Otro asunto más: respecto de la tranquera ¿estaba cerrada?

—Cerrada y con el seguro colocado.

—¿Aproximadamente, qué altura posee?

—Un poco más de un metro.

—Entonces, cualquiera podría pasar por sobre esa tranquera.

—Así es.

—Y, ¿qué tipo de señales vio junto a la tranquera?

—Ninguna que fuese especial.

—¡Dios! ¿Nadie la revisó?

—Lo hice yo.

—¿Y nada encontró?

—Era todo muy confuso. Sir Charles, indudablemente permaneció allí durante cinco o diez minutos.

—¿Cómo puede usted saberlo?

—Debido a que se le cayó en dos oportunidades la ceniza del habano.

—¡Es algo excelente! Tenemos aquí, Watson, a un colega de nuestro gusto. Pero, ¿y qué de las huellas?

—Sir Charles había dejado las suyas muy repetidamente, en una diminuta porción del sendero, y no pude descubrir otras.

Sherlock Holmes se golpeó la rodilla con un gesto de impaciencia.

—¡Ah, si yo hubiera estado en ese lugar! —exclamó—. Es un caso del mayor interés, uno que ofrece inmejorables oportunidades para el peritaje científico. Ese paseo, en el que tantas cosas se podrían haber colegido, hace tiempo que fue barrido por la lluvia y transformado por los zuecos de los rústicos. ¿Por qué no me llamó usted entonces, doctor Mortimer? Ha pecado por omisión.

—Era imposible llamarlo, señor Holmes, sin delatar ante todo el mundo lo que recién le relaté. Ya dije antes por qué causa no quería hacerlo. Por otro lado...

—¿Por qué razón está dudando?

—Hay una esfera que se le escapa hasta al mejor de los investigadores.

—¿Habla de algo... sobrenatural?

—No dije eso.

—Pero lo piensa.

—Desde que sucedió aquello, señor Holmes, conocí diversos hechos que no se llevan bien con lo natural.

—¿Como ejemplo de ello...?

—Descubrí que previamente al hecho diversas gentes pudieron ver en el páramo a un ser cuyas señas coinciden con las del monstruo de Baskerville. No es cosa posible que se trate de un animal conocido por la ciencia. Esos testigos describen a una inmensa bestia y coinciden en señalar que despide luz, es horrenda y fantasmal. Estuve preguntando a esas gentes: se trata de un campesino dotado de un notable sentido práctico, un herrero y un agricultor del páramo. Todos ellos narran lo mismo y esa espeluznante criatura coincide plenamente con aquel perrazo demoníaco de la conseja de referencia. Puedo garantizarle que el dominio del miedo más tremendo se instaló en la región y que muy raramente alguno se atreve, de noche, a cruzar el erial.

—Y en el caso de usted, un hombre de ciencia, ¿también usted supone que se trata de algo sobrenatural?

—Ya no sé en qué cosa creer.

Holmes se encogió evidentemente de hombros.

—Hasta el momento, yo he limitado mis pesquisas a este mundo —apuntó—. Batallo contra el mal siempre de acuerdo con mis limitadas capacidades, mas eso de hacerle frente al Señor de Todos Los Males creo que es demasiado temerario en mi caso. Empero, usted dijo que las pisadas eran de índole corporal.

—El primer sabueso era lo bastante corporal como para destrozar el cuello de un individuo sin perder su infernal condición.

—Compruebo que se ha mudado usted con armas y equipaje al campo de lo sobrenatural; mas dígame, doctor Mortimer, si ese es su criterio, ¿por qué vino a verme a mí? Me dice que es inútil investigar el fallecimiento de sir Charles y simultáneamente, desea que proceda a hacerlo.

—Nunca mencioné eso último.

—Entonces, ¿cómo puedo auxiliarlo?

—Brindándome su consejo acerca de cómo debo proceder con sir Henry Baskerville, quien arribará a la estación Waterloo —en ese instante el doctor Mortimer consultó el reloj— justamente en una hora y quince minutos.

—¿Ese caballero es el heredero?

—Así es. Al fallecer sir Charles realizamos averiguaciones respecto de ese joven señor, y descubrimos que se dedicaba a la agricultura en Canadá. Según los informes recibidos es una excelente persona, desde la óptica con la que se mire. No estoy hablando en calidad de médico; lo hago como encargado del fideicomiso y albacea de sir Charles.

—¿No hay ningún otro aspirante a la herencia, debemos entender?

—Ningún otro. El único miembro de la familia que pudimos ubicar, además del nombrado, es Rodger Baskerville, el menor de los dos hermanos que tenía sir Charles, quien era el mayor de los tres. El segundo de los hermanos murió joven y era el padre de este joven, Henry. El tercero, Rodger, fue la pesadilla de la familia. Provenía de la añeja estirpe mandona de los Baskerville. De acuerdo con lo que averigüé, su parecido con el retrato familiar del viejo Hughes es cosa de asombrarse. Su situación se tornó muy difícil, tanto que se vio llevado a escapar de Inglaterra e ir a parar con sus huesos a Centroamérica, donde falleció por causa de la fiebre amarilla en 1876. En consecuencia, Henry es el último del linaje de los Baskerville. Dentro de una hora y cinco minutos lo recogeré en Waterloo. Me avisaron por telegrama que llegaba esta mañana a Southampton. Y mi pregunta es, señor Holmes, ¿qué me aconseja hacer respecto de Henry Baskerville?

—¿Por qué razón tendría que dejar de retornar al hogar de sus ancestros?

—Parece lógico que así lo haga, ¿no es verdad? Empero, si se toma en cuenta que todos los Baskerville que se dirigen a esa propiedad terminan siendo víctimas de un sino cruento, estoy convencido de que si hubiera podido conversar conmigo antes de fallecer, sir Charles me habría aconsejado no traer a este sitio espantoso al postrer representante de un añeja estirpe y único heredero de una cuantiosa fortuna. No puede dejarse de lado, de todas maneras, que la bonanza de toda la región, en tanta medida pobre y desolada, se encuentra en manos de su presencia aquí. Cuanto de positivo concretó sir Charles se difuminará si la propiedad queda deshabitada. Frente al miedo de dejarme arrastrar por mi notorio interés en este tema, me decidí por plantearle a usted el asunto y solicitar su consejo.

Por un rato, Holmes se sumergió en sus meditaciones.

—Expresado sintéticamente, el asunto es que usted cree que una ser demoníaco convierte a Dartmoor en un sitio altamente riesgoso para cualquiera que se llame Baskerville, ¿no es así la cosa?

—Como mínimo, me hallo preparado para sostener que existen ciertas pruebas que corroboran eso.

—Exactamente; mas sin lugar a dudas, en caso de que sea cierto su concepto sobrenatural sobre el tema, este joven señor se halla en tanta medida expuesto al mal en Londres como lo está en Devonshire. Una criatura demoníaca, dotada de una potencia tan establecida en un sitio como lo está una junta de parroquia, resulta ser algo inimaginable a todas luces.

—Plantea usted el caso, señor Holmes, con una liviandad que seguramente dejaría a un costado si tomase contacto personal con esto. Según se aprecia, su óptica implica que el joven señor Baskerville correrá en Devonshire el mismo riesgo que en Londres. Llega en cincuenta minutos. ¿Qué recomienda usted hacer?

—Le recomiendo que tome un carruaje, llame a su spaniel, que está arañando la puerta principal, y siga su derrotero hasta Waterloo para reunirse con el nuevo sir Henry Baskerville.

—¿Y luego de ello...?

—No le dirá nada hasta que yo decida sobre este asunto.

—¿Cuánto tiempo va a precisar para tomar su decisión?

—Necesito 24 horas. Le agradeceré en gran medida, doctor Mortimer, que mañana a las 10 en punto de la mañana vuelva a visitarme. Resultará muy adecuado para mis proyectos futuros que lo acompañe sir Henry Baskerville.

—Así se harán las cosas, como usted dice, señor Holmes.

Mortimer anotó lo referido a la cita en el puño de su camisa y luego, con sus modos distraídos y ese aire pintoresco de miope, se apuró a dejar la estancia.

Holmes, que súbitamente pareció recordar algo, atinó a detener su partida a mitad de las escaleras.

—La última pregunta, doctor Mortimer. ¿Dijo que antes de la muerte de sir Charles diversas personas contemplaron esa aparición en el páramo?

—Justamente tres personas fueron esas....

—¿Sabe de alguien que haya visto al monstruo posteriormente?

—No.

—Gracias. Que tenga un buen día, doctor Mortimer.

Holmes retornó a su silla con un gesto de satisfacción interna del que podía comprenderse el motivo: estaba ante un asunto de su mayor agrado.

—¿Va a salir, Watson?

—Si no puedo serle de mayor auxilio....

—No, mi buen amigo, en el momento de la acción es cuando busco su ayuda. Mas esto que acabamos de escuchar es algo estupendo, ciertamente sin par, y ello desde diversas ópticas. Al pasar por Bradley's, ¿será tan gentil como para solicitar que me manden una libra del tabaco más fuerte del establecimiento? Se lo agradezco, Watson. De igual manera le agradecería que se organizara para no regresar hasta la noche. En ese momento me encantará comparar opiniones sobre el fascinante asunto que se ha presentado recién.

Yo estaba al tanto de que Holmes necesitaba recluirse y aislarse en ese período de poderosa concentración, cuando examinaba hasta los más nimios detalles y le daba forma a diferentes posibilidades que posteriormente comparaba entre sí, a fin de comprender en qué medida eran probables y cuáles teorías debía descartar de plano. De modo que pasé el resto de la jornada en mi club y no retorné a Baker Street hasta bien llegada la noche. Habían dado casi las 21 horas cuando abrí la puerta del saloncito.

Mi impresión inicial fue que se había producido un incendio, pues había tanta humareda en el sitio aquel que apenas era posible diferenciar la luz que venía de la lámpara ubicada sobre la mesa.

En cuanto entré, empero, se difuminaron mis resquemores: la picazón que sentí en mi garganta y me llevó a sufrir un acceso de tos se debía al muy acre humo de un tabaco fortísimo; en medio de la niebla alcancé vagamente a avizorar a Holmes, quien vestía su bata, se encontraba hecho un ovillo en su sillón y tenía la pipa entre sus labios. En torno de Holmes se veían unos cuantos rollos de papel.

—¿Sufre un resfrío, Watson?

—No se trata de eso, sino de la atmósfera imposible de respirar de este sitio.

—Sí, estimo que se ha cargado en cierta medida, ya que lo dice.

—¡En cierta medida, me dice usted! Es algo insoportable...

—¡Entonces baste con abrir las ventanas! Se ha pasado el día en el club, estimo yo.

—¡Mi buen Holmes!

—¿Estoy acertado?

—Por supuesto, mas ¿cómo fue que usted...?

Holmes se rió de mi estupor.

—Posee usted cierta grata inocencia, Watson, que transforma en un placer el ejercicio, a su costa, de mis cortas facultades deductivas. Un caballero sale de su casa un día de lluvia, cuando las calles se repletan de cieno, y retorna por la noche impoluto, conservando el brillo de su sombrero y sus zapatos. Eso señala que no se ha movido todo ese tiempo. No es usted alguien que posea amistades de tipo íntimo. En consecuencia, ¿dónde puede haber permanecido? ¿No es algo absolutamente evidente?

—Así es.

—El mundo está pleno de asuntos evidentes a los que ninguno le brinda su atención ni por asomo. ¿Dónde supone usted que yo estuve?

—No se ha movido de este sitio.

—A contrario. Estuve en Devonshire.

—¿En forma de espíritu?

—Justamente así fue. Mi cuerpo se ha quedado en este sitio y, en mi ausencia, lamento confirmarlo, agoté dos grandes cafeteras de buen tamaño y una inverosímil carga de tabaco. Luego de que usted se fue pedí que me enviaran de Stanford's un mapa de esa porción del páramo. Mi espíritu se pasó el día entero sobrevolando la región. Me hallo en condiciones de recorrer la comarca sin oportunidad de extraviarme.

—Me imagino que estamos hablando de un mapa realizado a una gran escala.

—A una enorme —dijo Holmes, y pasó a desplegar una parte de este, que sostuvo sobre su rodilla—. Aquí tiene el área que resulta de nuestro mayor interés, la que ofrece la mansión Baskerville justamente en su centro.

—¿Con un bosque rodeándola?

—Precisamente. Supongo que esa es la Vuelta de los Tejos, aunque no está la referencia bajo ese nombre: debe extenderse a todo lo largo de esta línea, con el páramo a la derecha. Ese grupo de edificaciones que allí se ve es la aldea Grimpen, donde reside el doctor Mortimer. Vea que en un radio de unos 8 kilómetros solamente se aprecia una que otra vivienda. Aquí tenemos la mansión Lafter, mencionada por el doctor Mortimer. Esta indicación de una vivienda tal vez marque donde vive el naturalista que él nombró antes. Si recuerdo correctamente, un tal Stapleton. Aquí hay dos fincas, dentro del páramo: High Tor y Foulmire. Luego, como a 20 kilómetros, la cárcel de Princetown. Entre esos puntos diseminados por aquí y por allá se halla el erial, sin habitantes ni vida. Ese es el escenario de la tragedia, donde tal vez logremos volver a subirla a escena.

—Un sitio bien extraño...

—En efecto: la escenografía vale bien la pena. Si el demonio ciertamente quiere tomar parte en los asuntos humanos...

—¿Se inclina por la explicación sobrenatural?

—Los seguidores del diablo pueden ser de carne y hueso, ¿no es verdad? Hay un par de cuestiones por aclarar, en primer lugar. La primera: si se ha cometido un crimen, y la segunda: ¿qué clase de crimen y cómo se concretó? Desde luego, si la teoría del doctor Mortimer fuera la acertada y debemos enfrentarnos con potencias que se hallan allende lo natural, nuestra pesquisa fenecería previamente a su principio mismo. Mas nos vemos forzados a descartar todas las demás teorías antes de vernos llevados a apelar a ese supuesto. Supongo que podemos cerrar esa ventana, si no se opone usted. Cosa muy curiosa: descubrí que una atmósfera pesada ayuda a mantener la concentración. No lo llevé hasta el colmo de esconderme en una caja para poder concentrarme, mas ello sería el fruto más lógico de mis certezas. ¿También usted le estuvo dando vueltas al asunto?

—Efectivamente: durante toda la jornada.

—¿Alcanzó a formular algún tipo de conclusión?

—Es algo definitivamente desconcertante.

—Indudablemente posee muy singulares pormenores y unos detalles conspicuos. Un ejemplo: la modificación del aspecto de las pisadas. ¿Qué opina usted?

—Mortimer mencionó antes que el fallecido recorrió en puntas de pie esa parte del paseo.

—El doctor simplemente repitió lo que algún imbécil había mencionado en el curso de la investigación. ¿Por qué tendría alguien que avanzar así por el paseo?

—¿Qué sucedió, en consecuencia?

—El sujeto estaba corriendo, Watson. Y lo hacía con desesperación, intentando salvar su cuello. Finalmente su corazón explotó y cayó finado al suelo.

—Corría. Pero, ¿escapando de qué?

—Eso es lo que hay que averiguar. Hay señales de que sir Charles estaba ya poseído por el terror previamente a lanzarse a la carrera.

—Y ese detalle, ¿cómo lo sabe?

—Supongo que el origen de sus terrores se le aproximó cruzando el erial y si fue así, lo que me parece lo más factible, solamente un sujeto cuya razón se extravió se da a la fuga distanciándose de la casa donde encontraría refugio en vez de retornar a ella a toda prisa. Si podemos creerle al gitano, corrió pidiendo ayuda hacia donde era menos posible recibirla. Asimismo, cabe preguntarse: ¿a quién aguardaba esa noche, por qué esperaba en la Vuelta de los Tejos en vez de hacerlo en la mansión?

—¿Cómo es que supone que sir Charles se hallaba a la espera de alguien?

—Sir Charles estaba enfermo y ya era un individuo muy mayor. Se puede comprender muy bien que saliese a dar una vuelta a hora tan avanzada, pero tomando en cuenta lo húmedo del suelo y lo hostil que se presentaba el clima nocturno, acaso, ¿resulta lógico suponer que se quedase inmóvil por cinco o diez minutos, como el doctor Mortimer, con más sentido práctico del que yo hubiera achacado a alguien como él, concluyó merced a la ceniza caída del habano?

—Sin embargo, sir Charles tenía por hábito pasearse cada noche.

—No creo que sea cosa probable que se detuviera cada noche junto a la tranquera. De modo opuesto, obra en nuestro conocimiento que se sentía inclinado a rehuir el páramo. Y esa noche, fue en ese sitio donde aguardó. Al día siguiente iba a partir hacia Londres. El asunto empieza a cobrar su forma, Watson, tornándose más coherente. Si no le molesta, acérqueme el violín y no volveremos a pensar en este asunto hasta que volvamos a reunirnos con el doctor Mortimer y sir Henry Baskerville, justamente mañana por la mañana.

4. Sir Henry Baskerville

Terminamos enseguida de desayunar y Holmes, vistiendo su bata, aguardó a que se produjera la entrevista prometida. Nuestros clientes acudieron con gran puntualidad: el reloj daba justamente las diez horas cuando ingresó el doctor Mortimer, seguido por el juvenil aristócrata, de aproximadamente treinta años, de baja estatura, talante despierto, ojos negros, complexión robusta, gruesas cejas negras y un semblante de facciones enérgicas, clara señal de una naturaleza combativa.

Vestía de tweed, un traje rojizo, y tenía la piel curtida de quien pasó buen tiempo a la intemperie, aunque había un detalle en lo firme de su mirada y en la serena seguridad de su modo de conducirse que delataban lo noble de su linaje.

—Sir Henry Baskerville —hizo su presentación el doctor Mortimer.

—A sus órdenes —manifestó sir Henry—. Lo más raro de todo esto, señor Holmes, es que si mi amigo no me hubiese sugerido concurrir hoy a la mañana, habría venido yo por mi misma voluntad; estimo que posee usted la cualidad de resolver enigmas. Esta mañana me he encontrado con uno que requiere más sesos de los que estoy dispuesto a concederle a este misterio.

—Siéntese, por favor, sir Henry. Si no entendí mal, ¿ya tuvo una llamativa experiencia desde su arribo a Londres?

—Nada de marcada importancia, señor Holmes. Solamente una broma, con seguridad. Consiste en una misiva, por así denominarla, recibida esta misma mañana.

Sir Henry dejó una carta sobre la mesa y todos nos inclinamos para escudriñarla. El sobre era común y corriente, de color gris. Las señas que tenía, "Sir Henry Baskerville, Northumberland Hotel", estaban escritas con tosquedad y en el sello se podía leer: "Charing Cross". La misiva había sido entregada al correo la noche pasada.

—¿Quién estaba al tanto de que usted iba a albergarse en el Northumberland Hotel? —inquirió Holmes, mirando con el mayor interés a nuestro visitante.

—Nadie estaba al tanto; tomé la decisión tras conocer al doctor Mortimer.

—Mas, indudablemente, el doctor Mortimer se alojaba en ese sitio desde antes.

—No es así —manifestó el doctor—. Me encontraba gozando de la hospitalidad de alguien de mi amistad. No íbamos a optar por una posada.

—¡Bien...! Parece que alguna persona se encuentra muy interesada en saber cuáles son sus movimientos —dijo Holmes, quien extrajo del sobre un pliego doblado en cuatro, lo desplegó y luego lo extendió sobre la mesa. Una exclusiva frase, escrita pegando palabras impresas, abarcaba el centro de la hoja y decía así: "Si le atribuye algún valor a su vida o a su razón, ponga distancia entre usted y el páramo". Solamente esta última palabra se hallaba manuscrita.

—Entonces—aventuró sir Henry Baskerville— tal vez usted alcance, por un demonio, a explicarme qué quiere decir todo este asunto y quién está detrás de ello.

—¿Cuál es su opinión, doctor Mortimer? Como mínimo, se ve obligado a admitir que nada de sobrenatural tiene este tema.

—Por supuesto que no. Mas podría esto provenir de alguno persuadido de que efectivamente interviene en ello un factor sobrenatural.

—¿De qué hablan? —inquirió bruscamente sir Henry—. Me parece que ustedes, caballeros, están más informados que yo mismo acerca de mis propios asuntos.

—Le vamos a referir todo lo que sabemos antes de que abandone este cuarto, sir Henry. Tiene al respecto mi palabra —aseguró Sherlock Holmes—. Mas momentáneamente y con su venia, vamos a concentrarnos en este interesantísimo documento. Debe haber sido armado y enviado por correo ayer por la noche. ¿Tiene usted a mano el *Times* de ayer, Watson?

—Se encuentra allá, en ese rincón.

—¿Le molestaría dármelo? Me interesa la tercera página, los editoriales —Holmes examinó los artículos velozmente, recorriendo las columnas de arriba abajo—. Un editorial muy a tomar en cuenta, referido a la libertad de comercio. Con vuestro permiso, les leeré una parte: "Quizá lo embauquen a usted para que suponga que su área comercial o industrial será beneficiada por un protector gravamen; mas aplica la razón advertirá que, a la distancia del largo plazo, esa normativa sacará de la nación una crecida riqueza, mermará el valor de las importaciones y reducirá las instancias de vida en el territorio". ¿Qué opina, Watson? —inquirió jubilosamente Holmes, frotándose las manos—. ¿No cree que se trata de un criterio muy digno de admiración?

El doctor Mortimer observó a Holmes con marcado interés profesional y sir Henry Baskerville volvió hacia mí unos ojos tan oscuros como plenos de estupor.

—No sé demasiado sobre gravámenes y cosas por el estilo —manifestó—, pero me parece que nos estamos yendo del asunto principal.

—¡Bien! Pues yo estimo lo opuesto: que estamos ciñéndonos estrechamente a él, sir Henry. Watson conoce más que usted cuáles son mis métodos, pero temo que tampoco el doctor Watson se percató de lo importante que es esta frase.

—Lo admito: no comprendo qué relación guarda una cosa con la otra.

—Empero, mi querido Watson, es muy estrecha, pues la primera fue extraída de esta, precisamente. "Si", "su", "vida", "razón", "valor", "distancia", "del".... ¿Comprende de dónde se extrajeron esas palabras?

—¡El diablo me lleve, tiene usted toda la razón del mundo! ¡Que me cuelguen si no es absolutamente ingenioso! —bramó Sir Henry.

—Y por si le queda duda, no hay más que ver cómo "distancia" y "del" se encuentran en un mismo recorte.

—Ciertamente, ¡así es la cosa!

—En verdad, señor Holmes, esto supera cualquier cosa que hubiese podido imaginar —aseveró el doctor Mortimer, contemplando a mi amigo con estupor.

—. Podría yo entender que alguno aseverara que las palabras salieron de un impreso, pero poder señalar cuál es el periódico y sumar a ello que se trata del artículo editorial, es uno de los logros más asombrosos que vi en mi vida. ¿Cómo lo hizo?

—Me imagino, doctor, que usted bien podría distinguir entre el cráneo de un negro y el de un esquimal.

—Por supuesto que sí

—Mas, ¿cómo es posible eso?

—Pues debido a que es mi entretenimiento preferido. Para mí esas diferencias son notorias. Por ejemplo: el borde supraorbital, el ángulo facial, la curva maxilar, así como el…

—Bien. Mi distracción favorita es esta y los pormenores diferentes también son notorios para mí: la diferencia entre el tipo de imprenta grande y bien espaciado, propio de un artículo del *Times*, y la impresión descuidada de un vespertino de a medio penique, como la que puede apreciar usted entre un negro y un esquimal. La detección de tipos de imprenta es uno de los conocimientos más básicos para el perito en crímenes. Sin embargo, tengo que admitir que en una oportunidad, siendo yo todavía muy joven, confundí el *Leeds Mercury* con el Western Morning News. Mas un editorial del *Times* es algo imposible de confundir; esas palabras no podían haber sido recortadas de ninguna otra parte que no fuera esa. Y tomando en cuenta que eso se realizó ayer, resultaba muy factible que diésemos con ellas donde las encontramos.

—Hasta donde puedo seguirlo, señor Holmes —manifestó sir Henry Baskerville—, está diciendo que alguna persona recortó las palabras de este mensaje utilizando una tijera...

—Una tijera de esas que se emplean para cortar las uñas —amplió Holmes—. Se puede comprobar que se trata de una tijera de hoja pequeña, pues quien la empleó se vio obligado a dar dos cortes para recortar "distancia".

—Ciertamente, así es. Alguien recortó el mensaje con una pequeña tijera; pegó las palabras recortadas empleando...

—Usó goma —afirmó Holmes.

—Las pegó con goma en el papel. Sin embargo, me gustaría saber por qué tuvo que escribir "páramo".

—Pues porque no encontró esa palabra impresa. Las otras eran más simples, podía hallarlas en cualquier edición de la publicación, mas "páramo" es de uso menos habitual.

—Por supuesto, eso lo explica todo. ¿Descubrió algo más en ese anónimo, señor Holmes?

—Un par de indicios más, a pesar de que se hizo cuanto fue posible para borrar cualquier pista. Fíjese: la dirección está escrita con una letra muy tosca. El *Times*, empero, es un periódico que solamente leen aquellos que poseen una cultura superior. Bien podemos deducir que quien realizó el anónimo es alguien educado que intentó simular no serlo. Asimismo, que su interés por esconder cuál es su caligrafía es un indicio de que tal vez uno de ustedes la conozca y alcance a reconocerla. Observe que las palabras no están pegadas con destreza: unas están más altas que las demás. Esto puede estar señalando descuido o quizás ansiedad y apuro por completar la tarea. En suma, me inclino por esta última posibilidad, puesto que estamos ante un asunto evidentemente de importancia y no es demasiado factible que quien redactó la misiva se descuidara por su propia voluntad. Si es verdad que estaba apurado, estamos ante la fundamental pregunta: ¿por qué causa estaba tan apurado, puesto que sir Henry iba a recibir, antes de dejar su alojamiento, cualquier mensaje que fuera entregado al servicio de correos temprano por la mañana? ¿Tenía el redactor de la misiva miedo de ser interrumpido? En ese caso, ¿interrumpido por quién?

—Ingresamos así en el campo de las suposiciones —manifestó el doctor Mortimer.

—Mejor dicho, en el área donde revisamos factibilidades y elegimos aquella que resulta ser la más probable. Se trata del empleo científico de la imaginación, mas invariablemente nos apoyamos en un cimiento de índole material para concretar nuestra especulación. Indudablemente podemos denominar a esto conjeturar, mas estoy en la práctica persuadido de que esto fue redactado en un hotel.

—¿Cómo diablos puede saber eso?

—Si las examina meticulosamente, hallará que la pluma y la tinta resultaron ser un problema para quien escribía con ellas: la pluma borroneó en dos ocasiones una misma palabra y se secó en tres oportunidades, en un breve lapso. Eso señala que la carga del tintero era escasa. Entonces: en raras ocasiones se deja que una pluma o un tintero se encuentren en ese estado y la suma de ambas instancias es muy extraña. Mas todos conocemos las plumas y los tinteros de los hoteles: allí lo raro es dar con otra cosa. Definitivamente, estoy seguro de que si pudiésemos revisar las papeleras de los hoteles en torno de Charing Cross hasta dar con el resto del recortado editorial del *Times*, estaríamos en condiciones de hallar a quien mandó este anónimo. Pero... ¡caramba! ¿qué cosa es esta...?

Holmes estaba revisando meticulosamente el papel con las palabras pegadas, sosteniéndolo a unos escasos centímetros de sus ojos.

—¿Entonces...?

—No, nada —replicó Holmes, dejando caer el papel—. Se trata de la mitad de un pliego por completo en blanco. Ni filigrana posee. Estimo que ya extrajimos cuanto era posible de este extraño mensaje. Bien, sir Henry: ¿le pasó algo más de interesante desde que arribó a Londres?

—No creo, señor Holmes.

—¿Observó que alguien lo siguiera o lo vigilara?

—Creo que me transformé en personaje de novela barata —aventuró el aludido—. ¿Por qué diablos habría alguna persona de vigilarme o de seguirme?

—Estamos aproximándonos a eso. ¿No tiene algo más que informarnos antes de que nos refiramos a su viaje?

—Eso depende de lo que usted estime como digno de ser referido.

—Estimo que cuanto se salga del curso ordinario de la existencia es digno de ser referido.

Sir Henry le sonrió.

—No sé todavía demasiado respecto de la vida británica. La mayor parte de la mía transcurrió en los Estados Unidos y Canadá, mas supongo que tampoco en Inglaterra el extraviar una bota forma parte del desarrollo habitual de las cosas.

—¿Dice que extravió una bota?

—Mi buen señor —agregó el doctor Mortimer—, simplemente se le perdió. Seguramente dará con ella cuando vuelva al hotel. ¿Para qué molestar al señor Holmes con asuntos tan baladíes?

—Me preguntó por cualquier asunto que no fuese parte de lo acostumbrado.

—Efectivamente —subrayó Holmes—, pese a que el hecho puede parecer algo por completo insignificante... ¿Me dice que extravió una bota?

—Digamos mejor que se ha extraviado. Anoche dejé el par afuera; por la mañana solamente di con una de mis botas. Nada pude averiguar merced al sujeto encargado de limpiarlas. Para peor, anoche mismo las había adquirido en Strand. No las usé ni una sola vez.

—Si no se las había puesto antes, ¿por qué razón las dejó para limpiar?

—Eran de cuero sin charolar. Por eso las saqué fuera.

—¿Debo entender, en consecuencia, que al llegar ayer a la ciudad salió enseguida a las calles a comprar botas?

—Adquirí muchos otros artículos y el doctor Mortimer me acompañó en mis compras. Comprenda: voy a ser un propietario conocido y debo vestir de modo acorde con mi rango. Es posible que me haya vuelto algo desaliñado en América. Compré, entre otras cosas, esas botas de color castaño, al costo de seis dólares. Y logré que me hurtaran una antes de poder usarlas.

—Parece ser un hurto singularmente inútil —reflexionó Sherlock Holmes—. Admito que comparto la suposición del doctor Mortimer, acerca de que la prenda desaparecida será prontamente hallada.

—Entonces, caballeros —dijo el aristócrata, muy decidido— considero que ya me explayé en abundancia sobre lo escaso que es de mi conocimiento. Ya llegó el momento de que cumplan con lo prometido y me brinden una amplia información sobre este asunto.

—Eso es muy razonable —refirió Holmes—. Doctor Mortimer, me parece que lo mejor será que le cuente usted la historia a sir Henry, tal como hizo antes con nosotros.

Tras recibir ese aliciente, el científico extrajo el documento que llevaba encima y refirió aquello que nos había contado durante la jornada anterior.

Sir Henry lo escuchó con honda atención, alternando su silencio con esporádicas exclamaciones de sorpresa.

—Según parece, recibí algo más que una herencia — comentó al término del extenso relato—. Desde luego, desde niño oí repetidamente hablar de ese perrazo. Se trata del relato favorito de la familia, pese a que jamás se me ocurrió siquiera tomarlo seriamente en consideración. Mas en lo que respecta al fallecimiento de mi tío... Bien, todo da vueltas en mi cabeza, sin que logre ver las cosas claramente. Estimo que todavía no decidieron qué conviene hacer: acudir a las autoridades policiales o pedir por un sacerdote.

—Desde luego que es así.

—Y ahora se suma el asunto de la misiva que me enviaron. Pienso que seguramente ello encaja perfectamente con el resto...

—Según parece, ello indica que hay alguien que conoce más que nosotros acerca de lo que sucede en el páramo —afirmó el doctor Mortimer.

—Alguien que, asimismo —agregó Holmes—, está bien predispuesto hacia usted. De hecho, le avisa de un riesgo posible.

—O quiere asustarme a favor de él.

—Desde luego que puede muy bien ser así. Le debo algo, doctor Mortimer, por haberme presentado un problema que ofrece diversas opciones de mucho interés. Mas debemos solucionar un asunto práctico, sir Henry: si es algo positivo que se dirija usted a la mansión Baskerville.

—¿Por qué razón debería cuidarme de ello?

—Podría ser algo riesgoso.

—¿Se refiere al peligro de ese diablo familiar o a la participación de humanos?

—Eso lo que tenemos que averiguar.

—En cualesquiera de esos casos, mi respuesta es igual: no existe un diablo en el averno ni un hombre sobre la Tierra capaz de obstaculizar que vuelva a la morada de mis mayores. Puede estar seguro de que esa es mi última palabra al respecto —dijo el aristócrata, frunciendo las cejas, mientras su semblante enrojecía vivamente.

Sin duda, el temperamento característico de los Baskerville seguía vivo en ese, el último del linaje.

—Por otra parte —continuó diciendo el noble—, apenas tuve tiempo de cavilar sobre cuanto me han contado; pedirme que comprenda y tome decisiones simultáneas es algo excesivo. Me encantaría poder disponer de una hora de serenidad, como mínimo. Veamos, señor Holmes... Son las once y media. Voy a volver rectamente a mi cuarto de hotel. ¿Le parece adecuado si usted y el doctor Watson se reúnen a las catorce con nosotros y almorzamos todos en mutua compañía? Para entonces podré decirle más legítimamente cuál es mi óptica acerca de estos asuntos.

—¿Tiene usted algún tipo de inconveniente, Watson?

—Ninguno, por mi parte.

—Entonces, caballeros, cuenten con nosotros. ¿Llamo un carruaje?

—Me gustaría más caminar, pues todo esto me ha dejado algo alterado.

—Lo acompañaré encantado —manifestó el doctor Mortimer.

—Entonces la cita es a las 14 horas. ¡Hasta luego, caballeros!

Escuchamos los pasos de nuestros visitantes descendiendo por la escalera y el ruido de la puerta principal al cerrarse. Enseguida Holmes había dejado de parecer un soñador lánguido para metamorfosearse en un hombre de acción.

—¡Rápido, Watson, su sombrero y sus botas! ¡No tenemos un solo segundo que perder! —Holmes se dirigió a toda velocidad hacia su alcoba, a fin de cambiarse de ropas: regresó con la levita puesta.

Descendimos vertiginosamente y salimos a la calle. Pudimos ver aún al doctor Mortimer y sir Baskerville, como a unos 200 metros de allí, rumbo a Oxford Street.

—¿Desea que me apure y los alcance?

—En lo más mínimo, mi querido Watson. Su compañía me encanta, si a usted no le desagrada la mía. Nuestros amigos estuvieron en lo cierto: es una mañana perfecta para una caminata.

Sherlock Holmes aceleró sus pasos, hasta reducir a la mitad la distancia que nos separaba de aquellos dos. Después –conservando sin cambios una distancia de 100 metros respecto de ellos– seguimos a Baskerville y Mortimer por Oxford Street y luego por Regent Street. En una oportunidad ellos detuvieron su camino para mirar una vidriera y Holmes hizo lo mismo. Después dejó escapar un discreto grito de satisfacción y, al seguir su mirada, vi que un carruaje se había detenido al otro lado de la calle y luego reanudaba su marcha.

—¡Allí se encuentra nuestro hombre, Watson! ¡Vamos! Podremos como mínimo observarlo, aunque nada más que eso.

Entonces comprendí que un sujeto dotado de una espesa barba negra y ojos extremadamente penetrantes se había vuelto hacia donde nos hallábamos nosotros, espiándonos por la ventanilla del vehículo.

Enseguida se alzó la portezuela del techo, el cochero recibió una orden y aquel carruaje salió a todo galope subiendo por Regent Street. Holmes buscó con mirada ansiosa otro carruaje de alquiler que se hallara sin ocupantes, pero fue en vano. Entonces se lanzó a la carrera, con desesperación, entre el nutrido tránsito de la hora, pero era demasiada la ventaja y enseguida aquel vehículo se perdió de vista.

—¡Qué pena! —me dijo Holmes amargado, jadeante y pálido de furia—. ¿Ha existido alguna vez una suerte peor, o una torpeza mayor que esta? Watson, si es usted honrado ¡deberá anotar esto en el debe de mis historias, contrapuesto a mis logros!

—¿Quién era ese sujeto?

—No tengo ni la más mínima idea.

—¿Un espía, tal vez?

—Por lo que escuchamos, es notorio que a Baskerville lo siguieron de cerca apenas llegó a la ciudad. De modo opuesto, ¿cómo habría logrado conocerse enseguida que se albergaba en el Northumberland? Si lo habían seguido desde el primer día, era cosa lógica que asimismo lo siguieran durante la segunda jornada. Tal vez ya comprendió usted que me acerqué en dos oportunidades a la ventana, al tiempo que el doctor Mortimer leía lo de la leyenda.

—Sí, lo recuerdo muy bien.

—Quería comprobar si alguien merodeaba por la calle, pero no tuve éxito. Estamos ante alguien muy listo, pero todavía no sé si sus intenciones son buenas o malas. Sí confirmo que se trata de alguien muy decidido e inteligente. Cuando nuestros visitantes se fueron, enseguida los seguí, esperando poder así ubicar a su compañero invisible. Mas nuestro sujeto tomó el recaudo de no andar a pie sino emplear un carruaje de alquiler. Eso le posibilitó retrasarse o adelantarse a gran velocidad y rehuir de tal modo su ubicación. Con la ventaja además de que, si nuestros amigos abordaban un vehículo, ya estaría listo para perseguirlos. Empero, también observo en ello una desventaja...

—Se encuentra en manos del cochero.

—Precisamente.

—¡Es una pena que no tomamos nota el número del carruaje de alquiler!

—Mi querido Watson, así haya actuado torpemente, no supondrá que pasé por alto ese pormenor. Es el 2704, aunque momentáneamente ese detalle carece de utilidad para nosotros.

—No avizoro qué más podría haber hecho, Holmes.

—Al descubrir el carruaje debería haber retornado y haberme alejado, para luego alquilar otro vehículo y seguir al primero a una distancia adecuada; o en todo caso, mejor, podría dirigirme al Northumberland y allí aguardar serenamente... Luego de que aquel desconocido hubiese seguido a Baskerville hasta su morada habríamos nosotros podido jugar su mismo juego y ver a dónde iba él. Mas, debido a una indiscreta ansiedad que nuestro oponente no dudó en aprovechar con una rapidez y energía sorprendentes, nos autotraicionamos y lo perdimos.

Durante aquella conversación habíamos seguido avanzando despacio por Regent Street y hacía tiempo que el doctor Mortimer y el aristócrata se habían perdido de nuestra vista.

—No tiene sentido ya seguir con esto —concluyó Holmes—. Quien los seguía se fue y no volverá. Veremos si podemos alcanzar otros logros. ¿Reconocería, Watson, el rostro del sujeto en cuestión?

—Solamente alcanzaría, creo yo, a reconocer esa barba.

—Yo igual. En consecuencia, concluyo que era postiza. Alguien inteligente que lleva adelante una tarea de tanta delicadeza exclusivamente emplea una barba como esa para hacer más difícil que lo reconozcan. ¡Vamos, Watson!

Holmes ingresó en una de las oficinas de mensajeros de aquel sector de la ciudad, donde el gerente lo recibió afectuosamente.

—Ya lo veo, Wilson: no ha olvidado cuando tuve la buena suerte de serle de utilidad.

—Señor; yo le aseguro que no lo olvidé. Salvó así mi reputación y tal vez, también salvó mi propia vida.

—Exagera, amigo. Si no me equivoco, cuenta usted entre sus empleados con un jovencito apellidado Cartwright, que demostró bastante talento durante aquella investigación.

—Sí, señor; continúa trabajando aquí.

—¿Podría llamarlo? ¡Gracias! Asimismo, me gustaría cambiar este billete de 5 libras.

Un muchacho de unos cartorce años, despierto y de expresión inquisitiva, se presentó ante nosotros tras ser requerido por el gerente. El chico se quedó admirando a Holmes con toda reverencia.

—Déjeme ver la guía hotelera —le dijo Holmes—. Gracias. Veamos, Cartwright, aquí tienes los nombres de 23 hoteles de los alrededores de Charing Cross. ¿Ves bien eso?

—Así es, señor.

—Debes visitarlos todos, uno tras otro.

—Como usted diga, señor.

—Empezarás, en cada caso, por darle un chelín al portero. Aquí tienes veintitrés chelines.

—Corriente, señor.

—Le dirás a cada portero que debes revisar las papeleras vaciadas ayer, pues perdiste un mensaje de importancia y andas detrás de él. ¿De acuerdo, Cartwright?

—Como usted lo disponga, señor.

—Mas, en verdad, lo que deberás buscar es un ejemplar del *Times* de la jornada de ayer: su doble página central ofrece unos recortes realizados con tijera. Con toda facilidad te darás cuenta de que ese es el periódico que buscas. ¿estamos de acuerdo?

—Perfectamente, señor.

—El portero te derivará en cada ocasión al conserje, a quien asimismo tú le vas a dar otro chelín. Toma: son estos otros veintitrés chelines. Es posible que en veinte de los veintitrés hoteles los papeles de ayer hayan sido eliminados. En los casos restantes darás con un montón de papel y buscarás allí esa página del *Times*. Las posibilidades en contra del logro de tu misión son extremadamente elevadas. Aquí tienes diez chelines más, por si surge algo inesperado. Debes enviarme tu informe mediante telegrama a Baker Street antes de que caiga la noche. Y ahora, Watson, meramente nos queda develar con el concurso del servicio telegráfico quién es nuestro cochero, con el número 2704. Después iremos a una de las galerías de Bond Street y gastaremos las horas admirando pinturas, hasta que llegue el instante de concurrir a nuestra cita en el hotel Northumberland.

5. Algunos cabos sueltos

Sherlock Holmes tenía la notable capacidad de desentenderse de cualquier asunto a voluntad. Durante dos horas pareció que se había olvidado del raro asunto aquel para abocarse plenamente a la moderna escuela pictórica belga. A partir del momento en que abandonamos aquella galería de arte y hasta que arribamos al Northumberland se refirió solamente a temas artísticos, materia sobre la cual poseía una formación extremadamente básica.

—Sir Henry Baskerville los aguarda en sus aposentos —nos informó el recepcionista—. Pidió que subieran apenas al llegar

—¿Tiene inconveniente en que haga una consulta de sus registros? —inquirió Holmes.

—En absoluto, señor.

En el registro del establecimiento se habían inscrito dos entradas posteriores a la de Baskerville: un tal Theophilus Johnson y su familia, provenientes de Newcastle, y la señora Oldmore, quien se alojaba allí con su doncella, ambas venidas de High Lodge, Alton.

—Indudablemente este caballero Johnson es un antiguo

conocido mío —le refirió Holmes al conserje del hotel—. ¿Es un abogado, de cabellos grises, con una ligera renguera?

—No, señor. Es el señor Johnson, dueño de explotaciones de carbón, un caballero muy activo y no mayor que usted mismo.

—¿Está plenamente seguro de que no se equivoca acerca de su ocupación?

—Concurre a este hotel desde hace años y lo conocemos acabadamente.

—En ese caso no se hable más al respecto. Mas, la señora Oldmore... Creo recordar también sus señas. Debe disculparme por ser tan curioso, pero frecuentemente, yendo de visita a lo de un amigo, uno se topa con otras de sus amistades.

—Se trata de una dama que está enferma, señor. Su marido fue otrora el alcalde de Gloucester. Invariablemente honra a este establecimiento con su presencia en cada ocasión que viene a la ciudad.

—Gracias; me temo que no tengo el honor de conocer a esta dama. Hemos alcanzado a hacernos de una información de relevancia merced a estas preguntas, Watson —continuó diciendo Holmes, ya en un tono confidente y bajo, al tiempo que ascendíamos por las escaleras—. Está en nuestro conocimiento que los individuos que sienten un interés tan crecido por nuestro amigo no se albergan en este hotel. Esto implica que, aunque deseen tenerlo vigilado, también se cuidan minuciosamente de ser vistos por sir Henry. Ello es cosa asaz significativa.

—¿Qué sugiere?

—Que... ¡caramba! ¿Qué pasa, mi querido amigo?

Al término de la escalera nos topamos con sir Henry Baskerville. Su semblante lucía indignado y en su mano sostenía una bota vieja y cubierta de polvo. Se lo veía tan ganado por la cólera que apenas se lograba comprender cuanto mascullaba; cuando finalmente se expresó con alguna nitidez, lo hizo con un acento norteamericano mucho más fuerte que aquel que había utilizado esa misma la mañana.

—Me parece que me han tomado por bobo en el Northumberland —exclamó—. Como se descuiden enseguida verán que reciben una sopa de su propio chocolate. ¡Por un demonio! Como ese sujeto no me devuelva la bota que me falta, me voy a expresar sin hacer uso de palabras, precisamente. Soporto una broma, como cualquiera lo hace, señor Holmes, pero esto ya pasa de un mero chiste.

—¿Sigue buscando su bota?

—Sí. Me encuentro decidido a encontrarla.

—Pero, ¿no dijo que era una bota nueva, y de color castaño?

—Exactamente, señor, y ahora es otra: negra y gastada.

—¡Cómo es eso posible! ¿Me está diciendo que...?

—Justamente eso: solamente traje conmigo tres pares de botas. Las flamantes, de color castaño; mis viejas botas negras y mis botines charolados, los que llevo ahora mismo en mis pies. Anoche me birlaron una bota castaña, hoy una negra. A ver: ¿la encontró usted? Ya, hable, ¡no me siga mirando de esa forma!

Había aparecido un camarero alemán, evidentemente víctima de una profundo nerviosismo.

—No, señor. Pregunté por todo el hotel, pero ninguno sabe algo.

—En consecuencia, o aparece la bota antes del ocaso, o iré con el gerente y le diré que me voy en el acto de este hotel. No se le vaya a olvidar. Esa bota es lo último que voy a perder en esta cueva de ladrones. Disculpe usted, señor Holmes, que le ocasione tantas molestias por una causa tan insignificante...

—Creo que está plenamente justificado.

—Lo estima como un asunto serio.

—¿Cómo lo explica?

—No intento explicarlo. Me parece el asunto más absurdo y raro que me haya sucedido en toda mi vida.

—El asunto más raro, tal vez —estimó Holmes, pensativo.

—¿Qué opina usted al respecto?

—Aún no lo entiendo. Es cosa muy complicada, sir Henry.

Cuando relaciono los hechos con el fallecimiento de su tío, dudo de que entre medio millar de casos importantes que he enfrentado hasta el presente haya habido alguno más complejo que este. Tenemos diversas pistas y es factible que alguna nos conduzca a revelar la verdad. Puede que perdamos algún tiempo detrás de un falso indicio, pero tarde o temprano estaremos por el buen camino.

El almuerzo fue muy grato, pese a que en su desarrollo apenas se dijo palabra sobre el asunto principal. Solamente cuando nos retiramos a una sala reservada Holmes le preguntó a sir Baskerville cuáles eran sus intenciones.

—Ir a la mansión de los Baskerville.

—¿Cuándo lo hará?

—Cuando termine esta semana.

—Creo que, en términos generales —manifestó Holmes—, su decisión es la correcta. Tengo pruebas adecuadas de que está siendo seguido en Londres y entre las millones de personas que viven en esta gran ciudad es cosa ardua descubrir quiénes son sus perseguidores y cuáles son sus planes. Si desean hacer el mal son muy capaces de originarle algo más que un contratiempo. No podríamos evitarlo. ¿Estaba en su conocimiento, doctor Mortimer, que alguien los seguía esta mañana, cuando abandonaron mi casa?

El doctor Mortimer sufrió un violento sobresalto.

—¡Nos seguían! ¿Quién...?

—Eso es precisamente lo que no puedo decirles. Entre sus vecinos o la gente que usted conoce en Dartmoor, ¿hay alguna persona de cabello negro y que use barba?

—No me parece que haya alguien así. Aguarde, deme un segundo... ¡Ah, sí! Por supuesto: Barrymore, el mayordomo de sir Charles, es moreno y usa barba.

—¡Ah! ¿Dónde se encuentra Barrymore?

—Tiene bajo su cargo la mansión Baskerville.

—Lo mejor será que comprobemos si permanece en ese sitio o se desplazó hasta Londres.

—¿Cómo averiguarlo?

—Deme un formulario para telegramas. "¿Está todo preparado para que llegue sir Henry?". Va a alcanzar con eso. Debe ir dirigido el mensaje al señor Barrymore, residencia Baskerville. ¿Cuál es la oficina de correo más cercana? Ah, Grimpen. Bien, enviaremos otro mensaje al jefe de correos de Grimpen: "Telegrama para entregar en mano al señor Barrymore. Si no se encuentra, favor de retornar el mensaje a sir Henry Baskerville, en el hotel Northumberland". Esto nos posibilitará conocer, antes de que caiga el sol, si Barrymore está en su lugar de tareas o se ha marchado.

—Asunto solucionado —concluyó Baskerville—. En verdad, doctor Mortimer, ¿quién es ese tal Barrymore?

—El hijo del antiguo guardia, quien ya falleció. Los miembros de la familia Barrymore llevan cuatro generaciones al cuidado de la mansión. Hasta donde sé, él y su esposa son un dúo tan respetado como cualquier otra pareja del condado.

—Simultáneamente —aventuró Baskerville—, es evidente que mientras en la mansión no se encuentre alguien de mi familia esas personas disfrutan de un magnífico hogar, sin mayores obligaciones.

—Es verdad.

—¿Le dejó sir Charles algo al matrimonio Barrymore en su testamento? —inquirió Holmes.

—Él y su mujer recibieron 500 libras cada uno.

—¡Oh! ¿Estaban al tanto de que iban a recibir eso?

—Efectivamente. Sir Charles era muy dado a comunicar los detalles de su testamento.

—Eso es ciertamente del mayor interés.

—Espero —manifestó el doctor— que no considere sospechosas a todas las personas que han recibido algo de sir Charles. También a mí me dejó 1000 libras.

—¡Caramba! ¿Y a alguien más benefició sir Charles?

—Hubo muchas sumas mínimas destinadas a otras personas; asimismo se donó dinero a un crecido número de obras caritativas. Cuanto resta le pertenece a sir Henry.

—¿De cuánto estamos hablando?

—De 640 mil libras.

Holmes alzó sus cejas, asombrado.

—No me figuraba tanto —expresó.

—Se daba por hecho que sir Charles era muy pudiente, pero sólo hemos sabido cuánto al hacer el inventario de sus bienes, que casi llegan a una suma de un millón de libras.

—¡Cielos! Con semejante apuesta, bien cabe hacer una jugada desesperada. Solamente algo más, doctor Mortimer. Si le sucediera algo imprevisto a nuestro joven amigo, y disculpen que diga esto, ¿quién heredaría esa fortuna?

—Puesto que Rodger Baskerville, el hermano pequeño, falleció siendo soltero, la herencia pasaría a manos de los Desmond, quienes son primos lejanos. James Desmond es un sacerdote ya muy mayor y reside en Westmorland.

—Gracias. Todos esto es de un supremo interés. ¿Conoce al señor James Desmond?

—Así es, puesto que cierta vez visitó a sir Charles. Es alguien de apariencia venerable y de vida intachable. Me acuerdo muy bien: a pesar de que sir Charles insistió repetidamente, él se mantuvo en su negativa acerca de aceptar una asignación.

—Este caballero de inclinación tan sencillas, se convertiría en el heredero de esa fortuna...

—Heredaría la propiedad, pues está vinculada, y el dinero también, a menos que el actual propietario, que puede hacer lo que quiera con él, le diera otro destino en su testamento.

—¿Ya testó usted, sir Henry?

—No lo hice todavía, señor Holmes, por falta de tiempo adecuado. Acabo de ponerme al tanto de la situación. Mas entiendo que el dinero no debe separarse del título ni de la propiedad. Ese era el criterio de mi desgraciado tío. ¿Cómo restaurar el esplendor de Baskerville sin el dinero necesario para mantener la propiedad? La mansión, el solar y el efectivo deben seguir juntos.

—Así corresponde. Sir Henry, yo estoy de acuerdo con usted en que se traslade sin demora a Devonshire, mas no tiene que ir solo.

—El doctor Mortimer volverá conmigo.

—Sin embargo, el doctor debe atender a sus pacientes y su residencia se encuentra distante de la suya. Incluso aunque quiera, no puede auxiliarlo. Debe ir con usted alguien de confianza y que no se separe ni un momento de su persona.

—¿Puede venir conmigo, señor Holmes?

—Si tuviese lugar un incidente haría cuanto fuera factible por estar junto a usted, pero seguramente entenderá que, tomando en cuenta el caudal de mi clientela y los permanentes pedidos de apoyo que recibo, provenientes de todas partes, es imposible para mí dejar la ciudad por un lapso no establecido. Ahora mismo, una de las prosapias más prominentes del reino está siendo afrentada por un chantajista y debo impedirlo cuanto antes. No, es imposible ahora dirigirme a Dartmoor.

—En ese caso, ¿a quién me recomendaría como acompañante?

Holmes me tomó del brazo.

—Si mi camarada está dispuesto a ir con usted, no hay quien resulte de mayor utilidad en caso de un incidente. Nadie puede darle mayores seguridades al respecto que yo mismo.

Aquello fue absolutamente sorprendente para mí. Empero, y antes de que atinara a opinar, Baskerville aferró cordialmente mi mano y me dijo:

—Doctor Watson, es muy amable. Ya ve quién soy y sabe de esto tanto como yo. Si viene en mi compañía a la mansión Baskerville y me ayuda, nunca lo olvidaré.

Siempre me ha fascinado la chance de vivir una aventura y me sentía asimismo muy halagado por lo referido por mi amigo Holmes y el entusiasmo con que el aristócrata me había aceptado.

—Iré con todo gusto —confirmé—. No podría emplear el tiempo de un modo mejor.

—Asimismo se ocupará de informarme con precisión —expresó Holmes—. Si algo sucede y así será, le indicaré qué hacer. ¿Estarán listos para el sábado?

—¿Le convendrá eso al doctor Watson?

—Ningún problema, por mi parte.

—Entonces, y si no tiene usted noticias contrarias, el sábado nos vamos a encontrar en Paddington para abordar el tren de las 10:30 horas.

Nos habíamos levantado para dejar aquel sitio cuando Baskerville lanzó un grito de victoria. Luego se abalanzó hacia una esquina de la estancia y extrajo una bota de color castaño de debajo de un mueble.

—¡La que me faltaba! —exclamó el aristócrata.

—¡Ojalá nuestras dificultades desaparezcan así de fácil! —acotó Sherlock Holmes.

—Resulta algo muy raro esto, de todos modos —reflexionó el doctor Mortimer—. Registré meticulosamente la sala previamente al almuerzo.

—Yo hice lo mismo —agregó Baskerville—. Cada centímetro del lugar.

—No había bota alguna.

—Entonces, esta tiene que haberla dejado allí el camarero.

Se llamó al criado alemán, quien afirmó nada saber de aquello, y el mismo resultado se originó de otras inquisiciones. Un elemento más se había adicionado a la secuencia permanente de diminutos enigmas –aparentemente, sin mayor sentido– que se alternaban tan velozmente. Dejando de lado la lúgubre narración del fallecimiento de sir Charles, apreciábamos una serie de sucesos que no podían ser explicados, producidos en el lapso de 48 horas. Entre ellos se contaban la carta realizada con recortes de periódico, el espía de barba en el carruaje, la falta de la bota nueva de color castaño, de la gastada bota negra y recién entonces, la aparición de la bota nueva. Holmes siguió sin decir palabra mientras tornábamos a Baker Street en un carruaje. Su ceño arrugado y lo intenso de su expresión evidenciaban que estaba, como yo, profundamente concentrado en la búsqueda de alguna explicación que ordenara esa suma de hechos tan raros. Ya en la casa siguió toda esa tarde, y hasta ya bien entrada esa noche, inmerso en el tabaco y sus cavilaciones.

Antes de la cena llegaron un par de telegramas. El primero decía: "Acabo de saber que Barrymore se encuentra en la mansión. Baskerville".

En cuanto al segundo mensaje, rezaba: "Visité 23 hoteles. Imposible dar con página del *Times*. Cartwright".

—Un par de pistas que desaparecen, Watson. ¡No existe mejor estímulo! Nada como un caso donde todo se muestra contrario. Seguiremos buscando una explicación...

—Resta lo del cochero que conducía al espía.

—Justamente. Envié un telegrama al registro oficial para que nos brinde su nombre y también su domicilio. No sería una sorpresa para mí que ello representara la contestación de mi pregunta.

Empero, el sonido del timbre resultó ser todavía mejor que una respuesta, pues se abrió la puerta e ingresó un sujeto de aspecto muy rústico; con toda evidencia era aquel el cochero en persona.

—La oficina me ha hecho saber que un caballero que vive aquí preguntó por el 2704 —nos dijo—. Llevo siete años en mi trabajo y nunca di motivo a una sola queja. Vengo a preguntar cara a cara qué cargo tiene en mi contra.

—Nada contra usted, buen hombre —lo tranquilizó mi amigo—. Al contrario: le daré medio soberano si contesta a mis preguntas.

—Hoy he tenido un buen día, ¡ya lo creo! —dijo el cochero, sonriendo—. ¿Qué quiere saber, caballero?

—Primeramente su nombre y dirección, por si vuelvo a precisar sus servicios.

—John Clayton, número 3 de Turpey Street, en Borough. Guardo el carruaje en el depósito Shipley, próximo de la estación de Waterloo.

Sherlock Holmes anotó esos datos.

—Veamos, Clayton, cuénteme cuanto usted conozca sobre el cliente que estuvo vigilando esta casa a las 10 de la mañana y siguió después a dos caballeros a lo largo de Regent Street.

El cochero pareció sorprenderse y abochornarse.

—Bueno, no tengo mucho que informarle. Parece saber tanto como yo —respondió—. Ese señor me dijo que era investigador y que nada debía yo decir respecto de él.

—Es un asunto de extrema gravedad el que nos ocupa, buen hombre. Hasta puede ser que usted mismo se halle en una situación comprometida en caso de que intente esconderme algún detalle... ¿El cliente le dijo que era un investigador?

—Sí, señor.

—¿Cuándo se lo mencionó?

—Cuando se fue.

—¿Dijo alguna cosa más?

—Sí. Mencionó cómo se llamaba.

Holmes me lanzó una rápida mirada triunfal.

—¿Le dijo cómo se llamaba? Eso fue imprudente. ¿Cuál dijo que era su nombre?

—Sherlock Holmes.

Nunca vi a mi amigo tan sorprendido; el asombro lo dejó mudo, mas después dejó oír una carcajada:

—¡Tocado, Watson! ¡Tocado, qué duda cabe! —exclamó—. Aprecio un florete tan veloz y flexible como el mío. Ha logrado alcanzar un blanco perfecto. De modo que dijo llamarse Sherlock Holmes, ¿no es así?

—Sí, señor.

—¡Excelente! Cuénteme dónde lo recogió y cuanto luego sucedió.

—Me detuvo en Trafalgar Square, a eso de las 9:30 horas. Mencionó que era un investigador y me dijo que me daría dos guineas si seguía sus instrucciones durante toda la jornada, sin hacerle ninguna pregunta. Acepté con gusto. Nos dirigimos al hotel Northumberland y esperamos allí hasta que salieron dos caballeros, quienes abordaron uno de los carruajes que esperaban ante la entrada. Luego los seguimos hasta el momento en que el vehículo en el que ellos iban detuvo su marcha cerca de aquí.

—Esta puerta —sumó Holmes.

—Bueno, eso no lo sé, pero podría garantizarle que mi pasajero conocía y muy bien este lugar. Nos detuvimos a determinada distancia. Allí esperamos cosa de una hora y media. Después esos caballeros pasaron cerca de nosotros, marchando a pie, y los seguimos a lo largo de Baker Street, y también a través de...

—Ya estoy al tanto de eso—aseguró Holmes.

—Hasta recorrer las tres cuartas secciones de Regent Street. Fue entonces que mi cliente levantó la portezuela del techo y me gritó que siguiera hasta la estación Waterloo lo más rápido que me fuese posible. Azoté al caballo y antes de diez minutos allí arribamos. Luego me dio las dos guineas que me había prometido e ingresó enseguida en la estación. Pero antes de irse se volvió y me dijo: "Tal vez quiera saber que transportó al señor Sherlock Holmes". Así me enteré de su nombre.

—Lo comprendo. ¿No volvió a verlo?

—No, desde que ingresó en la estación.

—¿Cómo describiría al señor Holmes?

El cochero se rascó su cabeza.

—No es fácil de describir. Diría que tiene unos cuarenta años, es de estatura mediana; como cuatro o seis centímetros menos que usted. Se hallaba muy bien vestido y gastaba una barba renegrida, recortada rectamente y por abajo. Lucía pálido. Creo que eso es cuanto puedo decirle acerca de él.

—¿Cuál era el color de sus ojos?

—Lo ignoro.

—¿Recuerda algo más?

—Nada más.

—Entonces aquí está su medio soberano. Hay otro que lo aguarda si tiene más que decirme. ¡Buenas noches!

—Buenas noches, señor, y... ¡gracias!

John Clayton se marchó sonriendo y Holmes se volvió hacia mí encogiendo los hombros y mostrando una apenada sonrisa.

—Se quebró nuestro tercer cabo y terminamos donde comenzamos —concluyó—. Ese astuto malandra conocía el número de nuestra casa, y que sir Henry Baskerville me había visitado. Me identificó en Regent Street. También se imaginó que yo me había fijado en el número del vehículo y que iba a terminar por dar con el conductor de ese vehículo. Entonces tomó la decisión de mandarme ese mensaje tan impertinente. Puedo asegurárselo, Watson, dimos con un antagonista de peso. Me dio jaque mate en Londres. Solamente me resta desearle a usted que tenga una suerte mejor allá, en Devonshire, aunque debo admitirlo: no estoy nada sereno.

—¿No lo está?

—No me agrada enviarlo a usted. Es un asunto extremadamente desagradable, Watson, y peligroso. Más conozco de este asunto y en menor medida me agrada. Así es, mi buen amigo: ríase si quiere, pero le garantizo que va a causarme una gran alegría el volver a verlo a usted, sano y salvo, en Baker Street.

6. La residencia Baskerville

El día de referencia sir Henry Baskerville y el doctor Mortimer estaban preparados para el viaje y, como habíamos establecido, salimos hacia Devonshire. Sherlock Holmes me acompañó hasta la estación y antes de irme me brindó las últimas instrucciones y sus recomendaciones.

—No deseo influir sugiriéndole teorías o insinuando cuáles son mis sospechas, Watson. Solamente comuníqueme cuanto suceda del modo más completo que le resulte factible y déjeme a mí ocuparme del asunto teórico.

—¿Qué tipo de hechos? —inquirí yo.

—Cualquier suceso que pueda relacionarse con el caso, por indirecta que resulte la vía. Me interesan singularmente las relaciones que establezca el joven Baskerville con sus vecinos, así como cualquier factor novedoso en referencia al fallecimiento de sir Charles. Por mi lado, ya llevé a cabo algunas pesquisas recientemente, mas me temo que todas ellas inútiles. Una sola cosa parece ser verdadera: que el señor James Desmond, el siguiente heredero, es un virtuoso de edad muy mayor, y en consecuencia no es procedente suponerlo en relación con esta persecución. Estimo que podemos sacarlo de nuestros cálculos. Nos restan aquellas personas que en el presente conviven con sir Henry en el páramo.

—¿No sería adecuado liberarse en primer término de los Barrymore?

—Ese sería un error imposible de perdonar, pues en caso de que fueran inocentes ello configuraría una terrible injusticia y, si resultaran ser culpables, estaríamos dejando de lado la probabilidad de comprobarlo. Vamos a dejarlos incluidos en nuestra nómina de gente sospechosa. Asimismo, resta un muchacho de las caballerizas, creo recordarlo. Y también tenemos a los granjeros del erial. Sigue a estos nuestro conocido, el doctor Mortimer, de cuya honestidad estoy plenamente persuadido, y su mujer, de quien todo lo ignoramos. Sumemos a estos sospechosos al naturalista llamado Stapleton, y a su hermana. De ella se dice que es bien bonita. Después tenemos al señor Frankland, de la mansión Lafter, otro ignoto elemento. Debemos sumar todavía a un par de vecinos. Todos estos sujetos son su particular objetivo, Watson.

—Haré todo lo que pueda.

—¿Va usted armado?

—Sí, lo estimo conveniente.

—Sin duda. No deje un segundo su revólver y manténgase constantemente en estado de alerta.

Nuestros conocidos ya habían reservado asientos en un vagón de primera y aguardaban por nosotros en el andén.

—No disponemos de nueva información —informó el doctor Mortimer, respondiéndole a Holmes—. De algo estoy bien seguro: no nos siguieron durante los últimos dos días. No salimos nunca sin una estrecha vigilancia y nadie hubiera logrado pasar inadvertido.

—Supongo que se conservaron invariablemente juntos.

—Salvo ayer, durante la tarde. Acostumbro dedicar una

jornada al esparcimiento cuando visito Londres. En consecuencia, destiné la tarde al museo del Colegio de Cirujanos.

—Yo caminé por el parque y observé a la gente —afirmó Baskerville—. No tuvimos ningún tipo de inconveniente.

—Sin embargo, fue algo a todas luces carente de la menor prudencia —rezongó Holmes, moviendo muy severamente su cabeza—. Le imploro, sir Henry, que no vaya solo a ninguna parte más. Le puede suceder algo horrendo. ¿Recuperó ya la otra bota?

—No. Al parecer, se halla desaparecida para siempre.

—¡Caramba!. Eso resulta algo de veras muy interesante. Bueno, ¡nos vemos! —agregó, cuando el tren estaba ya arrancando—. No olvide, sir Henry, una de esas frases de la añeja leyenda que nos hizo conocer el doctor Mortimer y rehuya el páramo durante la noche, cuando son más poderosas las potencias malignas.

Volví a mirar el andén algo después y confirmé que todavía estaba en él esa silueta de estatura elevada y expresión tan sobria que era Holmes, quien seguía sin moverse y con sus ojos clavados en nosotros.

El viaje fue tan grato como veloz. Yo lo dediqué a conocer en mayor medida a mis compañeros de trayecto, así como en entretenerme jugando con el cocker spaniel del doctor Mortimer. En escasas horas, la tierra parda se volvió rojiza, el ladrillo se metamorfoseó en granito y se dejaron ver unas vacas coloradas pastando en terrenos muy bien delimitados, allí donde el abundante pasto y la crecida verdura afirmaban la presencia de un territorio más fértil y asimismo de mayor humedad.

El joven señor Baskerville miraba con sumo interés el paisaje aquel y dejó oír expresiones jubilosas al identificar lo que tenía para él de conocido el paraje de Devon.

—Recorrí una notable proporción del planeta a partir de que abandoné Inglaterra, doctor Watson —señaló—, sin embargo jamás di con un sitio que pueda parangonar con estas comarcas.

—No conozco a uno solo nacido en Devonshire que reniegue de su tierra —subrayé.

—Ello depende tanto de la raza como del condado —sugirió el doctor Mortimer—. Un mero vistazo al cráneo de nuestro amigo y se aprecia en el acto la redonda cabeza celta, señal del entusiasmo céltico y su capacidad de afecto. La cabeza del pobre sir Charles correspondía a una variedad de extrema rareza, a medias gaélica, a medias de tipo irlandés. Empero, era usted extremadamente juvenil la pasada vez que contempló la mansión Baskerville, ¿verdad?

—Era un adolescente cuando falleció mi padre. Nunca pude ver la mansión. Nosotros morábamos en un reducido chalé, en la costa sureña. Desde ese punto me dirigí sin escalas a vivir con un amigo norteamericano. Le puedo jurar que todo esto es tan novedoso para mí como resulta ser para el doctor Watson. ¡No quepo en mí de las ganas que tengo de ver el páramo!

—¿En verdad es así? Porque de ese modo ya tiene su objetivo a mano. Puede verlo desde aquí —refirió el doctor Mortimer, señalando hacia el sitio que estábamos atravesando.

Sobre los cuadros verdes de esos terrenos y de la curvatura de una foresta, se levantaba lejana una grisácea y melancólica colina, cuya extraña cima, de bordes dentados, difusa por lo distante, parecía algo extraído de un sueño fantasioso. El joven amo de Baskerville se mantuvo inmóvil un buen rato, con la vista clavada en esa colina. Por su expresión comprendí cuánto significaba para el joven esa novedosa visión del raro sitio del que sus ancestros habían sido los propietarios por tan extenso lapso, allí donde habían dejado una impronta tan profunda. Aunque vestía de tweed, pese a que su marcado acento era tan americano y más allá de que se movía en un tren, mucho más que en cualquier otro instante percibí, mirando su semblante moreno y dotado de tanta expresión, que se trataba de un genuino descendiente de esos hombres ardientes y tan despóticos de antaño.

Sus gruesas cejas, las delicadas ventanas de la nariz y los grandes ojos color café daban testimonio de su orgullo, su coraje y potencia. Si en ese erial hostil nos aguardaba un asunto riesgoso y arduo, como mínimo en ese joven tenía un camarada que bien valía aceptar cualquier peligro, en la confianza de que iba a compartir ese reto con toda valentía.

El tren detuvo su marcha en una diminuta estación cercana a la carretera y allí fue que nos apeamos.

Afuera, allende un cerco blanco y de baja altura, nos aguardaba un carromato que arrastraba un par de caballejos. Nuestro arribo indudablemente implicaba todo un suceso para aquel lugar, pues el jefe de la estación y los mozalbetes de cuerda se apiñaron en torno de nosotros, bregando por llevar nuestra impedimenta. Ese era un sitio de gran sencillez y muy grato, mas me asombró comprobar que estaban allí, junto a la tranquera, un par de sujetos de aire marcial, vistiendo uniformes oscuros; se apoyaban en sus armas largas y nos miraban muy atentamente. El cochero, un hombrecito de rasgos duros y manos sarmentosas, saludó a sir Henry y apenas un rato más tarde debo decir que prácticamente "volábamos" por una ancha carretera blanca. Sinuosos cuadros de pastoreo subían por ambos flancos y añejas viviendas con remates se dejaban ver entre la tupida vegetación, mas detrás de la campiña serena que doraba el sol se levantaba, sombría en su contraste con el ocaso, la extensa y nostálgica curvatura del erial, sembrada aquí y allá de elevaciones dentadas y lúgubres.

El carromato tomó el desvío lateral y comenzamos a subir por hundidos senderos, gastados por centurias de rodaduras, con profundos precipicios a los flancos, tapizados de mojado musgo y suculentas plantas.

Helechos ennegrecidos y malezas fulguraban con el ocaso y sin dejar de ascender, cruzamos un angosto puente de piedra y bordeamos un ruidoso y raudo caudal, espumeante entre enormes peñascos. Tanto el sendero como la lengua de agua corrían más adelante por una hondonada cubierta por un robledal achaparrado, donde también abundaban los abetos.

Con cada curva de la senda que seguíamos, el señor de Baskerville lanzaba otra exclamación de gozo, mientras contemplaba absorto en torno de sí, preguntando por incontables asuntos. Cuanto admiraba le resulta espléndido, mas para mí era innegable que todo ese paraje poseía una gran melancolía, cuando ya se dejaba avizorar la cercanía de la época invernal.

Los senderos se hallaban tapizados de hojas amarillentas, que asimismo caían sobre nosotros, y el traquetear del carromato se acallaba mientras cruzábamos sobre la vegetación descompuesta. Esos eran lamentables obsequios, según yo pensaba, para que la naturaleza los arrojara en el camino del heredero de la dinastía Baskerville de retorno al solar familiar.

—¡Caray! —lanzó el doctor Mortimer—, ¿qué cosa es eso?

Estábamos ante una marcada pendiente recubierta de brezo, una avanzada del erial, y en la porción más elevada, tan evidente y nítido como un monumento ecuestre sobre su columnata, avizoramos un soldado montado, sobrio y medido, con su arma lista sobre el brazo, como centinela del camino que recorríamos.

—¿Qué sucede, Perkins? —inquirió el doctor Mortimer.

El cochero se volvió en su asiento.

—Un detenido huyó de Princetown, señor. Hace tres días que está libre y las autoridades revisan los caminos y las estaciones, aunque por ahora sin resultados. Eso desagrada mucho a los granjeros de la región, puedo asegurarlo.

—Bien: de acuerdo con lo que tengo entendido, les darán cinco libras si aportan datos sobre el asunto.

—Ciertamente, señor, mas la probabilidad de hacerse de esa suma es desdeñable comparada con el miedo a que les corten la garganta. No es un criminal común y corriente: es uno a quien nada lo detiene.

—¿Quién es ese?

—Selden, señor: el homicida de Notting Hill.

Yo recordaba perfectamente aquel caso; había acaparado toda la atención de Holmes a causa de la singular crueldad desplegada y la bestialidad sin sentido que había signado cada acción del criminal. A causa de ciertas vacilaciones respecto de su estado mental le habían conmutado la sentencia suprema, justamente por lo extremo de su comportamiento. Nuestro carromato había llegado a la cumbre de aquel montículo y en ese instante se mostró frente a nosotros la inmensidad del páramo, sembrado de aglomeraciones de rocas y peñas de muy raras formas. Inmediatamente nos azotó un gélida brisa que nos hizo temblar. En alguna parte de esa planicie hostil se refugiaba el demoníaco homicida, en una madriguera de fiera, odiando a toda la humanidad que lo había separado de sí. Lo único que nos faltaba era aquello para llegar al extremo del poder de sugestión de ese erial, todo sumado al gélido ventarrón y el firmamento donde ya anochecía. Incluso Baskerville se llamó a silencio y se arrebujó en su abrigo.

Dejamos atrás y abajo el terreno fértil y al darnos vuelta admiramos los rayos transversales de un sol descendente, que transformaba el agua en senderos dorados y fulguraba sobre la comarca bermellón, recién apartada por la hoja del arado, y encima de la amplia cobertura forestal. La senda que se abría ante nosotros se iba tornando a cada metro más solitaria y feral, por sobre inmensos terraplenes rojizos y verdosos, sembrados de rocas colosales. De vez en vez nos acercábamos a una vivienda de las que allí había —con paredes y techumbres pétreas— carentes de alguna hiedra que dulcificara su austera figura. Súbitamente nos hallamos frente a una hondura como de tazón, cubierta de robledales y abetos enanos, retorcidos y aplanados por décadas de borrascas. Un par de elevados torreones, muy angostos, se erguían sobre el alcance de los árboles; el cochero nos señaló algo con la punta de su látigo.

—La mansión Baskerville —dijo.

Su amo se había incorporado y contemplaba la propiedad con las mejillas encendidas y los ojos brillantes. Minutos después llegamos al portón de la vivienda del cuidador, un dédalo de fantasmagórico trazado en hierro forjado, con pilas a cada flanco, gastadas por el paso del tiempo, maculadas por líquenes, coronadas por las cabezas de jabalí características de la heráldica Baskerville. La morada del cuidador consistía en una ruina de granito negro y desnudas vigas, pero ante ella se alzaba una nueva edificación, todavía a medio construir: el fruto inicial del oro sudafricano de sir Charles.

Atravesando el portón ingresamos en aquella avenida, allí donde las ruedas enmudecieron otra vez sobre las hojas podridas y los árboles centenarios cruzaban sus ramajes conformando un túnel sombrío sobre nuestras cabezas. Baskerville se estremeció al mirar hacia el fondo de la prolongada y tenebrosa avenida, donde la mansión fulguraba tan débilmente como un espectro.

—¿Fue en este lugar? —inquirió en voz bien baja.

—No. La Vuelta de los Tejos está del otro lado.

El joven heredero miró en torno con una expresión melancólica.

—Nada tiene de raro que mi tío creyera que algo malo le iba a pasar en un lugar como este —afirmó—. No se necesita otra cosa para aterrar a cualquiera. Haré instalar lámparas eléctricas antes de un semestre. No podrán identificar este lugar cuando tengamos a las puertas la potencia de mil bujías de Swan y Edison.

La avenida culminaba en una enorme extensión de césped y la casa ya se hallaba ante nosotros. La fachada principal estaba tapizada enteramente de hiedra, con unas porciones recortadas por aquí y por allá, a fin de que una ventana o un escudo heráldico se asomara. Desde la porción central se levantaban unas torres mellizas, añejas, con almenas y atravesadas por multitud de troneras. A la izquierda y a la derecha de esas torres se abrían las alas más recientes, edificadas en granito negro. Una luz agonizante fulguraba a través de los ventanales con gruesos tragaluces, y de las elevadas chimeneas que brotaban del techo surgía una columna de humareda oscura.

—¡Sea usted bienvenido, sir Henry! ¡Bienvenido a la mansión Baskerville!

Un sujeto muy alto había abandonado las tinieblas del

frente para abrir la portezuela del carromato. Una mujer se recortaba contra la luz amarillenta del recibidor, y asimismo ella se aproximó para auxiliar al individuo alto con nuestro bagaje.

—Espero que no lo tome en un mal sentido, sir Henry: me dirigiré directamente a mi casa —previno el doctor Mortimer—. Mi esposa me espera.

—¿No se queda a cenar?

—No; no puedo. Seguramente tendré pacientes que me aguardan. Me gustaría enseñarle la mansión, mas sin duda Barrymore lo hará mejor que yo. Hasta pronto y no vaya a hesitar en ordenar que me busquen, tanto sea de día como de noche, en caso de que le pueda ser a usted útil en algo.

El sonido de las ruedas se perdió por la avenida, mientras sir Henry y yo ingresábamos en la mansión y la puerta era cerrada ruidosamente detrás de nosotros.

Dimos con una magnífica estancia, de nobles dimensiones y ornada por vigas de roble que había oscurecido el tiempo; en la inmensa chimenea de otra época y tras los elevados soportes de hierro forjado bramaba una hoguera. Sir Henry y yo adelantamos las manos hacia ese fuego de leños, reconfortados después del prolongado trayecto a bordo del carromato traqueteante. Después admiramos las altas y angostas ventanas con vitrales, la *boisserie* de los muros, los cráneos de ciervo, los escudos heráldicos... todo se veía difuso y tenebroso a la poca luz de la luminaria central.

—Tal como me lo imaginaba —señaló Sir Henry—. ¿No es la imagen más propia de un añejo hogar familiar? Y... ¡pensar que aquí vivieron mis antepasados por medio millar de años! La mera idea torna todo aún más solemne.

Observé cómo su semblante moreno se iluminaba de fervor juvenil al admirar cuanto lo rodeaba. Se hallaba en una posición donde la iluminación caía sobre él plenamente, mas penumbras alargadas surgían de los muros, colgando como oscuros pendones sobre su cabeza. El mayordomo, Barrymore, había retornado tras llevar nuestras maletas a los aposentos designados. El sirviente se detuvo ante nosotros con la discreción propia de un criado experimentado.

Era un hombre de notable apariencia. Muy alto, bien parecido, con una barba negra cuadrada, la piel pálida y sus rasgos revelaban cierta distinción.

—¿Desea que se sirva la cena, sir Henry?

—¿Es que ya está lista?

—En unos pocos minutos, señor. Encontrarán agua caliente en sus aposentos. Mi esposa y yo, sir Henry, seguiremos a su servicio con todo gusto hasta que disponga, pese que sabrá que con la nueva situación se debe agrandar la dotación de sirvientes de la propiedad.

—¿Qué nueva situación es la que usted refiere?

—Me refiero a que sir Charles llevaba una existencia retirada y le alcanzaba con nuestro servicio. Usted querrá llevar una mayor vida social y, por ende, deberá hacer algunas modificaciones.

—¿Eso significa que su esposa y usted quieren marcharse?

—Solo cuando ya no le acarree inconvenientes.

—Sin embargo su familia nos ha servido por muchas generaciones, ¿no es verdad? Lamentaría romper tan añeja relación.

Me pareció apreciar ciertas señales emotivas en el pálido semblante del mayordomo.

—Mis sentimientos son los mismos, sir Henry, así como lo que siente mi esposa. Mas ciertamente ambos éramos muy afectos a sir Charles y su desaparición fue un golpe tremendo para nosotros. Esta propiedad está repleta de muy dolorosos recuerdos. Me temo que no recobraremos la serenidad en la mansión Baskerville.

—¿Qué van a hacer?

—Estoy persuadido de que tendremos buena fortuna en algún negocio. La generosidad de sir Charles nos dio los medios para ello. Ahora, señor, tal vez lo mejor sea que los conduzca a sus cuartos.

Una galería de planta rectangular a la que se arribaba por unas escaleras dobles, corría atravesando la enorme sala central. Desde allí un par de extensos pasillos se abrían a lo largo de la mansión: a ellos daban los cuartos de dormir.

Mis aposentos se hallaban en las cercanías de los de Baskerville, casi anejos a los suyos. Esas estancias resultaban en apariencia mucho más modernas que el centro de la residencia. El alegre papel de pared y la buena provisión de velas aportaron lo suyo para difuminar la tenebrosa sensación que se había adueñado de mis pensamientos a partir de mi mismo arribo. Mas el salón comedor, al que se llegaba atravesando la enorme sala principal, era asimismo un sector oscuro e impregnado de melancolía; una extensa estancia separada de la porción más baja por un escalón, sector reservado a los súbditos del señor, para diferenciarlo de la plataforma asignada a los de la familia propietaria. En una punta había un palco para los músicos.

Oscuras vigas cruzaban el techo y todavía, por encima de ellas, estaba la techumbre que el humo había entenebrecido. Provisto de filas de teas para su iluminación y con el abigarrado y rústico bullicio de un ágape propio de eras pasadas, tal vez su apariencia hubiese resultado más acogedora, pero entonces, cuando apenas un par de caballeros con atuendos negros ocupaban el reducido redondel luminoso que daba una luminaria provista de pantallas, las voces se agostaban y las almas se derrumbaban. Una difusa fila de ancestros, vestidos de maneras muy diferentes –desde el señor isabelino hasta el pisaverde propio de la Regencia– nos contemplaban desde las alturas, imponiéndose a nuestros ánimos con su silente presencia. Conversamos escasamente y de modo fortuito. Me causó alegría que culminara esa comida y pudiésemos ir al moderno salón de billar a fumar.

—Ciertamente este lugar no luce demasiado alegre —sentenció sir Henry—. Estimo que nos vamos a acostumbrar, pero momentáneamente me abruma. No me resulta tan raro que mi tío se sintiera nervioso, tan solo en una propiedad de estas características. Si le parece adecuado, nos recogeremos enseguida. Tal vez todo mejore su apariencia mañana en la mañana.

Abrí las cortinas antes de recostarme y miré por mi ventanal: daba a una porción cubierta de césped y ubicada frente a la puerta principal. Allende eso, un par de bosquecitos susurraban y se balanceaban, movidos por el viento cada vez más violento.

La luna logró abrirse camino entre el nublado firmamento y merced a su luz helada pude contemplar más allá de la arboleda un sector a medias cubierto de pedruscos y la prolongada casi llanura del páramo melancólico. Corrí el cortinado, persuadido de que mi postrer impresión era coincidente con las demás. Empero, no fue esa ciertamente la última; enseguida descubrí que me encontraba fatigado mas sin sueño. Di innumerables vueltas en mi lecho, esperando conciliar el reposo que no acudía en mi auxilio. Lejanamente un reloj de muro marcaba los cuartos... Sin embargo, por todo lo demás, un silencio de cripta dominaba cada estancia de la residencia. Súbitamente, en la noche inmóvil, escuché nítidamente ese sonido, imposible de confundir. Una mujer lloraba. Eran los lamentos de alguien atenaceado por un padecimiento irrefrenable.

Me senté en mi cama y escuché atentamente: el sonido venía indudablemente de dentro de la mansión Baskerville. Durante treinta minutos aguardé en absoluta tensión, mas nuevamente imperó el mutismo, salvo por los cuartos marcados por el reloj, el rozar de la enredadera exterior.

7. Los hermanos Stapleton, de la finca Merripit

A la jornada siguiente el esplendor de la mañana ayudó a borrar la impresión tenebrosa que nos había dado nuestro primer contacto con la mansión Baskerville.

Al tiempo que sir Henry y yo tomábamos nuestro desayuno, la luz solar ingresaba por los elevados ventanales y proyectaba unos manchones desvaídos sobre los escudos heráldicos de los vitrales; la *boisserie* refulgía broncínea bajo ese baño de luz dorada y era arduo persuadirse de que nos encontrábamos en la misma estancia de la noche pasada, aquella que había inundado nuestro espíritu de melancolía.

—¡Estimo que los culpables de esa sensación fuimos nosotros, no la mansión! —exclamó el propietario—. Llevábamos sobre nuestros hombros la fatiga del viaje y el frío del páramo, de modo que estábamos mal predispuestos con el sitio. Actualmente, ya descansados y reconfortados, nuevamente todo luce más alegre.

—Mas ello no se redujo a un tema de la imaginación —repliqué—. ¿No oyó durante la noche a alguien, una mujer, creo, que lloraba quedamente?

—Es cosa llamativa esa. Estando a medias ya dormido, creí escuchar algo parecido a lo que usted dice. Aguardé, mas no volví a oír eso, por lo cual supuse que había sido un mero sueño.

—Yo lo oí con extrema nitidez. Me hallo persuadido de que era una mujer llorando.

—Debemos confirmarlo en el acto.

Sir Henry tocó la campanita de servicio y preguntó a Barrymore si podía informarnos al respecto. Creí apreciar que el semblante del mayordomo se tornaba aún más pálido al escuchar a su amo inquirir por ese asunto.

—Solo hay dos mujeres en la propiedad, sir Henry —afirmó Barrymore—. Una es la sirvienta, quien tiene un cuarto en la otra sección de la casa. La segunda es mi esposa. Estoy en condiciones de garantizarle que no era ella el origen de ese sonido que usted menciona.

Empero, el mayordomo estaba faltando a la verdad, pues terminado el desayuno y por mera casualidad me topé con la señora Barrymore, con su semblante plenamente iluminado por el sol, en el extenso pasillo que conducía a los cuartos de dormir.

La esposa del mayordomo era una mujer de gran tamaño, de aire indiferente, rasgos acusados y una expresión severa y plena de decisión. Mas sus ojos enrojecidos develaban otra cosa, mientras me observaban detrás de sus inflamados párpados. Indudablemente la señora Barrymore era la que sollozaba durante la noche; pese a que su esposo debía forzosamente estar al tanto, había elegido arriesgarse a ponerse en evidencia con su negación de los hechos.

¿Qué razón lo había asistido para proceder de esa manera? Y además, ¿cuál era la causa de los sollozos de su esposa? Alrededor de aquel pálido sujeto, de semblante atractivo y negras barbas, se asentaba un clima de enigma y tristeza. Había sido ese Barrymore quien dio con el cadáver de sir Charles y solamente contábamos con su testimonio para cuanto se relacionaba con el fallecimiento de su señor.

¿Era posible que, en definitiva, fuera Barrymore ese individuo al que habíamos visto en el carruaje de Regent Street? Podía tratarse de una misma barba... El cochero se había referido a un sujeto algo más bajo, pero no era cosa de descartar que el suyo fuese un yerro. ¿De qué modo echar luz sobre aquello de una buena vez? Mi empresa inicial sería hacerle una visita al jefe de correos de Grimpen y tratar de averiguar si a Barrymore se le había entregado en mano el telegrama de prueba. Independientemente de cuál fuese la respuesta, como mínimo contaría con alguna cosa que informarle a Sherlock Holmes.

Sir Henry precisaba examinar un crecido número de documentaciones una vez terminado el desayuno, de modo que era esa la instancia más adecuada para realizar mi investigación primera.

El trayecto resultó una grata caminata de unos 6 kilómetros bordeando el erial, lo que me condujo a una aldea grisácea. Allí sobresalían un par de edificaciones de mayor elevación: la hostería y la residencia del doctor Mortimer. El jefe de correos, quien asimismo poseía una tienda en la aldea, recordaba muy bien lo de aquel telegrama.

—Efectivamente, caballero —me informó—. Fue entregado al señor Barrymore, como se había ordenado.

—¿Quién hizo la entrega?

—Fue mi hijo, que está aquí. James, tú le entregaste el telegrama al señor Barrymore en la mansión la semana que pasó, ¿no es así?

—Sí, padre. Así lo hice.

—¿Lo entregaste en mano?

—El señor Barrymore se encontraba ocupado al momento de mi visita, por lo que no pude entregarle el telegrama directamente a él. Se lo di a su mujer, quien aseguró que iba a remitírselo enseguida.

—¿Viste tú al señor Barrymore?

—No, señor. Él se encontraba atareado en el desván.

—Si no fue así, ¿cómo sabes que se hallaba en el desván?

—Su mujer sabía dónde se encontraba —dijo, de mala manera, el jefe de correos—. Acaso ¿no recibió Barrymore el telegrama? Si hubo algún error, que presente su queja el señor Barrymore en persona.

Parecía infructuoso seguir con aquella investigación, mas era evidente que a pesar de la estrategia desplegada por Holmes continuábamos sin saber si Barrymore había viajado a Londres. Suponiendo que así hubiese sucedido y que la misma persona que había visto a sir Charles vivo por última vez hubiera sido la primera en seguir al heredero a su retorno a Inglaterra, ¿qué consecuencias podían extraerse de ello? ¿Operaba ese sujeto como un agente de terceros en cuestión o por cuenta propia, detrás de algún macabro objetivo? ¿Qué lo acicateaba para ensañarse así con los Baskerville?

Rememoré la llamativa advertencia sacada del editorial del *Times*. ¿Era una de sus creaciones o lo era de alguno que intentaba obstaculizarle el trabajo? La exclusiva causa factible parecía ser la aventurada por el mismo sir Henry, en el sentido de que si lograba amedrentar de modo que no retornara ningún Baskerville a la mansión, los esposos Barrymore tendrían a su disposición y sin límites un confortable refugio.

Empero e indudablemente, una razón como aquella era a todas luces insuficiente como explicación de unas estratagemas dotadas de tanta sutileza como complejidad, a punto tal que semejaban estar montando una red invisible en torno del joven señor.

Holmes mismo había mencionado que, del conjunto de sus extraordinarias pesquisas, esa resultaba ser la más ardua. Al tiempo que retornaba a la mansión recorriendo ese sendero ceniciento y desolado, elevé una plegaria a fin de que mi amigo lograse liberarse enseguida de sus compromisos y pudiese acudir a Devonshire y retirar de mis espaldas la tremenda carga que había colocado sobre ella.

Súbitamente mi mente se vio sacudida por unos pasos rápidos y una voz que decía mi nombre. Me di vuelta, creyendo que iba a toparme con el doctor Mortimer, mas, cuánto fue mi estupor al comprender que era alguien para mí desconocido quien me seguía de cerca.

Era aquel un sujeto de corta estatura y gran delgadez, bien afeitado y de aire recoleto, pelo rubio y mandíbula angosta, de entre treinta y cuarenta años; vestía de gris y gastaba un sombrero de paja. Una caja de lata colgaba de su hombro, una de esas que se emplean para tomar muestras de botánica. En su mano portaba una red para mariposas de color verdoso.

—Estoy persuadido de que sabrá perdonar mi atrevimiento, doctor Watson —dijo cuando me alcanzó, jadeando—. En el páramo somos gente sencilla y no aguardamos a las presentaciones de tipo oficial. Quizás oyó de mí, por mi amigo, el doctor Mortimer. Soy Stapleton, vivo en la residencia Merripit.

—La red para mariposas y la cajita hubieran sido suficientes —le respondí—, pues estaba en mi conocimiento que usted es un naturalista. Mas... ¿cómo se dio cuenta de que se trataba de mí?

—Fui a ver a Mortimer y, cuando usted pasó caminando por la calle, lo vimos desde la ventana. Puesto que hacemos un mismo camino, tuve la ocurrencia de darle alcance y presentarme ante usted. Espero que sir Henry no esté excesivamente cansado tras un viaje tan largo.

—Se halla en perfecto estado. Gracias.

—Todos temíamos que luego de la desgraciada desaparición de sir Charles el nuevo amo no quisiera habitar la propiedad. Es demasiado pedir que un hombre de recursos se traslade a un lugar como el que nos rodea, mas no preciso referirle todo lo que implica para la región su presencia. ¿Procedo correctamente si me imagino que sir Henry no tiene un temor basado en esas supersticiones que andan circulando desde siempre?

—No lo creo capaz de tener ese tipo de temores.

—Desde luego que usted está al tanto de esas habladurías acerca de un perrazo demoníaco, un monstruo que acosa a su estirpe.

—Oí hablar de ello.

—¡Resulta llamativa la ingenuidad de los aldeanos! Muchos son capaces de afirmar bajo juramento que vieron a la bestia en el erial —hablaba sonriendo, pero creí ver seriedad en su mirada mientras refería aquello—. Esa leyenda se adueñó de sir Charles y estimo que fue la causa de su desgraciado final.

—Pero, ¿cómo pudo suceder eso...?

—Tenía los nervios tan lastimados que la aparición fortuita de un perro cualquiera bien podía haber tenido un fruto igual para su pobre corazón enfermo. Supongo que en verdad vio algo por el estilo esa postrera noche. Yo temía una catástrofe como esa y sentía un marcado afecto por él, al tiempo que estaba en conocimiento de su afección cardíaca.

—¿Cómo sabía de su corazón?

—Me lo había dicho mi amigo, el doctor Mortimer.

—Por ende, ¿piensa que un perro común y corriente persiguió a sir Charles y que entonces él murió de terror?

—¿Puede aventurar alguna explicación que sea mejor?

—No arribé aún a alguna conclusión.

—¿No alcanzó tampoco a establecer alguna su amigo, el señor Sherlock Holmes?

Sus dichos cortaron momentáneamente mi respiración, mas la serenidad de su expresión me dio a entender que su intención no era provocarme una sorpresa.

—Es completamente inútil fingir que no lo conocemos, doctor Watson —me refirió—. Nos han llegado sus relaciones de las andanzas del célebre investigador. Usted no estaría en condiciones de festejar sus logros sin hacerse asimismo muy conocido. Cuando Mortimer mencionó su apellido, no tuvo forma de ocultar su identidad. Si está usted en este paraje, se deduce que el señor Sherlock Holmes también tiene interés en el caso. Resulta cosa lógica que yo sienta tanta curiosidad por conocer qué piensa sobre este asunto.

—Mucho yo me temo que no puedo responder sobre ese aspecto.

—¿Puede decirme si nos honrará visitándonos próximamente?

—De momento sus compromisos le impiden dejar Londres.

—¡Qué pena! Podría arrojar luz sobre algo que está tan oscuro para nosotros. Mas por lo que hace a sus investigaciones, doctor Watson, si es posible que yo le resulte útil en algún aspecto, no dude en decírmelo. Si yo dispusiera de alguna indicación sobre la índole de sus sospechas o sobre cómo estima usted que puede encararse la investigación del caso, tal vez pudiera, hasta ahora mismo, serle de utilidad o brindarle siquiera algún consejo.

—Lamento darle una desilusión. Yo estoy en esta comarca exclusivamente para acompañar a mi amigo, sir Henry. No necesito su ayuda para ello.

—¡Eso es cosa excelente! —exclamó Stapleton—. Tiene razón en cuanto a mostrarse tan precavido. Me siento reprendido con toda justicia por ser tan entrometido. Le juro que no volveré sobre este tema.

Estábamos en un sitio donde un angosto camino tapizado de césped se abría de la carretera para internarse en el páramo; a mano derecha se veía una empinada colina llena de pedruscos, la que en añejas épocas sirvió como yacimiento de minerales. La ladera que daba a donde estábamos conformaba una lúgubre pendiente en cuyos huecos abundaban las malezas. Sobre una elevación más lejana se dejaba ver una humareda.

—Una caminata no muy extensa por este sendero conduce a la residencia Merripit —me dijo mi acompañante—. Si tiene una hora, tendré el gusto de presentarle a mi hermana.

Lo que inicialmente pensé fue que mi obligación consistía en estar junto a sir Henry, mas luego recordé la abultada documentación que esperaba su atención sobre el escritorio. No cabían dudas respecto de que yo no tenía cómo auxiliarle en esas tareas. Asimismo, me había solicitado Holmes que estudiara a los vecinos del joven aristócrata, por lo que accedí a la invitación formulada por Stapleton y seguimos juntos por el camino aquel.

—El páramo es un sitio extraordinario —afirmó mi interlocutor, recorriendo con sus ojos las abruptas elevaciones, parecidas a enormes olas de verde, con erizadas cimas dentadas que parecían adoptar formas alucinantes—. Nunca se aburre aquí uno. Es imposible imaginarse los impensables enigmas que el erial alberga. ¡Es tan amplio y estéril, un sitio tan misterioso!

—Lo conoce al dedillo, ¿no es verdad?

—Apenas vivo en este sitio desde hace un par de años. Los lugareños me estiman como uno que recién se asentó en la región. Nos mudamos aquí apenas después de que sir Charles se mudara a la mansión, mas mis inclinaciones me llevaron a investigar por las inmediaciones y me hallo persuadido de que hay pocas personas tan expertas en el páramo como yo.

—¿Es cosa ardua conocerlo?

—Mucho. Fíjese, como ejemplo, en esa vasta planicie que se expande hacia el norte, con tan extrañas colinas como surgen en ella. ¿Ve algo bien notable en esa llanura?

—Debe de ser un lugar magnífico para andar a caballo.

—Es lo que pensaría cualquier persona, pero le ha costado la vida a más de uno. ¿Ve esos manchones verdosos y fulgurantes, tan abundantes allí?

—Se ven más fértiles que los demás sitios.

Stapleton soltó la risa.

—Eso es el pantano Grimpen —me dijo—. Un paso en

falso implica allí la muerte, sea el caso de hombres o de animales. Ayer, justamente ayer fue que observé a un caballejo de los del páramo meterse en el pantano, y no lo vi salir de él. Por un rato todavía se dejaba ver el cráneo, mas finalmente se lo tragó el barro. Hasta en la estación seca es riesgoso cruzar por allí, pero todavía peor es la cosa ya pasadas las lluvias otoñales. Empero, tengo la capacidad de acercarme al centro del pantano y volver con vida. ¡Por Dios, allí veo a otro de esos pobres caballitos!

Algo de color castaño se agitaba entre las malezas y luego un extenso cuello sufriente se lanzó hacia arriba. Un tremendo relincho retumbó en toda la extensión del erial y la sangre se congeló en mis venas; empero, mi compañero demostraba con su actitud que sus nervios estaban mucho más templados que los míos.

—¡Desapareció! —concluyó—. Ya se lo tragó el pantano. Fueron dos caballos en solamente cuarenta y ocho horas y tal vez más, porque se habitúan a concurrir a ese sitio si el tiempo es seco, no se dan cuenta del peligro. El pantano Grimpen es un sitio bien peligroso, ya lo creo yo.

—¿Y me dice que es capaz de entrar en él?

—Así es. Conozco un par de sendas que puede aprovechar un sujeto dotado de la suficiente agilidad. Yo las hallé.

—Sin embargo, ¿qué interés le despierta un sitio tan horrendo?

—¿Ve esas colinas lejanas? Son islas separadas del terreno por ese pantano imposible, que las fue rodeando año tras año. Allí uno da con extrañas plantas y mariposas, claro, si es que puede llegar hasta allí.

—Algún día lo intentaré.

Stapleton me miró con la mayor sorpresa.

—¡Por Dios, ni se le ocurra hacerlo! —me advirtió—. Su sangre caería sobre mi cabeza. Le garantizo que no existe posibilidad de que regrese vivo. Yo logro hacerlo exclusivamente porque puedo recordar determinadas señales, muy complejas.

—¡Caray! —grité—. ¿Qué cosa es esa?

Un prolongado gemido, muy hondo, cuya tristeza es imposible señalar, se adueñó del páramo, pese a que no se podía determinar de dónde venía; de un susurro asordinado que era pasó a ser un muy hondo rugido, para tornar luego a transformarse en ese susurro lleno de melancolía.

Stapleton me miró de un modo singular.

—¡Que sitio tan raro es el páramo! —me dijo.

—Pero, ¿qué cosa fue eso?

—Los lugareños dicen que es el perrazo de los Baskerville que está reclamando su víctima; yo lo escuché previamente, un par de veces. Sin embargo, jamás tan nítidamente como recién.

Con el corazón helado de terror observé la inmensa planicie salpicada por el verdoso tono de los juncales: ninguna cosa se movía en ella, salvo un par de cuervos que graznaban muy fuerte, yendo de un punto al otro, detrás de nosotros.

—Usted es un sujeto bien educado: no me va a decir que cree en esas imbecilidades —le contesté—. ¿Cuál es para usted la causa de eso tan raro que oímos?

—En los pantanos, en ocasiones, se escuchan cosas muy raras. Es el cieno en movimiento, el agua subiendo, cosas como esas.

—No. Ese sonido lo produjo un ser viviente.

—Tal vez... ¿Escuchó antes a un avetoro?

—No.

—Es un ave difícil de hallar hoy día. Está casi extinta en el reino, mas todo puede suceder en el páramo. No me causaría sorpresa que hayamos escuchado recién el llamado del último ejemplar de avetoro.

—Eso es lo más misterioso y raro que escuché en mi vida.

—Nos encontramos en un paraje muy raro. Observe la pendiente de esa colina. ¿Qué cree que son esas formas?

Esa pendiente a la que mi acompañante se refería se hallaba cubierta de grisáceos anillos pétreos. No menos de un par de decenas de ellos.

—¿Qué cosa son? ¿Corrales de ovejas?

—No. Se trata de las viviendas de nuestros ancestros. A los hombres de la Prehistoria les agradaba vivir aquí y, dado que nadie hizo eso desde entonces, sus pequeñas edificaciones se preservan desde esos lejanos tiempos. Sacándoles los techos, equivalen a las casas de los aborígenes americanos. Hasta se puede ver dónde prendían sus hogueras, dónde dormían, en caso de que su curiosidad sea tan poderosa como para acercarse a escudriñar en el interior.

—Entonces, estamos ante un verdadera ciudadela... ¿Cuándo fue habitada?

—En el neolítico, pero no se conocen las fechas con exactitud.

—¿A qué se dedicaban sus habitantes?

—El ganado pastaba por esas pendientes y ellos buscaban estaño, en tiempos en que las armas forjadas en bronce principiaron a suplantar a las de piedra. Observe esa extensa trinchera en la colina que tenemos enfrente. Es su impronta. Dará con cosas extremadamente singulares en el páramo, doctor Watson. Ahora, debe disculpar por un momento. Ese, no hay duda alguna, es un espécimen de Cyclopides.

Una mosca o una mariposita se había cruzado con nosotros y Stapleton se arrojó tras ella con toda energía y rapidez. Para mi mayor estupor, el insecto voló rectamente hacia el enorme pantano, mas mi acompañante no se detuvo un solo segundo, persiguiéndola de matorral en matorral, siempre con la red preparada. Su atuendo gris y aquel modo tan irregular que tenía de desplazarse, a los brincos y en zigzag, no lo diferenciaban demasiado de un formidable bicho con alas. Yo admiraba su avance por el sitio aquel, mas también con temor de que terminara en el cieno traidor, cuando súbitamente escuché pasos y al darme la vuelta pude ver a una mujer que se me acercaba por el camino. Venía de la dirección en la que, merced a la humareda, ya conocía yo que estaba la vivienda de Merripit, mas la pendiente del erial me la había escondido hasta que se encontró muy cercana.

No tuve la menor duda de que era la señorita Stapleton,

dado que en el páramo las mujeres eran escasas. Yo recordaba que alguien la había descrito como extremadamente bonita. La mujer que venía hacia mí ciertamente era bella, de una belleza por demás inusual. No podía existir una desigualdad más marcada entre aquellos hermanos: el naturalista era de tono neutro, su cabello era claro y sus ojos grises, en tanto que la señorita Stapleton era más trigueña que ninguna de las damas morenas que he visto en Inglaterra y asimismo muy esbelta, elegante y de elevada estatura. Su altivo semblante, de rasgos muy delicados, poseía una armonía que hubiese parecido fría si no mediara el detalle de sus labios y sus bellos ojos, oscuros y apasionados. Tomando en cuenta la perfección y elegancia de su atuendo, resultaba ella una rarísima aparición en aquel páramo desolado. Seguía con su mirada el accionar de su hermano cuando me di vuelta, mas en el acto aumentó la velocidad de su andar hacia donde yo me encontraba. Ya me había yo quitado el sombrero y estaba listo para darle explicaciones acerca de mi presencia allí, cuando sus palabras hicieron que mis pensamientos cambiaran de dirección.

—¡Váyase ya de aquí! —exclamó—. Vuelva a Londres ahora mismo.

No pude menos que quedarme inmóvil, mirándola fijamente y sin saber qué contestarle.

Sus ojos refulgían mientras que su pie golpeaba el suelo con gran impaciencia.

—¿Por qué razón habría de marcharme?

—No se lo puedo explicar ahora —dijo en voz baja y acuciante, con un llamativo ceceo—. Pero, por Dios, haga lo que le digo. Váyase y no vuelva nunca más por aquí.

—Es que... apenas acabo de arribar.

—Por lo que más quiera usted —exclamó—. ¿No puede admitir que le avisen algo por su bien? ¡Vuélvase ya a Londres! ¡Esta misma noche! ¡Aléjese de este sitio como sea! ¡Silencio, ya vuelve mi hermano! No le diga una sola palabra a mi hermano. ¿Podría cortar para mí la orquídea que está ahí, entre las malezas? Las orquídeas prosperan en el páramo, aunque, desde luego, llegó usted en una mala estación para disfrutar de la belleza de la comarca.

Stapleton había dejado de lado la intentona de atrapar al bicho; venía hacia nosotros jadeando y con la cara enrojecida por el esfuerzo desplegado.

—¡Hola, Beryl! —le dijo; y tuve la sensación de que su saludo no era demasiado gentil.

—Estás sofocado, Jack.

—Sí. Perseguía a una Cyclopides. Es muy poco corriente, raras veces se la encuentra al final del otoño. ¡Es una lástima que no la haya atrapado!

Hablaba con despreocupación, mas sus ojos claros nos vigilaban sin tregua.

—Se han presentado ya ustedes.

—Sí. Le estaba explicando a sir Henry que el otoño no es el mejor momento para apreciar los encantos del páramo.

—¿Qué dices? ¿Con quién supones estar conversando?

—Con sir Henry Baskerville.

—No —repuse yo—. Apenas soy un mero plebeyo, pese a que tenga el honor de disfrutar de la amistad de sir Henry. Me llamo Watson, soy el doctor Watson.

El disgusto ensombreció súbitamente el expresivo semblante de la joven mujer.

—Fuimos víctimas de un malentendido —me dijo la señorita Stapleton.

—Ciertamente, no dispusieron de mucho tiempo —fue el comentario de su hermano, invariablemente interrogándonos con la mirada.

—Hablé como si el doctor Watson residiera aquí, en vez de estar de visita —expresó la señorita Stapleton—. No puede importarle demasiado si es temprano o tarde para las orquídeas. Pero, ya que ha llegado hasta aquí, supongo que vendrá a conocer la casa Merripit.

Tras un corto paseo llegamos a una melancólica vivienda, una finca de los tiempos ya pasados de bonanza ganadera, que había sido remodelada para que sirviese como casa moderna.

La rodeaba una huerta, pero los árboles, como acostumbra suceder en el páramo, eran de tamaño más reducido que lo habitual y se encontraban muy dañados por las heladas. El sitio, en suma, trasmitía un notable espíritu de necesidad y melancolía. Nos franqueó la entrada un anciano sirviente, un sujeto muy raro, lleno de arrugas y de aire como mohoso, muy en sintonía con la finca. En el interior, empero, las habitaciones se caracterizaban por su amplitud y estaban amuebladas elegantemente, con un gusto que dejaba adivinar que resultaba obra de la señorita Stapleton. Al avizorar desde los ventanales de la casa el páramo que no parecía tener límites y llegar hasta el horizonte más lejano, no alcancé a hacer menos que interrogarme a mí mismo acerca de qué razón había llevado a ese hombre culto y a aquella mujer tan hermosa a vivir allí.

—Extraño sitio para vivir, ¿no es verdad? —me dijo Stapleton, como intuyendo qué pensaba yo—. Sin embargo, somos bastante dichosos aquí. ¿No es cierto, Beryl?

—Extremadamente dichosos —asintió ella, pese a que su afirmación carecía de toda convicción.

—Yo estaba al frente de un colegio privado, allá en el norte —me informó Stapleton—. Para alguien de mi temperamento el trabajo aquel era monótono y carecía de todo interés, mas el privilegio de vivir entre gente joven, contribuir a su formación y diseminar entre los muchachos el propio carácter y los mismos ideales, era cosa fundamental para mí. Eso, hasta que el sino se nos manifestó contrario: sufrimos una terrible epidemia en aquel instituto, tres de los chicos fallecieron. La institución jamás alcanzó a recuperarse de un golpe tan atroz y, consecuentemente, la mayoría de mis capitales desaparecieron. De todas formas –de no mediar la desgracia de perder la compañía de los jóvenes– podría haberme alegrado con mi pérdida, pues tomando en cuenta mi inclinación por las ciencias naturales, dispongo aquí de un terreno ideal para dar rienda suelta a mis investigaciones. Mi hermana es afecta en igual medida que yo al mundo de lo natural. Le informo esto, doctor Watson, porque no se me escapó cuál era su expresión mientras observaba el erial desde el ventanal.

—Ciertamente pensé que todo esto puede resultar en menor medida abrumador para usted que para su hermana.

—No es así —me devolvió ella de inmediato—. Jamás siento tedio aquí.

—Tenemos una nutrida biblioteca, estudiamos, y asimismo nuestros vecinos son gentes de lo más interesantes. El doctor Mortimer es todo un erudito en su disciplina. Asimismo el desgraciado sir Charles era alguien muy digno de la mayor admiración. Lo conocíamos muy bien y yo no tengo palabras para expresar cuánto lo extrañamos. ¿Cree que sería improcedente hacerle esta misma tarde una visita a sir Henry?

—Estoy persuadido de que le gustará mucho recibirlo.

—Entonces tal vez podría usted ser tan gentil como para ponerlo sobre aviso al respecto. Pese a nuestros modestos recursos, quizá podamos hacerle algo más llevaderas las cosas, al menos hasta que se habitúe a la propiedad. ¿Desea acompañarme hasta la planta alta, doctor Watson, para que le enseñe mi colección de Lepidoptera? Estimo que es la más completa en todo el suroeste de Inglaterra. Cuando haya terminado de examinar mis especímenes, el almuerzo estará prácticamente listo.

Mas yo tenía unas inmensas ganas de retornar junto a aquel cuya seguridad me habían encargado custodiar. Ese melancólico erial, la muerte del pobre caballo, el raro ruido que se relacionaba con la lúgubre leyenda de los Baskerville, se sumaban para abrumar mi mente de tristeza... Y si no alcanzaban para ello todas esas sombrías sensaciones, debía agregarse a ellas el aviso nítido y concreto que me había hecho la señorita Stapleton, tan apasionadamente que me había persuadido de que tenía para advertirme aquello unas razones muy precisas. Por ello fue que rechacé las súplicas de ambos para que permaneciera allí y me lancé de nuevo al sendero aquel por donde habíamos llegado hasta la finca.

Empero hay un atajo, según parece, que emplean aquellos que poseen un mayor conocimiento del paraje, pues previamente a llegar a la carretera me asombró toparme nuevamente con la señorita Stapleton, quien aguardaba sentada sobre una roca al costado de la senda.

El rubor del esfuerzo desplegado para llegar hasta allí tornaba aún más bello su semblante, al tiempo que presionaba su mano contra su flanco.

—Tuve que marchar a la carrera para alcanzarlo, doctor Watson —dijo— . Ni siquiera tuve el tiempo necesario para tomar mi sombrero. Deseo expresarle cuánto lamento mi tonto error al confundirlo a usted con sir Henry. Por favor, olvide cuanto yo le dije, lo que no tiene aplicación alguna tratándose de usted.

—Mas no puedo olvidarlo, señorita Stapleton —le respondí—. Soy buen amigo de sir Henry y su seguridad es de fundamental importancia para mí. Dígame por qué causa quería que sir Henry regresara a Londres.

—Un mero capricho de mujer, doctor Watson. Cuando me conozca en mayor medida va a entender que no siempre puedo dar explicaciones plausibles de cuanto digo o hago.

—No. Recuerdo muy bien cómo templaba su voz, y lo que decía su mirada. Sea sincera usted conmigo, le ruego, señorita Stapleton, pues desde que llegué tengo la impresión de que vivo acechado por sombras. Mi vida se transformó en algo semejante al pantano Grimpen: proliferan en ella los manchones verdosos que se deslizan debajo de mis pies y no tengo quién me oriente... Dígame, por favor, a qué se refería... Le prometo transmitir su aviso a sir Henry.

Por un momento surgió en su cara la duda, mas al contestarme su expresión tornó a ser tan rígida como antes.

—Se preocupa en exceso, doctor Watson —me dijo—. A mi hermano y a mí nos impresionó en gran medida el fallecimiento de sir Charles. Lo conocíamos mucho, pues su paseo preferido consistía en atravesar el páramo y llegar hasta nuestra casa. Lo afectaba tremendamente la leyenda que pendía sobre los suyos y cuando se desencadenó esa tragedia nefasta yo pensé, lógicamente, que tenía que haber alguna razón valedera para el miedo que sir Charles sentía. Por ende me preocupa que otro Baskerville se mude a la comarca... Estimo que es perentorio notificarle que su vida está en riesgo. Eso es todo lo que yo quería informarle.

—De acuerdo, pero, ¿en qué consiste ese riesgo al que usted se refiere?

—¿Conoce lo del sabueso?

—No creo en eso.

—Yo sí. Si tiene predicamento sobre sir Henry, haga entonces que se vaya de aquí. Esta comarca siempre fue el peor sitio del mundo para su familia. Siendo el mundo tan grande... ¿Para qué debe vivir justamente donde corre tanto riesgo?

—Exactamente por eso. Así es sir Henry. Me temo que si no me proporciona información más concreta al respecto, será imposible que él se vaya de aquí.

—No puedo decirle algo que sea más preciso: yo no lo sé.

—Permítame hacerle una pregunta más, señorita Stapleton. Si solo era eso lo que quería decir cuando habló conmigo por primera vez, ¿por qué estaba tan interesada en que su hermano no oyera cuanto me decía? No hay en sus expresiones ningún elemento que su hermano o ninguna otra persona pueda objetar.

—Mi hermano quiere vehementemente que la mansión Baskerville siga estando habitada, pues supone que ello sería altamente positivo para los más necesitados que viven en el páramo. Montaría en cólera si entrara en conocimiento de que yo le dije algo que lleve a sir Henry a irse de aquí. Mas, en fin, que ya cumplí con mi tarea. Nada más voy a decirle. Debo retornar a la finca o Jack sospechará algo. ¡Hasta pronto!

Se volvió ella y enseguida se esfumó de mi vista entre los peñascos, al tiempo que yo, pleno de difusos temores, reemprendía mi marcha hacia la residencia Baskerville.

8. El primer informe de Watson

A partir de este momento seguiré el desarrollo de los hechos transcribiendo mis mensajes dirigidos a Sherlock Holmes, documentación que tengo sobre mi escritorio. Me falta una página, pero, por lo demás, las reproduzco tal como fueron escritas: estas misivas muestran mis sentimientos y sospechas de cada instancia con más exactitud que mi memoria, pese a la nitidez con que recuerdo esos dramáticos días.

"Mansión Baskerville, el 13 de octubre.

"Mi querido Holmes:

"Mis cartas y telegramas anteriores lo mantuvieron al tanto acerca de cuanto sucedió en esta comarca olvidada por el Señor. Más se permanece aquí y más hondamente el espíritu del páramo se apodera del alma, con toda su vastedad y asimismo, su tremendo hechizo.

"Apenas se interna uno en él, deja atrás hasta la más mínima señal de la Inglaterra actual; en cambio, se observa por todas partes la impronta de las obras del hombre que habitó estos parajes en tiempos de la Prehistoria. Vaya por donde uno vaya, invariablemente surgen abundantemente las viviendas de esos pueblos primigenios, con sus sepulcros y los inmensos monolitos que, según parece, indicaban dónde se hallaban sus sitios de culto. Al admirar uno sus construcciones de roca grisácea sobre un panorama de pendientes ásperas, se siente dejar atrás nuestro tiempo y parece que vemos todavía cómo un velludo sujeto ataviado con pieles sale arrastrándose de la entrada de su madriguera y coloca una flecha con punta de piedra en su arco. Su presencia aquí resulta más adecuada que la nuestra. El factor más raro es que moraran aquí en tan crecido número, cuando el terreno parece haber sido invariablemente tan escasamente fértil. La prehistoria no es mi campo de conocimiento, mas puedo imaginarme que era esa una estirpe no bélica y muy seguidamente víctima de grandes acosos, la que se vio obligada a vivir en unas comarcas que todos los demás humanos despreciaron.

"Lo dicho nada tiene que ver con la misión que me fue encomendada y seguramente será deleznable para una mente tan acusadamente práctica como la suya, Holmes. Aún recuerdo su absoluta falta de interés en lo referido a si el sol se desplazaba en torno de nuestro planeta o si sucedía lo contrario. Por favor, debe permitirme, en consecuencia, que retorne a los asuntos referidos a sir Henry.

"Que no haya usted recibido ningún informe últimamente se debe a que hasta el presente día nada de significación tenía para comentarle. Después sucedió algo extremadamente llamativo, algo que voy a narrarle cuando corresponda hacerlo; previamente tengo que ponerlo al tanto de otros aspectos propios de la circunstancia.

"Uno de estos aspectos, al que apenas me referí hasta ahora, se relaciona con el reo fugado que merodeaba por el páramo. Hay razones de peso para suponer que se fue de aquí, lo que implica un sensible alivio para los lugareños, quienes viven en condiciones de franco aislamiento. Ya pasaron quince días desde que ese fugitivo abandonó su prisión y en ese lapso nadie lo vio ni escuchó cosa alguna que se relacionara con el criminal en cuestión. Evidentemente es cosa imposible de imaginar que haya podido resistir en el erial durante un término tan extendido. Sin duda que habría podido esconderse allí con toda facilidad, ello es bien seguro. Cualesquiera de los escondites de roca le hubiesen sido útiles, mas nada hay en el páramo que le sirva para su nutrición, como no sea que se apropie de alguna oveja. Suponemos, por ende, que se fue de aquí y, como resultante, todo el mundo duerme más serenamente que antes.

"En la mansión nos albergamos cuatro hombres de buenas condiciones físicas, de modo que somos capaces de cuidarnos mutuamente sin el auxilio de ninguno más. Sin embargo debo admitir que sentí desasosiego al cavilar acerca de los hermanos Stapleton, quienes viven a varios kilómetros de su vecino más cercano. En la finca Merripit sólo cuentan con una criada, un viejo sirviente, la hermana de Stapleton y el mismo Stapleton, quien no es hombre dotado de una notable fuerza física. En caso de que el reo fugado lograse ingresar en la propiedad, sus moradores se verían inermes ante los caprichos de un sujeto como ese asesino escapado de Notting Hill. A sir Henry y a mí nos preocupa en gran medida su integridad. Les insinuamos la posibilidad de que Perkins, el muchacho que atiende las caballerizas, se trasladara a su finca, mas ellos ni siquiera admitieron eso como una posibilidad.

"La verdad es que nuestro amigo el aristócrata empieza a interesarse en gran medida por su bella vecina. No resulta ello nada sorprendente, pues para un hombre tan dinámico como sir Henry el paso del tiempo se hace demasiado prolongado en este paraje tan desolado, mientras que, por su parte, la señorita Stapleton es alguien dotado de gran encanto personal y hermosura. Hay en ella un hechizo tropical y exótico que contrasta grandemente con la apariencia propia de su hermano, tan frío e impasible. También él, empero, sugiere la presencia de un fuego oculto: Stapleton tiene indudablemente una alta influencia sobre su hermana, puesto que he confirmado que cuando habla lo mira sin pausa, tal como si buscara su anuencia para cuanto ella manifiesta. Espero que se comporte afectuosamente con la señorita Stapleton. El seco fulgor de la mirada de Stapleton y la firme expresión de sus finos labios anuncian una índole propensa al despotismo. Constituirá para usted, Holmes, un más que interesante material de estudio.

"Concurrió a saludar a Baskerville el día en que lo conocí y durante la mañana que siguió nos condujo a ambos hasta el lugar donde se supone que surgió la leyenda referida al infame Hughes Baskerville. Se trató de una caminata por unos cuantos kilómetros atravesando el erial hasta un sitio que fue capaz, en sí mismo, de originar toda la leyenda, tan abrumador es ese paraje. Dimos con un valle de escasa longitud, que corre entre abruptos peñascos y desemboca en un sitio abierto y verde, salpicado de malezas. En el centro hay un par de grandes rocas, muy desgastadas y afiladas en su parte superior, de modo que parecían dos colosales colmillos medio podridos, propios de un monstruo inmenso. El paraje se asemeja minuciosamente al referido por la añeja leyenda, ya conocida por nosotros. Sir Henry mostró un notable interés y le preguntó repetidamente a Stapleton si creía posible que potencias sobrenaturales influyan en los asuntos de la humanidad. Hablaba con gran informalidad, mas no tengo dudas de que su interés era completo. Stapleton se mostró muy precavido a la hora de contestar, pero se intuía seguidamente que refería mucho menos de cuanto estaba en su conocimiento, que no era honesto cabalmente, guardando consideración hacia cuanto sentía el amo de Baskerville. Stapleton nos refirió sucesos parecidos que tuvieron por víctimas a miembros de familias acosados por potencias malignas; nos impresionó como que hacía suyo el criterio local sobre aquel misterio.

"A nuestro retorno paramos en la finca Merripit a fin de almorzar; allí sir Henry fue presentado a la señorita Stapleton y no me engaño si digo que en esa primera presentación ya el amo de Baskerville se sintió fuertemente atraído por la mujer y estoy seguro, también, de que esa atracción fue recíproca. Sir Henry se refirió a la joven repetidamente, al tiempo que desandábamos el camino de regreso a la mansión, y desde ese momento no pasa un día sin que en alguna oportunidad demos con los hermanos Stapleton. Vendrán hoy a cenar a la mansión y ya se comenta que los visitaremos en su finca la semana entrante. Cualquiera supondría que tal enlace debería ser del mayor agrado para el señor Stapleton; sin embargo, en más de una ocasión advertí en su mirada una formidable desaprobación, al tener sir Henry algún tipo de atención con su hermana. Indudablemente se siente estrechamente unido a ella y considera que va a tener una existencia extremadamente solitaria si lo privan de ella. Desde luego que sería el mayor de los egoísmos que interfiriera Stapleton en una unión de tanta conveniencia como esa. Estoy persuadido de que Stapleton no quiere que la relación establecida entre ambos alcance a transformarse en amor: varias veces advertí sus labores para obstaculizar que sir Henry y la joven permanezcan a solas. Entre nosotros, Holmes, le diré que sus indicaciones referidas a no permitirle a sir Henry dejar solo la residencia serán un objetivo extremadamente más arduo de alcanzar en caso de que un asunto de índole amorosa se sumara a los demás problemas. Mi excelente relación con el aristócrata se vería obstaculizada en caso de que yo persistiera en mis intentos de cumplir a fondo con las instrucciones que usted me dio.

"El pasado jueves almorzó en nuestra compañía el doctor Mortimer. Concretó ciertas excavaciones en un monumento funerario situado en Long Down y se halla muy satisfecho por el hallazgo de un cráneo prehistórico. ¡No ha habido jamás alguien tan entusiasmado y decidido como Mortimer! Los Stapleton se presentaron posteriormente, y el buen doctor nos condujo a todos a la Vuelta de los Tejos, a petición de sir Henry, para mostrarnos cómo sucedió la tragedia de esa desgraciada noche. La Vuelta de los Tejos es un sendero muy extenso y lúgubre, que se desliza entre un par de elevados muros de seto recortado, con una angosta franja de césped a cada flanco. En la punta más alejada existe un pabellón veraniego, añejo y en ruinoso estado. A mitad del trayecto uno tropieza con la tranquera que conduce al páramo, allí donde el viejo aristócrata permitió que cayeran las cenizas de su habano. La tranquera en cuestión es de madera pintada de blanco, con un amarre. Yo recordaba su teoría, Holmes, al tiempo que intentaba imaginarme todo lo acontecido. Mientras sir Charles se hallaba allí, vio alguna cosa que se le aproximaba cruzando el erial, suficiente como para horrorizarlo y hacerle perder toda cordura. Sir Charles se dio a la carrera hasta fallecer de miedo y fatiga. Veíamos ante nosotros el prolongado y melancólico túnel de césped por donde escapó. Mas ¿de qué cosa huía? ¿De un perro del páramo o de un sabueso fantasmal, negro, inmenso y silente? ¿Algún ser humano participó de aquello? ¿Barrymore, tan pálido y vigilante, sabe más de cuanto ya nos relató? El conjunto de estos detalles es cosa difusa y de gran vaguedad, mas invariablemente se recorta detrás la sombra evidente del crimen.

"Desde la última oportunidad en que le escribí conocí a otro de los moradores del páramo: el señor Frankland, quien vive a cosa de unos seis kilómetros al sur de la propiedad de sir Henry. Es un caballero de edad, ya de cabellos blancos, rubicundo y de ánimo muy colérico. Las leyes británicas son su pasión y ha invertido toda una fortuna en pleitos. Lucha por el mero gusto de vérselas con alguno, invariablemente listo para sostener los dos frentes en una disputa. Por esa causa no nos asombró que los juicios hayan resultado ser para el anciano caballero un entretenimiento caro.

"En determinadas oportunidades le da por clausurar un paso y desafiar al municipio a que se las ingenie para forzarlo a reabrirlo. En otras ocasiones destruye por las suyas el portal de otro propietario y sostiene que desde siempre hubo en ese solar un sendero, con lo que reta al dueño al que ha perjudicado a demandarlo. Es un erudito en materia del añejo derecho feudal y comunitario. En ciertas ocasiones beneficia con su saber a los que viven en Fernworthy y otras veces se pronuncia en su contra, de modo que cada tanto lo alzan en señal de victoria por la avenida que cruza el poblado y en otras queman muñecos dotados de la apariencia del anciano litigante, para escarmiento de su postrera proeza. Según refieren, actualmente maneja unos siete juicios que seguramente devorarán lo que resta de sus bienes, con lo que terminará sin poder ofensivo en el porvenir. Además de los asuntos jurídicos semeja ser alguien afectuoso y exclusivamente me refiero a este caballero porque usted insistió en que le describiera a todos aquellos que son nuestros vecinos. Asimismo, al día de hoy sus ocupaciones son bien llamativas, puesto que otra de sus aficiones es la astronomía. Posee un magnífico telescopio y en compañía de este instrumento se ubica en el techo de su mansión y recorre el páramo con la lente, esperando dar con el peligroso fugitivo; en caso de que se dedicara solamente a esta pesquisa todo sería fantástico, mas corre el chisme de que se encuentra en sus planes actuar contra el doctor Mortimer, quien abrió un sepulcro sin la anuencia de los deudos, al extraer de ese enterramiento de Long Down un cráneo neolítico. Desde luego que así hace su aporte contra la monotonía de nuestra existencia, con entremeses humorísticos que tanto precisamos disfrutar.

"Entonces y después de haberlo anoticiado acerca del criminal fugitivo, los hermanos Stapleton, el doctor Mortimer y el señor Frankland de la mansión Lafter, debe permitirme que culmine mi exposición con el aspecto fundamental, retornando a referirme al matrimonio Barrymore, particularmente a los llamativos sucesos de la noche anterior.

"En primer término debo mencionar ese telegrama que envió usted desde Londres para tener seguridades acerca de que el señor Barrymore se encontraba ciertamente aquí. Anteriormente le expliqué que el testimonio del jefe de correos le quita toda validez a su truco, por lo que no poseemos certezas en un sentido u otro. Le expliqué a sir Henry cuál era la situación y él, con su típica franqueza, mandó llamar a Barrymore y le preguntó si había recibido en mano el telegrama. Barrymore afirmó que sí.

"—¿Se lo entregó el muchacho del correo en mano? —le preguntó Sir Henry.

"Barrymore se mostró sorprendido y tuvo que pensar un rato antes de contestar.

"—No fue así —admitió—; me encontraba en el desván y fue mi mujer quien me lo acercó.

"—¿Lo contestó usted en persona?

"—No; le dije a mi mujer qué deseaba responder. Ella fue a escribir mi contestación al telegrama.

"Esa noche fue el mismo Barrymore quien sacó el tema a colación.

"—No logro comprender cuál es el sentido de su pregunta de esta mañana, sir Henry — refirió—. Espero que mi conducta no lo haya llevado a perder su confianza en mí.

"Sir Henry le garantizó que de ninguna manera el asunto iba por ese camino y logró calmarlo haciéndole el obsequio de la mayor parte de su ropa usada, puesto que acababa de llegar al domicilio el nuevo vestuario enviado desde Londres.

"La señora Barrymore resulta ser alguien de mi mayor interés: es corpulenta, no muy despierta que digamos, muy respetuosa y con inclinación por el puritanismo. Resulta arduo poder imaginarse a alguien en menor medida propenso a desbordes emocionales. Empero, como ya le conté, yo mismo la escuché llorar con amargura esa primera noche transcurrida aquí. Desde ese episodio puede apreciar en otras ocasiones señales de llanto en su semblante. Cierto profundo padecimiento no le da cuartel y atormenta su ánimo. En ocasiones me pregunto si lo que la hace padecer así es algún tipo de sentimiento de culpabilidad; en otras oportunidades, intuyo que Barrymore puede muy bien ser un déspota en el ámbito familiar. Invariablemente me pareció que algún factor particular y dudoso había en la índole de este sujeto, y las peripecias de la noche anterior no hicieron más que reafirmar mis prevenciones al respecto.

"Empero, esto podría parecer cosa baladí. Como bien sabe, Holmes, tengo el sueño liviano, pero desde que me encuentro bajo este techo se ha tornado más ligero que antes. Ayer por la noche, como a las dos de la mañana, fui súbitamente despertado por unas pisadas furtivas, las de alguien que atravesaba frente a mi cuarto. Entonces me incorporé del lecho, abrí la puerta y atisbé fuera: una alargada sombra oscura avanzaba por el pasillo, generada por un sujeto que lo hacía silenciosamente, llevando una candela consigo. Apenas vestía camisa y pantalones, sus pies estaban desnudos. Solamente pude avizorar su silueta, mas por su altura confirmé que no era otro que Barrymore. Se movía lentamente, con extrema prudencia; algo inefablemente culposo y furtivo había en él, en esa instancia.

"Antes le referí que el pasillo era quebrado por una galería que rodeaba el gran salón, mas también le dije que continuaba por el otro extremo. Aguardé a que ese Barrymore dejara de ser visible y posteriormente fui tras él; al arribar a la galería ya se encontraba el mayordomo allí donde culminaba el pasillo. Merced a la luminaria que llevaba consigo, brillando a través de una puerta que estaba abierta, logré observar que había ingresado en una de las estancias. Bien: todos los cuartos están sin muebles y sin ocupar, de modo que ese periplo era cosa aún más enigmática... La luz fulguraba fija, tal como si su portador estuviese muy quieto; me deslicé por el pasillo lo más precavidamente que pude hacerlo, en total silencio, hasta que logré asomarme un poco por la abertura de esa puerta.

"Barrymore, agachado junto a un ventanal, sostenía la candela junto al vidrio y su semblante se hallaba vuelto a medias hacia donde yo estaba. Sus rasgos expresaban la tensa espera que soportaba, al tiempo que intentaba atravesar con la vista las tinieblas que envolvían el páramo. Así continuó por un buen rato, vigilante, hasta que dejó oír un profundo suspiro y con impaciencia cegó la luz aquella. Yo retorné de inmediato a mi alcoba y poco más tarde nuevamente escuché el regreso de sus pisadas. Bastante después –yo ya estaba adormilándome– pude oír cómo una llave giraba en una cerradura. Sin embargo, no logré establecer de dónde venía ese sonido. No puedo intuir qué cosa implica cuanto acabo de relatar, mas indudablemente en esta melancólica mansión se halla en curso cierto asunto muy secreto. Uno que, más temprano o más tardíamente, vamos a desentrañar. No deseo importunarlo con mis elucubraciones pues usted me indicó que meramente le informase los sucesos que tienen lugar aquí. Esta mañana conversé extensamente con sir Henry y confeccionamos juntos un plan de operaciones, establecido sobre la base de cuanto observé la noche que pasó; no pretendo detallárselo a usted ahora, mas indudablemente lo planeado va a facilitar que mi próximo informe resulte por demás interesante".

9. El segundo informe de Watson: Una luz en el páramo

"Mansión Baskerville, 15 de octubre
"Querido Holmes:

"Pese a que durante los días iniciales de mi misión no abundaran en mi informe las novedades, en este caso deberá admitir usted que he recuperado el tiempo que antes he perdido, así como que los hechos tienen lugar sin tregua. En mi pasado reporte di el do de pecho con el encuentro de Barrymore junto al ventanal; pues bien, actualmente tengo en mi poder una magnífica continuación que —si no yerro— va a sorprenderlo a usted en gran medida. Los sucesos tomaron un cariz imposible de prever para mí antes: en determinados pormenores todo se tornó más nítido en el curso de las pasadas cuarenta y ocho horas, mas en otros detalles se ha tornado más arduo aún. Empero le narraré el conjunto y de tal modo su juicio podrá abarcarlo para un acertado diagnóstico.

"A la mañana siguiente, previamente a dirigirme a desayunar, revisé la alcoba que Barrymore había visitado la noche pasada: el ventanal del oeste, allí por donde el mayordomo escudriñaba con tan marcado interés, posee, según advertí, una particularidad que lo diferencia de todos los otros que se abren en la residencia. Posibilita este observar el páramo desde más cerca, merced a un claro que se abre entre la arboleda. Ello no existe como posibilidad desde los otros ventanales. De ello se colige que Barrymore —puesto que exclusivamente esta abertura es la idónea para su cometido— se hallaba detrás de alguna cosa o de alguien que estaba en el erial. La noche resultaba extremadamente oscura y, por ende, era arduo entender de qué modo intentaba vislumbrar algo. Se me ocurrió que tal vez la cosa girara en torno a algún asunto de índole amorosa... Así, eso explicaría la prudencia extrema de su desplazamiento y la inquietud de su mujer. Es Barrymore un sujeto atractivo, muy adecuado para hacerse de los sentimientos de alguna lugareña, de modo que esta suposición al parecer era cosa lógica. La apertura de la puerta que yo había escuchado al retornar a mi alcoba quizá marcaba que Barrymore dejaba la mansión rumbo a un encuentro de tipo clandestino. De tal modo cavilaba yo esa mañana y puedo decirle cuál fue el rumbo que tomó mi suspicacia, a pesar de que las pesquisas siguientes establecieron la falta total de veracidad de mis supuestos.

"Sin embargo, fuese cual fuese la genuina razón de la furtiva maniobra de Barrymore, estimé que superaba mis energías esa carga de conservar en secreto sus estratagemas hasta que llegara el instante de poder explicarlo todo de una manera conveniente, y, por ende, le relaté todo eso a sir Henry tras el desayuno. En mucha menor medida que la que yo podía esperar, el propietario apenas manifestó sorpresa ante mi exposición.

"—Estaba al tanto de que Barrymore se movía por la mansión durante la noche. Inclusive hasta pensé en tener una charla con él a ese respecto —me manifestó—. Un par de veces escuché sus pisadas por el pasillo, de ida y de vuelta, como a la misma hora que usted me dijo.

"—Entonces tal vez se dirija a ese ventanal cada noche —le sugerí.

"—Quizá; mas si es de esa forma la cosa, podremos seguirlo y comprobar en qué tratativas anda. Me gustaría mucho saber cómo procedería su amigo Holmes de encontrarse aquí.

"—Supongo que actuaría justamente como termina usted de proponer —repliqué—.

Optaría por seguir a Barrymore y así averiguaría qué está llevando adelante.

"—En ese caso, lo concretaremos en mutua compañía.

"—Pero creo que indudablemente nos descubrirá.

"—Él no oye demasiado bien y, en definitiva, debemos correr algún tipo de riesgo... Esperemos en mi cuarto a que pase de ronda —al decir esto sir Henry se frotó las manos muy satisfecho: era notorio que recibía la perspectiva de ese albur como si fuera un grato recreo en el curso de la existencia demasiado monótona que le ofrecía el páramo.

"El amo de Baskerville ha estado en contacto con el arquitecto que diseñó los planos para sir Charles, así como con el contratista londinense que concretó las obras, de modo que tal vez muy pronto tengan lugar fundamentales modificaciones en la propiedad. A ello se suma que también aparecieron —provenientes de Plymouth— varios decoradores y ebanistas. Seguramente nuestro amigo abriga grandes proyectos y no piensa ahorrar energías ni estipendios para repintar el añejo brillo familiar. Ya con su propiedad remozada, solamente precisará de una esposa para que todo termine de ponerse en regla. Confidencialmente, le voy a manifestar que hay señales bien notorias de que esto último no se demorará mucho más en caso de que la dama en cuestión brinde su anuencia; en pocas ocasiones vi antes a un individuo más enamorado de una joven de lo que se encuentra sir Henry en cuanto a nuestra bella vecina, la señorita Stapleton. Sin embargo, el desarrollo del genuino amor no se produce invariablemente con la suavidad que se podría aguardar, tomando en cuenta las instancias presentes. Hoy —sirve esto de ejemplo— la adecuada evolución del idilio se ha visto obstaculizada por un hecho imprevisible, algo que originó un notable estupor y una marcada cólera en el ánimo de nuestro aristocrático amigo.

"Tras la antedicha conversación referida a Barrymore, sir Henry se colocó su sombrero y se aprestó a marcharse. Siendo lo más esperable y lógico, yo hice lo propio.

"—Acaso... ¿viene conmigo, Watson? —inquirió, mirándome de modo muy singular.

"—Depende: ¿va hacia el páramo? —le pregunté a mi vez.

"—Precisamente.

"—En tal caso, está usted bien al tanto de cuáles son las precisiones que yo recibí. Lamento mi intromisión en sus asuntos, pero indudablemente tiene usted presente la insistencia de Holmes en cuanto a que no fuera yo a dejarlo a usted a solas y, en particular, que no cruzara por el erial sin otra compañía.

"Sir Henry colocó su mano sobre mi hombro, sonriendo cordialmente.

"—Mi amigo —refirió—. A pesar de su sabiduría, Holmes no pudo anticipar cuanto tuvo lugar desde mi llegada. ¿Usted me comprende? Me hallo persuadido de que usted no quiere terminar siendo un aguafiestas. Debo marchar sin compañía... ¿Comprende, verdad...?

"Sus dichos me hicieron sentir muy incómodo. Ignoraba qué decirle y qué hacer. Entonces, previamente a que yo decidiera algo al respecto, sir Henry se apropió de su bastón y salió.

"Cuando comencé a cavilar sobre aquello, me reproché a mí mismo acremente por no acompañarlo, fuese cual fuese su motivo para prescindir de mi presencia. Supuse cómo iba a sentirme yo en caso de tener que presentarme ante usted y hacerle la confesión de que un hecho muy desgraciado había tenido lugar por culpa de no seguir sus exactas precisiones. Puedo jurárselo: me ruboricé de sólo pensar en esa posibilidad. Tal vez, concluí, no era excesivamente tarde para alcanzar a sir Henry, de modo que tomé precipitadamente el sendero que conduce hasta la residencia Merripit.

"Me apresuré cuanto pude sin encontrar el rastro de sir Henry, hasta el punto donde nace el camino del páramo. Allí y temiendo que quizás él hubiese continuado con un rumbo erróneo, ascendí una elevación del terreno, una empleada antaño como cantera, para avizorar desde su altura de un modo más vasto. Ya en la cumbre de la colina enseguida vislumbré a sir Henry, quien se encontraba avanzando por la senda del erial, como a unos cuatrocientos o quinientos metros de donde yo estaba, acompañado por alguien que no podía ser sino la señorita Stapleton. Era evidente que se entendían muy bien y que habían establecido esa cita. Caminaban lentamente, absorbidos absolutamente en su conversación; observé que ella movía velozmente sus manos, tal como quien emplea palabras vehementes. Él, por su lado, la escuchaba con toda su atención y cada tanto evidenciaba su diferencia de criterio con enérgicos gestos de su cabeza. Seguí contemplándolos, sin atinar a comprender qué podía efectuar yo en esa tesitura: aproximarme e irrumpir en un momento de tanta intimidad era cosa imposible siquiera de pensar, aunque mi deber era un asunto muy evidente. No podía permitir que el joven amo de

Baskerville se alejara de mi vista. Accionar como si fuera un espía –siendo él un amigo– me resultaba algo execrable... No di con otra manera de proceder que fuera más correcta que seguir espiándolos desde mi elevación, para luego aliviar mi conciencia confesándoselo a sir Henry. Era genuino que, de haber acechado algún riesgo súbito, yo hubiese estado excesivamente lejos como para serle de alguna utilidad en ese trance, mas usted, Holmes, seguramente coincidirá conmigo en cuanto a que mi posición era por demás peliaguda y no estaba a mi disposición concretar otra forma de proceder.

"Nuestro amigo y la dama se habían detenido y seguían discutiendo sobre sus asuntos, cuando observé de pronto que no era yo el exclusivo testigo de su cita: cierto manchón verdoso, flotando en el aire, reclamó mi atención. Al escudriñar aquello más detenidamente, observé que aquella cosa estaba sujeta a un mango y la movía un sujeto que se desplazaba por terreno abrupto. Aquel no era otro que Stapleton y el artefacto consistía en su red para atrapar mariposas. Se hallaba mucho más cerca de la pareja que yo y parecía moverse en dirección de ella. En ese momento, sir Henry sorpresivamente atrajo a la señorita Stapleton ciñendo su cintura, mas yo creí apreciar que ella pugnaba por separarse de él y hasta le rehuía el semblante. Nuestro amigo se inclinó sobre ella, quien levantó su mano en señal de protesta; enseguida se separaron y se dieron ásperamente la espalda. Stapleton, quien corría con todas sus fuerzas hacia donde se hallaba la pareja –llevando su ridículo adminículo– era el motivo de esa reacción. Cuando llegó hasta donde estaban ellos comenzó a hacer gestos y parecía bailar frente a los enamorados. No logré comprender el sentido de aquella escena, mas creí apreciar que Stapleton injuriaba a sir Henry sin hacer mayor caso de cuanto este le refería, hasta que sir Henry evidenció enojarse. En tanto, la dama en cuestión seguía allí, sin decir palabra y con aire de altivez. Finalmente Stapleton dio la vuelta y le ordenó algo muy autoritariamente a su hermana; ésta miró hesitante a sir Henry y se fue en compañía de su hermano, obediente. La gestualidad encolerizada del naturalista evidenciaba que asimismo la señorita Stapleton era causa de su ira. El aristócrata los siguió con la mirada un rato y luego retornó despacio por donde había venido, con la cabeza gacha, transformado en la propia efigie del abatimiento.

"Yo no alcanzaba a comprender qué significaba todo eso, mas me sentía muy abochornado por haber sido testigo de un incidente de índole tan privada, ignorándolo mi amigo. De modo que me apresuré camino abajo para juntarme con sir Henry, quien estaba rojo de furia y con el ceño arrugado, como uno que desconoce cómo proceder.

"—¡Caray, pero si es Watson! ¿De dónde salió? —inquirió cuando ya estuve junto a él—. ¿No me habrá seguido pese a mi negativa, verdad?

"Fue entonces que le expliqué cuanto había sucedido: que me había resultado cosa imposible de admitir el permanecer a la retaguardia; de qué modo había yo seguido sus pasos y que, finalmente, lo había visto todo. Por un segundo sus ojos refulgieron, incendiados, y temí lo peor. Mas mi honestidad lo serenó y finalmente soltó la carcajada, aunque aprecié que reía con un matiz de tristeza.

"—Cualquiera hubiese supuesto que el centro de esa planicie era un lugar adecuadamente solitario —reflexionó—. Mas, por todos los demonios, podría afirmarse que la suma completa de los moradores del páramo salieron a presenciar mi cortejo... ¡Encima, tan desacertado! Dígame, Watson: usted, ¿dónde reservó su platea?

"—En la colina.

"—Una de las últimas filas, ¿no es verdad? Mas Stapleton estaba mucho más cercano. Usted, ¿alcanzó a verlo aproximarse a nosotros?

"—Así fue.

"—¿Nunca tuvo la sensación de que ese sujeto está demente?

"—No. Yo nunca creí cosa parecida.

"—Ni yo. Invariablemente supuse que era un individuo con uso de razón, hasta hace un instante... Mas debe usted creerme si yo le digo que a él y a mí nos corresponde usar un chaleco de fuerza. ¿Qué que me pasa, en definitiva? Usted lleva ya semanas viviendo en mi compañía, Watson. Sea honesto y dígalo ya. ¿Hay alguna cosa que me impida ser un conveniente esposo para la mujer que amo?

"—Puedo asegurar que no.

"—Seguramente Stapleton aprueba mi rango social, de modo que el problema es mi persona. Mas, ¿qué tiene Stapleton contra mí? Que yo conozca, jamás dañé a ninguno. Empero ni siquiera permite que toque la mano de su hermana.

"—¿Eso dijo?

"—Y agregó mucho más. Sin embargo yo puedo garantizarle, doctor Watson, que pese a estas escasas semanas que han pasado, desde el comienzo entendí que ella era para mí, lo mismo que yo era para ella... digo, que la señorita Stapleton era dichosa cuando estaba en mi compañía, y eso estoy en condiciones de jurarlo. Hay un fulgor en la mirada de una mujer, una que se expresa más claramente que las palabras. Mas Stapleton no nos ha dejado a solas en ninguna oportunidad y hoy tenía, finalmente, la primera oportunidad de manifestarle a ella mis intenciones sin el estorbo de algún testigo. Ella sintió júbilo al verme, mas no era su deseo hablar de amor; me habría impedido mencionarlo siquiera, de haber ello estado entre sus posibilidades. No hizo otra cosa que repetirme que este lugar es extremadamente peligroso y que sólo será dichosa cuando yo lo haya abandonado. En esas circunstancias, le manifesté que no estoy apurado por irme de aquí desde que la había conocido. Agregué que si genuinamente su deseo es que yo me vaya, el único modo posible es que ella venga conmigo. No dudé más y le propuse matrimonio, mas antes de que siquiera pudiese ella responderme, surgió de la nada ese hermano que tiene, que vino a escape hacia nosotros, como un orate. Estaba pálido de furia y esos ojos suyos tan claros soltaban llamaradas. ¿Qué estaba haciendo yo con Beryl?; ¿Cómo era que tenía la temeridad de ofrecerle atenciones que ella estimaba tan desagradables? ¿Yo creía que por ser de la nobleza podía hacer cuanto fuese mi capricho? Si no se tratara de su hermano habría sabido muy bien cómo responderle; mas tomando en cuenta cuál es la situación, le repliqué que mis sentimientos hacia su hermana no implicaban avergonzarme de ellos y que aguardaba que me hiciera el honor de entregarme su mano. Eso no mejoró las cosas, de modo que yo también me salí de mis casillas y le contesté con mayor energía de la que era necesaria para mejorar el asunto, si aceptamos que ella estaba allí. El tema culminó con Stapleton yéndose en compañía de su hermana, como ya vio, y quedándome yo tan en ascuas y sin saber qué cosa hacer. Por favor, explíqueme cuál es el sentido de todo esto, doctor Watson, y quedaré tan endeudado con usted que jamás sabré cómo recompensarlo.

"Intenté brindarle un par de explicaciones, mas yo me encontraba tan fuera de concierto como sir Henry. El rango de nuestro amigo, su peculio, su edad, su personalidad y su presencia obran a su favor. Nada opera en su contra, excepto el triste sino que al parecer está detrás de los suyos. Que su oferta matrimonial sea rechazada tan ásperamente, sin la intervención de las preferencias de la interesada, y que ella misma acepte la situación sin manifestar protesta alguna, es asunto muy llamativo. Empero todo volvió a su andarivel merced a la visita que el mismísimo Stapleton le hizo al amo de Baskerville esa misma tarde. Se presentó para excusarse por su conducta tan basta de esa mañana; tras una prolongada reunión con sir Henry en el estudio, todo desembocó en una completa reconciliación. En señal de este cambio tan radical, vamos a cenar en la finca Merripit el próximo viernes.

"—Tampoco me animo a decir que todo se halla en el campo de lo razonable —me informó sir Henry más tarde, una vez que Stapleton se fue—. No olvido de qué manera me miraba cuando corría hacia mí esta mañana, mas debo admitir que ningún otro podría haber presentado sus formales disculpas empleando un estilo más elegante.

"—¿Aclaró Stapleton de alguna manera las causas de su

comportamiento durante la mañana?

"—Su hermana es todo para él, refiere el sujeto, y eso resulta bien lógico. Me alegra comprobar que está al tanto del valor que ella tiene. Invariablemente vivieron juntos y según señala él mismo, siempre fue un individuo de hábitos solitarios, sin mayor compañía que su hermana. La sola idea de no volver a contar con ella le resulta inadmisible. No había observado antes cuáles eran mis sentimientos hacia ella; al ver en persona que cabalmente la situación era esa y que era factible perder a su hermana, la emoción de tal sorpresa hizo que por un tiempo no fuese responsable de sus palabras o sus acciones. Lamenta muy personalmente cuanto ha acontecido y admite lo tonto y egoísta que resulta simplemente imaginar que logrará conservar para siempre a una mujer como su hermana. Si ella debe dejarlo, prefiere que se trate de alguien cercano, como lo soy yo, en vez de otro. Mas de todas formas esto representa un rudo golpe para Stapleton y le va a insumir cierto lapso lograr hacerse a la idea. Dejará de lado cualquier intento de oposición si le prometo conservar las cosas tal como se encuentran ahora durante noventa días, resignándome en ese período a mantener un vínculo amistoso y solo amistoso con ella. Yo ya le hice esa promesa...

"Esto arroja luz sobre uno de nuestros pequeños enigmas y ya es algo poder hacer pie en este pantano donde nos hallábamos extraviados. Actualmente obra en nuestro conocimiento la razón por la que Stapleton contemplaba con poco agrado al pretendiente de la mano de su hermana, aunque fuera un candidato de los méritos que posee sir Henry. Ahora paso a referirme a otra hilada que separé de esta enmarañada madeja, Holmes. Estoy hablando de los enigmáticos sollozos nocturnos de la señora Barrymore, así como de los periplos furtivos del sirviente mayor. Puede usted felicitarme de antemano, mi buen Holmes, y confirmar que no lo he desilusionado en mi condición de agente de sus investigaciones en Baskerville. Puede decirme que no lamenta haber depositado su plena confianza en mis condiciones para llevar adelante esta misión.

Todos esos asuntos fueron meridianamente esclarecidos merced a la labor de una sola noche.

"Sí, lo dije: 'la labor de una sola noche', mas ciertamente fueron un par de noches, pues durante la inicial nos vimos frustrados. Permanecí con sir Henry en sus aposentos hasta casi las tres de la mañana, sin escuchar ruido alguno, más que el del reloj dando las horas. La velada resultó ser marcadamente melancólica y ambos nos adormecimos en nuestros asientos. Por suerte no perdimos los ánimos y tomamos la decisión de intentarlo nuevamente. En la noche que siguió a la referida aminoramos la iluminación proporcionada por la lámpara y fumamos, esperando en silencio. Era cosa de no creer cuán lentamente pasaban las horas; sin embargo, vino en nuestro auxilio la misma clase de paciente atención que debe de mantener el cazador cuando vigila las trampas en las que aguarda que caiga alguna presa. Así el reloj marcó la llegada de la una, más tarde las dos. Ya desesperábamos, nos hallábamos al borde de renunciar nuevamente a nuestras investigaciones cuando dejamos de lado toda fatiga, nos guardamos de hacer el más mínimo movimiento, y nos pusimos otra vez en total tensión. ¡Escuchamos el crujir de la madera, bajo la presión de un pie en el pasillo!

"Nos percatamos de que Barrymore pasaba por delante de esa alcoba con extremada prudencia, internándose después en sitios más distantes. Posteriormente el aristócrata entreabrió silenciosamente la puerta del cuarto y salimos detrás del mayordomo. Este ya había cruzado toda la galería y nuestro flanco del pasillo se hallaba en tinieblas. Sin hacer ruido alguno nos deslizamos hasta el ala restante, llegando oportunamente para avizorar la elevada silueta de barbas negras y hombros arqueados, que avanzaba en puntas de pie para ingresar por aquella puerta donde yo lo había descubierto un par de noches antes. Presenciamos, también, cómo la candela tornaba al marco de la puerta para recortarlo en la penumbra, mientras un exclusivo rayo amarillo alumbraba las tinieblas de aquel pasillo. Nos acercamos muy cautelosamente, testeando las tablas del piso antes de a apoyar el pie en ellas. Mas aquel añejo piso resonaba y crujía bajo nuestro peso, aunque por cautela nos habíamos quitado los botines. En ocasiones parecía imposible que Barrymore no se percatara de qué cerca estábamos sir Henry y yo de él, pero por suerte era el mayordomo bastante sordo y estaba tan concentrado en cuanto efectuaba... En el momento en que de una buena vez por todas arribamos a esa estancia y observamos en su interior, dimos con él agazapado cerca del ventanal, con la luminaria en su poder y su cara empalidecida. Se hallaba obnubilado junto al vidrio, tal como esa noche ya pasada.

"Teníamos preparado un plan de operaciones, mas para el joven sir el modo de manejarse mejor resulta ser siempre aquel más natural; por ende, ingresó sin más ni más en la estancia. Jadeando, Barrymore se puso de pie de un brinco quedándose quieto y temblando frente a nosotros. Sus oscuras pupilas — muy contrastantes sobre la nívea careta que parecía ser su semblante— nos miraron plenas de espanto y estupor.

"—¿Qué está haciendo en este lugar, Barrymore?

"—Cosa alguna, señor —dijo el aludido, respirando tan agitado que apenas podía musitar algo. Su vela temblaba en tanta medida que las sombras brincaban hacia arriba y hacia abajo—. Es culpa del viento, señor. Durante la noche realizo la ronda para comprobar si las ventanas están adecuadamente cerradas.

"—¿En la planta alta?

"—Sí, señor, cada una de las ventanas.

"—Barrymore —expresó sir Henry con total firmeza—: estamos decididos a que nos diga la entera verdad, de modo que se ahorrará muchos inconvenientes si es honesto. ¡Ya no más embustes! Dígalo ya: ¿Qué hacía junto a ese ventanal?

"El mayordomo nos observó con expresión indefensa y retorció sus manos, como uno que se encuentra en la frontera entre la duda y el padecimiento.

"—Nada malo, señor. Simplemente permanecer aquí con una vela encendida.

"—¿Por qué?

"—No me pregunte eso, sir Henry, ¡no lo haga! Tiene mi palabra: ese secreto no es mío y no puedo contárselo. Si por mí fuese, no iba a esconderlo.

"Súbitamente tuve una ocurrencia y tomé la candela del alféizar donde la había depositado Barrymore.

"—Seguramente la usa para hacer algún tipo de señal —aventuré—. Vamos a ver si tenemos alguna respuesta.

"Sostuve aquella luminaria como lo había hecho el mayordomo, al tiempo que escrutaba las tinieblas del exterior. Dado que la nubosidad escondía la luna, solamente se alcanzaba a diferenciar difusamente la arboleda y el matiz más claro del páramo. Mas prontamente no pude contener un grito de alegría: un pequeño foco amarillento y luminoso inesperadamente se distinguió en la oscuridad y luego continuó refulgiendo, con regularidad, en medio del tenebroso marco del ventanal.

"—¡Allí lo tenemos! —bramé.

"—De ninguna manera, señor... Eso nada es. En lo más mínimo... —arguyó el mayordomo—. Yo le puedo garantizar que...

"—¡Agite la vela de un lado al otro, doctor Watson! —me exhortó el aristócrata—. ¿Lo ve? ¡La otra luz asimismo se mueve! ¿Con qué nos va a tratar de engañar ahora, malandrín? ¿Sigue con eso de que no se trata de ninguna señal? ¡Ya mismo, hable! ¿Quién es su cómplice y qué bribonada intentan hacer?

La expresión de Barrymore se tornó desafiante.

"—Eso es cosa mía y nada le diré.

"—Entonces deja en este mismo instante esta casa.

"—De acuerdo, señor. Así será.

"—Se va con total deshonra. Por mil demonios, ¡tiene de qué avergonzarse! Su familia convivió con los míos durante más de una centuria y ahora... ¡lo descubro intrigando en mi contra!

"—¡De ningún modo, señor! ¡Nada tiene contra usted!

"Era aquella una voz femenina: la señora Barrymore, todavía más pálida y aterrada que su esposo, estaba de pie junto a la puerta de la estancia. Su corpulenta silueta, vistiendo chal y pollera, hubiese sido algo de risa de no mediar la expresión de su semblante.

"—Debemos irnos, Eliza. Todo terminó. Solamente queda hacer las maletas —le informó el mayordomo.

"—Sir Henry... La culpa es solamente mía. Él hizo todo por mi causa, yo se lo pedí.

"—¡Explíquese ahora mismo! ¿Qué significa esto?

"—Mi infeliz hermano se muere de hambre en el páramo. No lo vamos a dejar así, a las puertas de esta casa. La vela es una señal para indicarle que su comida está lista; él, apelando a la candela que posee, está señalando dónde se encuentra.

"—Eso significa que su hermano no es otro que...

"—El fugitivo, señor... Selden, el criminal que huyó de su prisión.

"—Así es la cosa, señor —agregó Barrymore—. Como le dije, el secreto no era cosa mía, No podía decírselo, Aunque ahora ya está enterado. Comprenderá que había una confabulación, mas no para perjudicarlo a usted.

"Tal era la verdad acerca de las furtivas incursiones nocturnas y la luz en el ventanal. Sin poder ocultar nuestro estupor, sir Henry y yo nos quedamos contemplando de hito en hito a la señora Barrymore. ¿Podía imaginarse cabalmente que esa persona tan respetable y de apariencia inmutable fuese la hermana carnal de uno de los mayores criminales del reino?

"—Así es, señor: mi apellido paterno es Selden y el fugitivo es mi hermano menor. Fuimos excesivamente permisivos en su infancia, permitiendo que hiciera todo a su antojo. Así llegó a suponer que el mundo no tenía otro cometido que proveerlo de goces y que invariablemente podría hacer su voluntad. Posteriormente, cuando llegó a la adultez, tuvo pésimas amistades y el demonio se adueñó de mi hermano. Llegó a romperle el corazón a nuestra madre y enlodar nuestro apellido. De crimen en crimen fue descendiendo más y más, hasta que finalmente sólo la piedad divina lo liberó de la pena capital. Sin embargo, para mí sigue siendo el chico de rulos que yo cuidé y con quien compartí mis juegos infantiles, como lo hace cualquier hermana mayor. Ésa es causa de que se fugara, sir Henry. Estaba al tanto de que yo moraba en esta residencia y sabía muy bien que no le iba a negar mi auxilio. Llegó arrastrándose cierta noche, fatigado y medio muerto ya de hambre, con sus perseguidores siguiéndole la pista. ¿Qué otra cosa podíamos hacer nosotros? Lo albergamos y le dimos alimento. Después apareció usted y mi hermano concluyó que su seguridad sería mayor si se ocultaba en el páramo, hasta que cesara su persecución. Mas cada par de noches estamos en contacto con él mediante la luz en el ventanal. Si responde, mi esposo le acerca comida. Cada día tenemos la esperanza de que se vaya, pero en tanto ande por las cercanías nuestro deber es ayudarlo. Soy una buena cristiana, lo dicho es verdad. Usted debe entender que si hicimos algo incorrecto mi marido no es culpable, solamente yo, pues todo lo hizo por mi causa.

"Los dichos de aquella mujer estaban plenos de una energía muy persuasiva.

"—¿Eso es cierto, Barrymore?

"—Así es, sir Henry. Todo es genuino.

"—En ese caso no puedo atribuirle la culpa. Usted apoyó a su mujer. Olvídese de cuanto le dije anteriormente. Retornen ambos a sus aposentos. Mañana retomaremos este asunto.

"Al irse los Barrymore tornamos a escrutar por el ventanal: sir Henry lo había abierto y el viento de la noche nos azotaba. Lejos, en las tinieblas, seguía fulgurando aquel pequeño punto amarillo.

"—Es asombroso que se anime a ponerse en tanta evidencia —reflexionó Sir Henry.

"—Tal vez ubica la candela de un modo que solamente su luz resulte ser visible desde este punto donde estamos.

"—Resulta factible. ¿A qué distancia estima que está?

"—Supongo que aproximadamente cerca de Cleft Tor.

"—Un par de kilómetros.

"—Quizás a una distancia menor.

"—No puede estar demasiado lejos: Barrymore le llevaba sus alimentos. Y ese criminal aguarda, con su vela. ¡Iré a apresarlo!

"Yo había tenido una idea similar. Aquello no consistía en que los Barrymore nos habían contado un secreto. Se lo habíamos quitado de los labios forzando la situación. Ese sujeto representaba un genuino peligro social, un siniestro personaje que no merecía la menor piedad. Simplemente íbamos a cumplir con nuestro deber. Tomando en cuenta lo brutal de su índole y la violencia que albergaba su alma, si nada hacíamos otros iban tarde o temprano a pagar su precio. Cierta noche, es un ejemplo, era bien capaz de atacar a los Stapleton y quizás este pensamiento animó a sir Henry a afrontar las consecuencias de su decisión.

"—Yo iré con usted —afirmé.

"—En ese caso, tome su arma y calce sus botas. Cuanto antes salgamos al campo será mucho mejor. Ese forajido bien es capaz de extinguir su candela e irse de donde está.

"Al poco rato ya habíamos principiado nuestra pesquisa. Nos apuramos a recorrer los tenebrosos matorrales, bajo el viento otoñal, mientras crujían bajo nuestras pisadas las hojas. El aire de la noche estaba infestado de humedad y podredumbre. Cada tanto la luna salía brevemente, mas la nubosidad ocultaba casi por completo el firmamento y cuando llegamos al erial se dejó caer una lluvia liviana; la luminaria continuaba brillando ante nosotros.

"—¿Lleva consigo un arma, sir Henry? —inquirí.

"—Traje una fusta.

"—Debemos dejarnos caer sobre él raudamente: estará muy desesperado. Si no lo tomamos desprevenido y lo reducimos, se resistirá.

"—Watson, ¿qué opinaría Holmes de este asunto, en este momento de oscuridad, cuando adquieren mayor potencia los poderes malignos?

"Como contestando a sir Henry súbitamente se dejó oír en el páramo un raro sonido, aquel que antes había escuchado yo en el pantano Grimpen. Llegó hasta donde estábamos atravesando la silente noche: un susurro extendido y hondo. Después lo siguió un grito más potente y finalizó aquello con el mismo triste susurro. Se repitió y el aire palpitaba con aquel sonido, chirriante, feral y amenazante. El amo de Baskerville aferró mi manga y empalideció hasta que su rostro relumbró en las tinieblas que lo envolvían todo en torno de nosotros.

"—¡Cielos! ¿Qué cosa fue esa, Watson?

"—Lo ignoro. Es algo que se escucha en el erial. En mi caso, esta es la segunda oportunidad en que lo oigo.

"El fenómeno cesó y lo reemplazó un silencio cerrado. Escuchamos atentamente, sin resultado alguno.

"—Watson —me dijo el aristócrata—, eso fue un sabueso aullando.

"La sangre se me congeló en las venas, pues su voz se quebró de un modo que testimoniaba el súbito espanto que se había adueñado de él.

"—¿Qué cuentan acerca de ese sonido? —inquirió.

"—¿A quiénes se refiere usted?

"—A los lugareños.

"—¡Vamos, que son gentes muy ignorantes... ¿Qué importa lo que ellos digan?

"—Debe usted decírmelo, doctor Watson. ¿Qué cosa dicen los del lugar?

"Dudé un rato en hacer lo que me pedía, mas no tenía modo de evitarlo.

"—Refieren... que se trata del aullido propio del perro de los Baskerville.

"Sir Henry gimió, sin poderlo evitar, y luego se quedó silencioso por un rato.

"—Se trata del sabueso —repuso finalmente—. Mas el aullido parecía provenir de varios kilómetros de distancia. Desde allá, supongo.

"—Es arduo poder afirmarlo.

"—Subía y bajaba según soplaba el viento. ¿No se trata de la dirección del pantano Grimpen?

"—Así es...

"—Vino desde allí. Confiese la verdad. Acaso, ¿no le pareció el aullido de un sabueso? No soy un chico. Debe decirme lo que sabe.

"—Estaba con Stapleton esa vez y él mencionó que podía tratarse del canto de un ave muy rara.

"—Falso: se trata de un sabueso. ¡Mi Dios! ¿Será cierto algo de esa leyenda? ¿Es cosa factible que esté cabalmente en riesgo por algo en tanta medida enigmático? Usted no cree eso, ¿verdad, doctor Watson?

"—Desde luego que no.

"—Sin embargo asuntos muy distintos resultan ser reírse de ello en Londres y estar en este punto, entre las tinieblas del páramo y escucharlo como sucedió recién. ¡Y en cuanto a mi tío! Hallaron el rastro del perro muy cerca de donde sucumbió. Todo encaja a la perfección. No creo que yo sea un cobarde, doctor Watson, mas ese sonido me congeló la sangre. ¡Toque usted mi mano!

"Su mano se encontraba tan gélida como un pedazo de mármol.

"—Mañana se va a sentir mejor.

"—No creo que la luz del día logre sacarme tal aullido de la mente. ¿Qué cree conveniente hacer a continuación?

"—¿Desea usted que volvamos a la mansión?

"—¡Por todos los diablos! Definitivamente no. Dejamos la casa para dar con el fugitivo y eso vamos a concretar. Vamos tras de él y tal vez un perrazo demoníaco viene detrás de nosotros. Sigamos avanzando. Lo lograremos, ¡así anden por el páramo todos los demonios del infierno!

"Seguimos con paso lento nuestra marcha en las tinieblas, con la difusa silueta de las colinas pedregosas en torno y ese puntito amarillento y luminoso siempre fulgurante delante de nosotros. Nada existe más engañoso que la distancia que guarda una luz en medio de una noche cerrada y oscura: en ocasiones el brillo semejaba encontrarse tan remoto como la línea del horizonte; en otras oportunidades parecía esperar a escasos metros de nosotros. Mas en definitiva confirmamos su origen, cuando ya estaba cerca. Se trataba de una vela ya marcadamente consumida, montada en una grieta entre las piedras, que la resguardaban por ambos flancos del ventarrón. Con ello, además se obtenía que resultara exclusivamente visible desde la mansión Baskerville. Una roca de granito nos escondió cuando ya estábamos en las cercanías de la luminaria y logramos asomarnos por encima para ver la señal. Era raro contemplar esa candela solitaria, consumiéndose en ese sitio, en medio del erial, sin mayores señales de vida en torno; apenas esa llama amarillenta y el fulgor de las piedras a cada flanco.

"—Y bien, ¿qué hacemos a continuación? —murmuró sir Henry.

"—En este punto, debemos esperar. Debe andar cerca. Es posible que logremos verlo.

"En cuanto dijimos aquello lo avizoramos: sobre las peñas, donde ardía la vela, surgió un malvado semblante amarillento, una horrible cara brutal, marcada por las pasiones más bajas. Sucia de barro, con la barba crecida y el pelo revuelto, esa cara muy adecuadamente podría haber correspondido a uno de esos primitivos que antes moraban en el páramo. La luz inferior se reflejaba en sus pequeños ojos llenos de malicia, que atravesaban las tinieblas en todas direcciones, como una bestia malévola y silvestre, cuando detecta la llegada de sus cazadores.

"Indudablemente algún factor había alentado su suspicacia: tal vez Barrymore le hacía alguna seña que nosotros desconocíamos o quizá nuestro sujeto tenía otra causa para suponer que las cosas no iban en la dirección correcta. De todas formas, fuese como fuese aquello, el temor se hacía presente en sus rasgos toscos y en cualquier instante podía cegar la candela de un golpe y desaparecer en la oscuridad. Brinqué hacia adelante y sir Henry hizo lo propio: entonces el fugitivo nos maldijo y arrojó una roca que se despedazó allí donde antes nos encontrábamos. Todavía pude vislumbrar efímeramente su figura regordeta y corpulenta al tiempo que el criminal se erguía y daba la vuelta para escaparse, mientras un fugaz despeje del cielo le permitía brillar a la luna, iluminando un momento la escena. Llegamos con el mayor apuro a la cumbre de la elevación aquella, para observar que nuestra presa se deslizaba a la mayor velocidad que le era posible por la otra pendiente, brincando sobre los peñascos como si fuera una cabra montañesa. De tener mayor fortuna, hubiese alcanzado a detener su marcha de un balazo, mas el sentido de haber traído mi revólver era defensivo exclusivamente. No iba a dispararle a un sujeto indefenso mientras se daba a la fuga.

"Tanto sir Henry como yo somos dignos corredores y nos encontramos en un adecuado estado físico, mas enseguida comprendimos que no teníamos la menor oportunidad de ponerle al fugitivo la mano encima. Continuamos divisándolo por algún tiempo merced a la luz lunar, mas terminó siendo un minúsculo punto que se desplazaba a toda carrera entre los peñascos. Por más que redoblamos nuestros esfuerzos, él seguía poniendo más y más distancia y finalmente nos detuvimos extenuados. Así vimos cómo se esfumaba a lo lejos.

"Entonces dejamos las rocas donde intentábamos recuperar el aliento para volver a la residencia y sucedió algo extrañísimo, totalmente imprevisible. La luna se veía baja, a la derecha, y la cumbre abrupta de un peñasco se elevaba hasta rozar la porción inferior del astro de la noche. Justamente sobre esa cima vi una silueta humana, semejante a una estatua de ébano contra ese fondo fulgurante. No, Holmes, no era aquello una alucinación; puedo asegurarle que jamás vi algo más nítidamente en toda mi vida. Era un sujeto alto y delgado, quien tenía las piernas ligeramente separadas. Sus brazos estaban cruzados y su cabeza inclinada, tal como si cavilara acerca de ese erial de turba y piedra al que le estaba dando la espalda. Se diría que encarnaba el mismo espíritu de tan tremendo sitio como era aquel. Por supuesto, no se trataba del criminal que se había evadido; ese individuo que yo vi estaba bien lejos del lugar donde el perseguido se había esfumado. Por otra parte, lo aventajaba en estatura notoriamente. Sin poder reprimir un grito de estupor intenté llamar la atención de sir Henry sobre esa extraordinaria aparición, mas cuando ya estaba por sacudir la manga de mi amigo, esa visión desapareció. La cumbre áspera seguía arañando el extremo inferior de la luna, pero no había allí la menor señal del misterioso individuo inmóvil.

"Probé de dirigirme en esa dirección y examinar los alrededores, mas era un sitio remoto. El ánimo de sir Henry seguía perturbado por aquellos aullidos que habían traído a su mente la leyenda familiar y no estaba predispuesto a afrontar otras peripecias. Como no había divisado al raro sujeto quieto sobre el peñasco, no sentía el aristócrata la emoción que me había embargado a mí debido a su aparición. Supuso que se trataba de un vigilante venido de la cárcel, de los que abundaban por la región desde el escape del reo, y tal posibilidad era lógica a todas luces, mas yo preferiría tener a mi alcance alguna prueba que lo corrobore fehacientemente.

"Nuestra intención es poner sobre aviso hoy mismo a las autoridades de Princetown, aunque lamentamos mucho nuestro fracaso en cuanto a atraparlo por nuestra propia cuenta. Las referidas son nuestras peripecias de ayer por la noche; tiene que admitirlo: no estoy en falta ante usted, mi querido Holmes, en lo que hace a proporcionarle información. Una buena proporción de lo que le refiero carece de importancia, es verdad, mas continúo creyendo que lo más adecuado es brindarle a usted la suma de lo que acontece y permitirle así escoger aquello que le sea de más utilidad. Indudablemente estamos progresando; por lo que hace a Barrymore, dimos con las razones de su actitud y ello ha arrojado mucha luz sobre el asunto general. Sin embargo, el misterioso páramo y sus enigmáticos moradores siguen siendo tan extraños como antes. Puede que la próxima vez que le escriba alcance a mejorar esa situación, pese a que, de todas maneras, lo ideal sería que usted se nos reuniese cuanto antes.

10. Una parte del diario de Watson

Hasta ahora pude hacer uso de la información que le proporcioné a Sherlock Holmes en el curso de mis primeras jornadas en el erial, mas llegué a una instancia en mi relato donde me veo forzado a dejar de lado este procedimiento y apelar nuevamente a mi memoria, apoyándome en el diario que llevaba por ese entonces. Ciertas partes de este diario me posibilitarán relacionar las situaciones que están grabadas en mis recuerdos. Continúo, por ende, contando lo sucedido en la mañana que siguió a nuestra fallida persecución del criminal Selden y nuestras andanzas por el páramo.

"Dieciséis de octubre: una jornada neblinosa y grisácea, algo lluviosa. La mansión está sepultada entre nubes que se agitan, las que de vez en vez se corren y nos muestran las monocordes formas del erial, con finas franjas argénteas en los flancos de las colinas y peñascos remotos y brillantes, si sus mojadas pendientes espejan la iluminación. Rige todo esto una cerrada melancolía, tanto en el interior como en el exterior. El amo de Baskerville tuvo una reacción negativa ante las peripecias de la noche que pasó y yo mismo advierto que algo pesa sobre mi ánimo, sumado a que percibo la cercanía de algo peligroso que invariablemente nos embosca, justamente más tremendo este riesgo inminente porque no tengo los medios necesarios para poder definirlo.

"¿Algo hay que sostenga valederamente esto que yo siento? Se debe cavilar acerca de la vasta secuencia de sucesos que evidencian las potencias malignas que están presentes en torno de nosotros. En primer lugar, el fallecimiento del anterior amo del lugar, acontecimiento que se concretó en un todo acorde con lo señalado por la añeja leyenda ancestral; en segundo término, las tan repetidas referencias dadas por los lugareños acerca de la presencia en el páramo de un raro monstruo. Ya dos veces escuché sus aullidos remotos y no pueden provenir de algo que sea natural. Un perrazo fantasmal, uno que deja pisadas bien notorias y que llena el aire con sus alaridos es algo inadmisible; tal vez Stapleton admita esta creencia, lo mismo que el doctor Mortimer, mas si algo me caracteriza a mí es el buen sentido y en función de ello, cosa alguna va a persuadirme de algo así. De incurrir en ese error, me estaría rebajando hasta el nivel de esos infelices rústicos a quienes no les alcanza con un mero perro cimarrón, porque les resulta preciso describir a la bestia soltando llamas demoníacas por los ojos y las fauces. Holmes no haría el menor caso de tales supercherías y yo lo represento en estas circunstancias. Mas los hechos son tales y ya un par de veces escuché sus aullidos en el erial... Vamos a dar por sentado que efectivamente hubiese en las inmediaciones un inmenso perro vagando a su antojo. Ello aportaría en gran medida para una explicación del conjunto; empero: ¿dónde una bestia como esa tendría su guarida, obtendría su nutrición, de dónde provendría, cómo sería factible que ninguno la hubiese advertido en el curso del día?

”Se debe admitir que el supuesto de un perrazo de carne y hueso ofrece tantos problemas como la otra teoría; asimismo, y dejando a un lado lo del gran perro cimarrón, resta la participación en los hechos generales del sujeto en el carruaje de Londres y la misiva que prevenía a sir Henry. Eso al menos es concreto, mas en la misma medida podría ser el accionar de un amigo anhelando protegerlo como la obra de un antagonista. Sea la suya una condición o bien la otra, ¿dónde se halla en estos momentos, en Londres o vino tras nosotros hasta esta desolada comarca? ¿Será ese el sujeto que avizoré sobre la peña? Es cierto que apenas pude vislumbrar su figura y ello, por unos segundos, mas hay elementos de los que estoy absolutamente seguro. Dado que conozco actualmente a la suma de los que viven cerca de aquí, estoy en condiciones de afirmar que no se trataba de ninguno de ellos. El tipo que estaba sobre la peña era de estatura más elevada que Stapleton y más flaco que Frankland. Podría ser Barrymore, mas el mayordomo se quedó en la residencia cuando salimos y estoy persuadido de que no le fue posible venir detrás de nosotros. Por ende, hay alguien ignoto que sigue nuestros movimientos en este paraje, del mismo modo que alguno también desconocido nos fue siguiendo en Londres. Palpablemente, no nos liberamos de él; si solamente pudiese yo ponerle una mano encima, quizá lográsemos así solucionar el conjunto de nuestros dilemas. A este exclusivo objetivo debo consagrarme con todas mis fuerzas desde este mismo momento.

"Mi primera idea fue hacer participar a sir Henry de mis intenciones. El siguiente impulso, ya más cauteloso y meditado, fue concretar mis planes y referirme a ellos en la menor medida que me sea posible. El dueño de casa se encuentra silencioso y parece distraído; el aullido en el páramo lo ha perturbado de un modo muy llamativo. Nada diré que pueda acrecentar su desasosiego, mas tomaré las medidas necesarias para alcanzar mis metas.

"Esta mañana tuvo lugar un pequeño incidente, al momento de tomar el desayuno. Barrymore le pidió permiso a sir Henry para conversar sobre algo con él y fue así como se encerraron en el estudio por unos diez minutos. Desde mi sillón en el salón de billares, en más de una ocasión percibí cómo levantaban sus voces y debo admitir que podía hacerme una idea bastante precisa de la causa de sus discusiones. Finalmente, sir Henry abrió la puerta de su estudio y me pidió que fuera hasta donde se encontraba.

"—Barrymore cree que le asisten motivos para quejarse —me dijo—. Estima que no fuimos justos al intentar atrapar a su cuñado cuando él, con entera libertad, nos había contado ese secreto.

"El mayordomo estaba allí, ante de nosotros, muy pálido pero manteniendo un total control de sí mismo.

"—Tal vez me expresé con excesiva vehemencia —aclaró—. Si tal es el caso, pido con toda honestidad su perdón. Sin embargo, me sorprendió grandemente saber que volvieron ustedes a la madrugada, tras intentar capturar a Selden. El pobre infeliz ya tiene tras sus pasos a suficientes enemigos como para que yo ayude a que tenga más todavía.

"—Si usted, por las suyas, nos hubiese revelado ese secreto, las cosas hubiesen tenido un diferente cariz —afirmó el dueño de casa—, mas lo que hizo fue referirlo, aunque en verdad fue su esposa, bajo presión y porque no tenía ninguna otra opción.

"—Jamás supuse que usted se iba a aprovechar de eso, sir Henry, como a continuación lo hizo.

"—Ese sujeto representa un peligro público. Hay viviendas aisladas y diseminadas por el páramo, y bien sabemos que nada detendrá a uno como Selden. Alcanza con ver su cara para entenderlo. Podemos pensar como ejemplo en la finca del señor Stapleton, que no tiene otra defensa que él mismo. Todos en el páramo estarán bajo riesgo hasta que se prenda a ese criminal.

"—Selden no va a entrar en ninguna casa, señor, yo le doy mi palabra. Tampoco volverá a molestar a nadie en Inglaterra. Le puedo garantizar que en pocos días más se hará lo que se deba hacer y se encontrará rumbo a Sudamérica. Por Dios, señor, le suplico que no avise a las autoridades que mi cuñado se encuentra todavía en el páramo. Ya dejaron de lado la pesquisa que habían montado tras sus pasos. El erial será un adecuado escondite hasta que una embarcación, su medio de escape hacia Sudamérica, esté pronta. Su denuncia nos acarreará muchos aprietos a mi esposa y a mí. ¡Por favor, sir Henry, nada diga a la policía!

"—¿Cuál es su opinión, doctor Watson?

"Yo me encogí de hombros.

"—Si Selden deja el país sin originar problemas, los contribuyentes se liberarían de una pesada carga.

"—Sin embargo, ¿qué tiene para decirme de que vaya a atacar a alguno antes de retirarse de la comarca?

"—No efectuará algo tan insensato como eso. Le dimos cuanto precisa y cometer un crimen equivaldría a proclamar dónde se encuentra.

"—Es verdad eso —admitió sir Henry—. En ese caso, Barrymore...

"—¡Dios lo bendiga! ¡Se lo agradezco tanto, sir Henry! Mi pobre mujer moriría de dolor si lo atraparan nuevamente.

"—Estimo que somos cómplices en un mismo delito... ¿No es así, doctor Watson? Empero, tras lo que terminamos de escuchar no me siento capaz de delatar a ese sujeto, de modo que la cosa se termina en este mismo punto. Ya, Barrymore, se puede ir usted...

"Balbuceando su agradecimiento, el mayordomo fue hasta la puerta, mas entonces hesitó y se volvió.

"—Se ha conducido en tan buena forma con nosotros, señor, que quisiera hacer a su favor cuanto esté a mi alcance. Conozco algo que, posiblemente, debería haberle referido antes, mas solamente lo supe mucho después de culminadas las investigaciones. A nadie se lo comuniqué hasta ahora y se relaciona con la desaparición del desgraciado sir Charles.

"Sir Henry y yo nos pusimos de pie en el acto.

"—¿Sabe de qué modo sucedió todo?

"—Eso lo ignoro.

"—¿Entonces, qué?

"—Sé por qué estaba junto a la tranquera, a esa hora. Porque tenía cita con una dama.

"—¿Él, sir Charles?

"—Así fue, señor.

"—¿Sabe usted de quién se trataba?

"—No puedo decir su nombre, señor, pero sí las iniciales: L.L.

"—¿Cómo se enteró de este asunto, Barrymore?

"—Su tío recibió una carta esa mañana. Generalmente cada día recibía una buena cantidad de misivas, puesto que era alguien muy conocido y era también conocida su generosidad, lo que llevaba a muchos a apelar a sir Charles. Mas esa mañana, casualmente, solo recibió esa misiva, de modo que le presté más atención. Provenía de Coombe Tracey y la letra del sobre era femenina.

"—¿Entonces?

"—Yo no hubiera vuelto a pensar en ese asunto de no ser

porque mi esposa, quien hace apenas unas semanas, limpiando el estudio de sir Charles, sin asear desde su fallecimiento, halló las cenizas de una carta en la chimenea. Pese a que las páginas estaban carbonizadas restaba un pedacito, el final de una página, que no se había quemado y todavía posibilitaba leerlo. Supusimos que era un párrafo final, uno que refería lo que sigue: 'Por favor, siendo como es un caballero, elimine esta carta y encuéntrese junto a la tranquera a las 22 en punto'. Y la firma consistía solamente en las iniciales L.L.

"—¿Guardó usted ese pedazo de papel?

"—No. Se destruyó de tan dañado que estaba.

"—¿Recibió sir Charles otras misivas con la misma letra?

"—En verdad, yo no le prestaba demasiada atención a su correspondencia. No me hubiese fijado en esa carta si no hubiese sido la única recibida aquel día.

"—¿Tiene idea de quién pueda ser L.L.?

"—No, señor. Estoy tan en ascuas como usted mismo, mas creo que de poder dar con esa dama nos enteraríamos de más detalles sobre lo sucedido con el pobre sir Charles.

"—Hay algo que no alcanzo a comprender, Barrymore, ¿cómo escondió todo este tiempo una información de tanta importancia?

"—Intente entenderlo, señor. Nuestros aprietos dieron comienzo justamente después de lo sucedido. Asimismo y como resulta entendible, si pensamos en cuanto hizo sir Charles a favor de nosotros, ambos sentimos un enorme afecto por él. Resolver este misterio no será de ninguna ayuda para nuestro desgraciado amo y es mejor andarse con cuidados habiendo una dama involucrada. Incluso los mejores de nosotros...

"—¿Dice que ello que podría estropear su reputación?

"—Concluí de todo esto que no iba a llevar a ninguna cosa buena. Mas luego de que usted se comportó de tan buena manera con nosotros, estimé que estaría yo manejándome de muy mal modo con usted sin referirle cuanto sé.

"—Bien, Barrymore; ya puede usted retirarse.

"Cuando el mayordomo nos dejó a solas, sir Henry se volvió hacia mí.

"—Entonces, doctor Watson, ¿qué piensa de esta imprevista pista?

"—Que sólo es útil para incrementar lo oscuro que es este asunto.

"—Eso mismo pienso yo. Pero si pudiésemos dar con L.L. se aclararía; como mínimo, adelantamos algo, conociendo que existe alguien que está al tanto de lo sucedido. Lo que exclusivamente precisamos es encontrar a esa persona. ¿Cómo cree usted que deberíamos proceder?

"—Debemos informarle a Holmes de este nuevo dato y eso, de modo inmediato. Le dará la pista que andaba buscando y estoy muy errado o esto lo llevará a venir hacia aquí.

"Retorné a mi alcoba enseguida y escribí para Holmes el informe referido a la conversación de esa mañana. Era cosa clara que mi amigo había estado extremadamente ocupado en el último tiempo, pues las comunicaciones que venían de Baker Street eran cortas y escasas. Los comentarios de Holmes acerca de la información que le había brindado no existían y prácticamente no hacía ninguna referencia a mi labor. Indudablemente aquel caso de un chantaje involucraba todas sus capacidades; empero este nuevo dato tenía que apoderarse de su mayor interés, renovando su curiosidad. ¡Si solamente él estuviese aquí!

"Diecisiete de octubre: llovió copiosamente durante toda la jornada; las precipitaciones resuenan al caer sobre la enredadera y el frente de la casa. Recordé al fugitivo en el páramo helado, sin dónde protegerse. ¡Infeliz! Sean cuales sean sus crímenes, debe de estar padeciendo lo suyo a modo de expiación. A continuación volvió a mi mente el rostro entrevisto en el carruaje y aquella silueta contrastada por la luna en la peña. ¿También el que vigilaba sin ser descubierto, el sujeto en las tinieblas, sufría a la intemperie bajo esa lluvia atroz? Cuando cayó la tarde vestí mi abrigo impermeable y anduve hasta un punto remoto del páramo, empapado y pleno de oscuras imágenes, con la llovizna azotándome la cara y el viento helado lastimando mis oídos. Que Dios tome en su mano a los que se aproximen al pantano en esas instancias: incluso el terreno alto, habitualmente firme, se está convirtiendo en un lodazal. Di con aquel peñasco oscuro donde divisé al centinela solitario y desde su áspera cumbre apprecié las melancólicas colinas. Las oleadas de lluvia derivaban sobre sus planos rojos y las apretadas nubes de matiz grisáceo pendían cerca del suelo en el paraje, derrumbándose en franjas más oscuras en las pendientes de las espectrales elevaciones. En la remota hondonada, al flanco izquierdo, oculto a medias por la neblina, se elevaba sobre la arboleda un par de angostos torreones, los correspondientes a la mansión Baskerville. Aquellos eran los exclusivos testimonios de actividad humana que se podían avizorar, sin contar las edificaciones primigenias que tanto número hacían en los faldones de las colinas. En ninguna parte había una señal del raro centinela del páramo.

"Cuando retornaba a la residencia Baskerville, me salió al paso el doctor Mortimer, quien guiaba su carruaje por un rústico camino, regresando de la lejana finca Foulmire. Invariablemente estuvo atento a cuanto nos acontecía y apenas pasó un solo día sin que concurriera a la casa inquiriendo sobre nosotros. Repetidas veces me instó a subir al vehículo y para que fuese con él a la casa. Lo hallé muy preocupado por la ausencia de su pequeño cocker spaniel: el perrito se había escapado hacia el páramo y no había regresado todavía. Intenté como mejor pude brindarle algún consuelo, mas al recordar al caballejo sumergido en el cieno del pantano Grimpen sentí miedo de que nadie volviese a saber del cocker spaniel de Mortimer.

"—En definitiva, Mortimer —dije mientras avanzábamos a los tumbos por ese pésimo camino que seguíamos—, estimo que deben ser escasas las gentes del lugar que no sean de su conocimiento.

"—Yo diría que los conozco a todos.

"—¿Puede entonces decirme el nombre de alguna dama cuyas iniciales sean L.L.?

"El doctor Mortimer caviló un rato.

"—No —me dijo—. Hay unos gitanos y algunos operarios que no conozco, mas entre los granjeros, los burgueses y la baja nobleza no existe ninguna mujer con esas iniciales. Pero... ¡aguarde! —agregó tras una pausa breve—. Tenemos a Laura Lyons, cuyas iniciales son precisamente las que usted dice. Pero ella vive en Coombe Tracey.

"—¿Quién es esa dama que usted refiere? —inquirí.

"—Pues la hija de Frankland.

"—¿Cómo dice? ¿La hija de Frankland, el viejo loco?

"—Justamente lo que oyó. Ella se casó con un artista de nombre Lyons, uno que vino a hacer unos bocetos en el páramo, quien resultó ser todo un bribón y finalmente la abandonó. Empero, la culpa de aquello no ha sido en su totalidad de ese artista: el padre de la joven se negó a verla a causa de que ella se había casado sin solicitar su permiso. Bueno, tal vez había un par de razones extras. De modo que entre ese par de pecadores, uno joven y el otro anciano, la pobrecita lo pasó horrible.

"—¿Cómo se las arregla para vivir esa dama?

"—Supongo que su padre le debe de dar alguna pensión, pero debe ser una suma miserable. En verdad, el patrimonio de Frankland deja demasiado que desear. Por mal que se haya comportado, no se podía permitir que se hundiera del todo. Su historia terminó por ser conocida y varios del lugar aportaron lo suyo para hacer posible que se mantuviese por medios honestos. Uno de ellos fue Stapleton y también contribuyó sir Charles. Yo mismo participé, pero mi aporte fue muy corto. La idea era que ella pusiera en funcionamiento un servicio de mecanografía.

"Mortimer quiso enterarse de las razones que yo tenía para averiguar todo eso y me las ingenié para no decirle demasiado al respecto, pues no podía confiar en nadie. Mañana, de mañana, iré hasta Coombe Tracey y, si puedo lograrlo, me entrevistaré con esa señora Laura Lyons. Así se habrá adelantado mucho; indudablemente me estoy apropiando de la cautela que es propia de una serpiente, pues al tornar Mortimer a insistir con sus preguntas, hasta llegar a un nivel no adecuado, como si fuese cosa casual mostré interés por el tipo de cráneo de Frankland, de modo que sólo oí hablar de aquella disciplina durante el resto del camino. De alguna utilidad me tiene que servir la vida tan prolongada junto a Sherlock Holmes.

"Apenas me resta algo más que referir en esta jornada tan melancólica y borrascosa: mi conversación con Barrymore de hace un rato. El mayordomo me brindó una victoria que, cuando llegue el instante justo, me resultará muy útil.

"Mortimer se quedó a cenar y el amo de Baskerville y él jugaron después una partida de cartas. El mayordomo me sirvió el café en la biblioteca; entonces yo aproveché mi chance para interrogarlo a gusto.

"—En consecuencia—le dije—, ¿se fue ya ese sujeto pariente suyo o sigue escondido en el páramo?

"—Lo ignoro, señor. Le pido al Señor que él haya partido, pues a nosotros no nos trajo otra cosa que problemas. Nada supe en referencia a él, a partir de que le proporcioné alimentos por última vez, hace cosa de unos tres días.

"—¿Pudo verlo en dicha ocasión?

"—En modo alguno, mas los alimentos ya no estaban al volver a pasar por ese lugar.

"—Por ende, ¿sigue su cuñado escondido en el páramo?

"—Sería cosa lógica suponerlo así, a menos que esa comida se la haya llevado otra persona...

"No terminé de llevar el café a mis labios y miré con la mayor fijeza a Barrymore.

"—En ese caso ¿está en su conocimiento que alguien más mora en el páramo?

"—Sí, señor.

"—¿Lo vio usted?

"—No, señor.

"—¿Cómo sabe entonces de su existencia?

"—Selden me habló de él hace más o menos una semana. También se oculta, aunque no es un reo, según se puede concluir. Eso no me agrada, doctor Watson; se lo digo honestamente —decía Barrymore todo eso con una súbita pasión.

"—Ahora escúcheme Barrymore. Yo no tengo más interés que el de su señor. Si me encuentro aquí, es exclusivamente para poder auxiliarlo. Ahora explíqueme con total sinceridad que cosa es esa que no le agrada a usted.

"Barrymore vaciló, tal como si se lamentara de su impulso inicial o no encontrara la manera mejor de explicar cuanto sentía en aquel momento.

"—Son... estas cosas que están sucediendo —manifestó finalmente, agitando su mano y señalando el ventanal desde donde se veía el páramo, azotado por la lluvia—. En alguna parte están jugando muy sucio y tramando algo oscuro. ¡Puedo asegurarlo! ¡Cuánto me gustaría que sir Henry retornase a Londres!

"—Sin embargo... ¿qué asunto lo inquieta de tal manera, Barrymore?

"—¡Preste su atención al fallecimiento de sir Charles! Ya ese asunto fue algo tremendo, pese a cuanto afirmó el forense. Tome en cuenta lo que se escucha proveniente del erial, durante la noche. Ninguno se anima a atravesar el páramo después del ocaso, así le paguen por hacerlo. ¡Fíjese en ese desconocido que se oculta, vigila y espera! ¿Qué cosa aguarda? ¿Qué significa eso? Seguramente nada bueno para quien sea un Baskerville... Me iré de aquí con todo gusto apenas arribe la nueva servidumbre.

"—En lo que se relaciona con ese desconocido —le dije—, ¿no sabe algo más respecto de ese sujeto? ¿Qué le refirió Selden? ¿Él halló su escondite o supo qué cosa estaba haciendo?

"—Lo vio un par de veces, mas es un sujeto muy listo y no permite que descubran cuál es su juego. Al comienzo mi cuñado imaginó que se trataba de un policía, mas enseguida comprendió que hace todo por las suyas. Es uno que semeja ser un caballero, según le pareció a Selden, mas no logró averiguar qué cosa hacía allí.

"—¿Dónde mencionó Selden que vivía ese individuo?

"—En los antiguos refugios de las colinas.

"—Sin embargo, ¿qué puede comer allí?

"—Selden descubrió que cuenta con un muchacho que le lleva cuanto precisa. Supongo que lo va a buscar a Coombe Tracey.

"—De acuerdo, Barrymore. Tal vez continuemos platicando sobre esto próximamente.

"Una vez que el mayordomo se fue me acerqué al ventanal y, a través del vidrio empañado por la temperatura exterior, escudriñé los desplazamientos raudos de la nubosidad y la arboleda agitada por la borrasca. Dentro de la residencia esa era una noche tremenda, ¿cómo sería en uno de esos refugios de rocas en el páramo? ¿Qué aborrecimiento tan extremo puede conducir a un sujeto a emboscarse en un lugar así, con ese clima? En ese refugio del erial parece estar el núcleo del dilema que tantas preocupaciones me origina. Me prometo que no dejaré que transcurra un solo día más sin hacer todo cuanto esté a mi alcance para dar con el fondo mismo de este asunto".

11. El sujeto del peñasco

El segmento de mi diario que empleé en el postrer capítulo ubica la narración durante el curso del 18 de octubre, cuando los raros hechos propios de las últimas semanas se encaminaban velozmente hacia su tremendo desenlace. Los sucesos de las jornadas siguientes se quedaron grabados definitivamente en mi ánimo y puedo referirme a ellos sin apelar a mis notas.

En consecuencia, principio por el día que siguió a que alcanzara a establecer dos incidentes de suma importancia. En primer lugar, que la señora Laura Lyons, de Coombe Tracey, había escrito a sir Charles Baskerville para citarse con él justamente a la hora y en el lugar donde el aristócrata falleció; el segundo suceso consiste en que el vigilante del páramo podía ser hallado en una de las toscas construcciones de piedra erigidas en las colinas. Con esas pistas arribé a la conjetura de que, sin carecer de inteligencia ni de coraje, debería yo arrojar luz sobre esas tinieblas.

No di con el momento adecuado para referirle al amo de Baskerville cuanto había yo conocido acerca de la señora Lyons, debido a que el doctor Mortimer prolongó hasta altas horas de la noche la partida de baraja que disputaban ambos. Llegado el desayuno, de todas formas, le comuniqué a sir Henry cuanto había pasado a mi conocimiento e inquirí si deseaba venir conmigo a Coombe Tracey. Inicialmente tuvo ganas de hacerlo, mas cuando reflexionó más serenamente a ese respecto concluimos que resultaría mejor que lo hiciera yo a solas. Cuanto más oficialmente hiciésemos esa incursión, en menor medida nos haríamos de los datos que buscábamos. Por ende, dejé a sir Henry en la mansión, no sin que me atormentaran algunos pruritos al hacerlo, y me dirigí a investigar, tal como me lo había impuesto.

Llegado a Coombe Tracey le mencioné a Perkins que debía buscar dónde dejar reposar los caballos e hice ciertas preguntas a fin de dar con la dama a quien quería indagar. Sin mayores dificultades hallé su domicilio, en un sitio del centro y muy bien identificado. Una mucama me franqueó el paso sin mayores trabajos y al ingresar en aquella sala, la dama se encontraba ante una máquina de escribir Remington. Al verme se incorporó con una grata sonrisa; mas su expresión se transformó cuando comprendió que no me conocía. Enseguida tornó a tomar asiento e inquirió para qué había venido yo a verla.

El elemento que inicialmente llamaba la atención en la señora Lyons era su inocultable hermosura. Sus ojos y su cabello eran castaños, con un matiz de gran calidez; sus mejillas, dotadas de muchas pecas, poseían la perfección tan propia de las mujeres morenas, como ese sutil tono que oculta el núcleo de una rosa. Admirarla, refiero, era la primera reacción que producía ella. Sin embargo había algo muy escondido en su semblante; cierta ordinariez –tal vez la dureza de su mirar o una crispación de sus labios– que desequilibraba el conjunto. Mas todas esas observaciones eran, desde luego, posteriores a esa primera impresión. Entonces no hice otra cosa que comprender que estaba frente a una dama muy bella, quien me preguntaba por qué había ido a verla. Hasta que llegó esa instancia, evidentemente yo no había comprendido exactamente hasta qué extremo resultaba delicado mi cometido.

—Tengo el gusto —le dije— de conocer a su señor padre.

Era una manera muy torpe de presentarme y la señora Lyons no dejó de comprenderlo así.

—Mi padre y yo no tenemos un solo aspecto en común —me contestó—. No le debo cosa alguna y sus amigos no son mis amigos. Si no hubiera sido por el finado sir Charles Baskerville y otros caballeros de buen corazón yo podría haber muerto de hambre sin que por eso mi padre se inquietara en lo más mínimo.

—Estoy de visita justamente por algo relacionado con el desaparecido sir Charles Baskerville.

Las pecas se pusieron más de relieve sobre su semblante.

—¿Qué puedo decirle sobre sir Charles? —me preguntó, al tiempo que sus dedos jugueteaban ansiosamente con los mecanismos de marginar de la Remington.

—Usted lo conocía, ¿no es verdad?

—Ya le dije que estoy en deuda con su generosidad. Si puedo hoy bastarme a mí misma, en gran medida eso se debe a que él se ocupó de mi infeliz circunstancia.

—¿Se comunicaban usted y sir Charles?

La dama levantó velozmente sus ojos castaños, chispeantes de ira.

—¿Por qué causa lo pregunta? —inquirió ásperamente.

—Para evitar un escándalo de dimensiones públicas. Es mejor hacerle preguntas en privado, antes de que los hechos se salgan de control.

La señora Lyons permaneció en silencio y empalideció; finalmente levantó la mirada con aire de desafío.

—Responderé a sus preguntas —me aseguró—. ¿Qué quiere saber?

—¿Le enviaba cartas usted a sir Charles?

—Desde luego que le escribí en un par de ocasiones, con el fin de testimoniarle mi gratitud por su gesto generoso.

—¿Recuerda cuándo escribió esas cartas?

—No lo recuerdo.

—¿Lo conoció usted en persona?

—En efecto: estuve con él una o dos veces, cuando visitó a Coombe Tracey. Era muy reservado y gustaba de hacer buenas obras con total discreción.

—Si lo vio en tan escasas ocasiones y tan pocas veces le envió una carta, ¿qué lo llevó a ayudarla como usted refiere que sir Charles hizo?

La señora Lyons resolvió aquello muy fácilmente.

—Fueron diversos señores lo que supieron de mi amargo asunto. Ellos se unieron para auxiliarme. Cierto señor Stapleton, un vecino y amigo muy personal de sir Charles, fue extremadamente gentil conmigo y el señor Baskerville se enteró de todo gracias a Stapleton.

Yo sabía que sir Charles Baskerville había apelado en diversas oportunidades a Stapleton como su enviado, de modo que lo referido por la dama tenía visos de ser verdad.

—¿Le escribió usted en cierta ocasión a sir Charles solicitando tener con él un encuentro personal? —seguí preguntando.

La señora Lyons volvió a sonrojarse, acicateada por la furia que sentía.

—Ciertamente usted me hace una pregunta muy singular.

—Lo lamento, pero no puedo evitar hacérsela.

—Siendo así, le contesto. Mi respuesta es no.

—¿Tampoco lo hizo el día en que murió sir Charles?

El sonrojo se desvaneció por un momento y empalideció mortalmente; su boca seca le impidió inclusive hasta negarlo, pero yo lo comprendí.

—Sin lugar a dudas, a usted la engaña su memoria —le respondí—. Hasta puedo ahora misma citar un fragmento de aquella carta.

Y repetí lo que Barrymore me había trasmitido, acerca de la cita que ella le pidió a Baskerville junto a la tranquera, a las 22 en punto. Creí que iba a perder la dama el conocimiento, mas apelando a sus mayores energías logró recuperarse.

—¿Ya no quedan caballeros? —preguntó entre jadeos.

—Es injusta con sir Charles, quien incineró esa carta. Mas en ocasiones hay misivas que pueden ser leídas hasta luego de ser quemadas. Entonces, ¿admite usted que efectivamente escribió esa carta dirigida a sir Charles?

—Sí, lo admito —confesó, derramando toda su alma en un caudal de palabras—. Yo fui quien la escribió. ¿A qué negarlo? No hay razón para que me abochorne algo así. Yo deseaba que él me auxiliara: me hallaba persuadida de que mediante un encuentro con sir Charles lograría su apoyo, de modo que solicité vernos.

—¿Por qué a esas horas?

—La razón fue que terminaba yo de saber que se dirigiría a Londres a la jornada siguiente y que era posible que demorara meses en volver.

—¿Por qué encontrarse en el jardín en vez de ir a la casa?

—¿Supone que una dama puede entrar sola, a esas horas, a la residencia de un caballero soltero?

—¿Qué sucedió cuando llegó allí?

—No fui allí.

—Pero... ¡señora Lyons!

—Lo juro por lo más sagrado. No fui allí, pues tuvo lugar algo que me lo impidió.

—¿Qué fue eso?

—Un asunto privado, que no puedo compartir con usted.

—En ese caso, ¿admite usted que arregló encontrarse con Sir Charles allí donde falleció, a esa hora, mas insiste en que usted no acudió a la cita?

—Exactamente.

Proseguí con mis preguntas para confirmar que ella no mentía, pero nada más logré obtener con mi interrogatorio

—Señora Lyons —le dije al tiempo que abandonaba mi asiento, tras ese encuentro tan escasamente productivo—, está involucrada en un grave asunto y ubicada en una posición comprometida, por no declarar cuanto está en su conocimiento. Si me veo obligado a requerir apoyo policial, va a comprender cuán grande es su compromiso. Si es inocente, ¿por qué causa principió nuestra conversación negando insistentemente que le hubiese enviado en esa fecha precisa un mensaje a sir Charles?

—Temía que se extrajeran falsas conclusiones de ello, involucrándome en un escándalo.

—Entonces, ¿por qué tenía tanto interés en que sir Charles eliminara esa carta?

—Si la leyó estará usted al tanto de mis razones.

—No dije que hubiera leído esa misiva.

—Citó una parte.

—Apenas la postdata. Como antes mencioné, la carta fue incinerada y no era posible leerla completa. Nuevamente le pregunto: ¿por qué razón usted insistió en una medida tan grande acerca de que sir Charles debía eliminar enseguida ese mensaje?

—Es algo de índole muy privada.

—Otra razón para que evite una investigación pública.

—Se lo diré, entonces. Si ha oído algo respecto de mi infeliz historia, estará al tanto de que me casé imprudentemente y luego no pude menos que lamentarme de ello.

—Lo sé.

—Mi existencia fue una persecución sin final por parte de un marido al que detesto. La justicia se ha puesto de su lado y cada día le hago frente a la posibilidad de verme forzada a convivir nuevamente con mi esposo. Cuando le escribí a sir Charles fui informada de que era factible recuperar mi libertad en caso de poder afrontar determinados gastos. Aquello lo era todo para recuperar la serenidad, la felicidad, mi autoestima. Todo, todo. Estaba al tanto de cuán generoso era sir Charles y supuse que, de enterarse de cuanto me había sucedido a través de mí, iba a ayudarme sin dilación.

—Entonces, ¿cómo no fue usted al encuentro de sir Charles?

—Porque recibí auxilio de otro lado.

—¿Por qué razón, en ese caso, no le escribió a sir Charles para darle las explicaciones que tanto se merecía?

—Lo habría hecho de tal modo de no haber leído la noticia de su fallecimiento en el periódico, a la mañana siguiente de producido.

Su explicación era sólida y no logré que cayera en alguna contradicción pese a todas mis preguntas. Solamente podía hacer la comprobación indagando si, efectivamente, cuando tuvo lugar el trágico final del anciano aristócrata o bien algo antes, ella había principiado la gestión para obtener el divorcio.

No era factible que faltara a la verdad al afirmar que no había visitado la mansión Baskerville, puesto que precisaba un vehículo para llegar hasta ella y debería de haber retornado a Coombe Tracey durante la madrugada, lo que tornaba cosa imposible conservar oculta la realización de una incursión semejante. Era muy probable entonces que, por ende, estuviese diciendo la verdad o, como mínimo, una porción de lo cierto. Me retiré de su domicilio confundido y sin mucho ánimo que digamos. Nuevamente me daba de bruces contra el muro invencible que surgía en mi derrotero en cada ocasión en la que intentaba dar con la meta que me había impuesto.

Sin embargo, más cavilaba acerca del semblante de la dama y su actitud y más persuadido me encontraba de que estaba escondiendo alguna cosa. Si no era así, ¿por qué razón había empalidecido tanto? ¿Por qué se negó a admitir lo que había acontecido, hasta que no tuvo más remedio que hacerlo? ¿Qué la había llevado a manejarse con tanta reserva cuando tuvo lugar ese desgraciado suceso? Seguramente la razón no era tan inocente como ella quería que yo creyera. Por el momento no me resultaba posible adelantar en esa dirección y tenía que retornar a las construcciones arcaicas del páramo buscando un nuevo dato. Mas este era muy difuso, tal como comprendí al volver, cuando confirmé que todas y cada una de las colinas preservaban rastros de sus primigenios moradores. La exclusiva indicación proporcionada por Barrymore consistía en que el forastero residía en una de esas edificaciones primitivas y desiertas, mas eran centenares de ellas las que había en el páramo. Podía contar, pese a todo, con mi propia experiencia para orientarme, dado que había avizorado al desconocido en la cumbre de esa peña oscura. Ese sitio, por ende, debía ser el inicio mismo de mi pesquisa. A partir de aquel punto iría escudriñando en todos y cada uno de los refugios antiguos, hasta obtener lo que buscaba. Si ese sujeto estaba en el interior de alguna de esas construcciones arcaicas, merced a mi arma iba a saber por su propia boca, si eso era imperiosamente necesario, de quién se trataba y qué hacía allí, tras perseguirnos tan dilatadamente. Tal vez podía esquivarnos entre la muchedumbre de Regent Street, mas no iba a lograr algo parecido en la desolación de ese erial. Asimismo, si daba con su madriguera pero no se encontraba él en ella, yo permanecería allí cuanto fuera preciso, hasta dar con él a su retorno.

Holmes le había perdido el rastro en Londres: iba a ser un genuino triunfo para mí si alcanzaba a atraparlo tras el fallo experimentado por mi maestro.

La fortuna se había vuelto repetidamente en nuestra contra durante la pesquisa, mas entonces finalmente había acudido en mi auxilio. El heraldo de la buena suerte había sido el señor Frankland, quien estaba de pie, con aquellas, sus patillas grises y su piel enrojecida, ante la puerta de su jardín, que daba a la carretera por donde yo avanzaba..

—Buen día, doctor Watson —exclamó con inesperado buen humor—; dele a sus corceles un poco de reposo. Venga a mi casa a tomar algo de vino y felicitarme.

Mis sentimientos hacia Frankland estaban muy lejos de ser amistosos después de lo que había escuchado acerca del trato que le había dispensado a la señora Lyons, pero anhelaba mandar a Perkins y el carromato de vuelta a la residencia Baskerville. Esa era una adecuada posibilidad para hacerlo. Me apeé del vehículo y le envié una esquela a sir Henry, avisándole que retornaría caminando a la mansión, justo para tomar parte de la cena. A continuación fui detrás de Frankland hasta su salón comedor.

—Esta es una jornada memorable para mí, uno de los días escritos con letras doradas —exclamó, interrumpiéndose en varias ocasiones para reírse con los dientes apretados—. Mi victoria resultó ser doble. Yo quería enseñarles a los de este sitio que la ley es siempre ella y que aquí mora un individuo que no teme recurrir a la ley. Establecí un derecho de tránsito que atraviesa centralmente por los jardines del viejo Middleton, que cruza la propiedad a menos de un centenar de metros del portal principal. ¿Qué opina usted? Le vamos a enseñar a esos ricachones que no se puede menoscabar el derecho de las personas comunes, ¡el Cielo los fulmine! Asimismo cerré el bosque donde se dirigía de excursión la población de Fernworthy. Esos lugareños del demonio parece que se creen que el derecho propietario no existe, que ellos pueden meterse donde se les dé la gana y enroñar todo con desperdicios. Hubo sentencias dictadas en ambos pleitos, doctor Watson, ambas a mi favor. No recuerdo otro día como este, desde que obtuve la condena de sir John Morland por cazar en sus propios campos.

—¿Cómo diablos pudo...?

—Debe observar el asunto según la jurisprudencia, mi buen señor. Vale la pena su lectura: Frankland versus Morland, y llegamos hasta la Corte Suprema. Gasté en ello 200 libras, mas obtuve un fallo favorable.

—¿Y también algún beneficio?

—Ninguno para mí, caballero. Me enorgullece afirmar que yo no tenía ningún interés de índole material en aquel pleito. Siempre obro tal como me lo señala mi sentido del deber. No me cabe duda, por ejemplo, de que los de Fernworthy quemarán esta misma noche un muñeco que me represente. La falta de idoneidad de las autoridades policiales no lo impedirá, pese a mis protestas, y no me brindan la clase de protección que me otorga el derecho. Mi pleito contra la reina llamará la atención pública acerca del tema en cuestión. Les advertí que se iban a lamentar por el trato que me dan y ya lo ve: mis dichos se hicieron realidad.

—¿Cómo es eso? —le pregunté.

El viejo me dirigió un gesto cómplice.

—Porque podría decirles lo que quieren saber, pero nada ni nadie me convencerá de que auxilie a esos descarados.

Estuve intentando dar con algún tipo de excusa para rehuir su conversación sin final, mas entonces quise conocer más; empero había atesorado demostraciones más que suficientes de su inclinación por oponerse a todo como para poder entender que cualquier expresión de marcado interés era la manera más precisa y veloz de acabar con las confidencias de ese anciano extravagante.

—Algún caso de caza furtiva, supongo —aventuré con expresión de indiferencia.

—¡Algo de mucha mayor significación, caballero! ¿Qué puede usted referirme acerca del criminal fugitivo?

Sentí que mi ánimo zozobraba al oír aquello...

—¿Sabe dónde se esconde? —inquirí.

—Quizá no exactamente, mas estoy completamente persuadido de que yo podría ayudar a capturarlo. ¿Nunca pensó que el mejor modo de echarle el guante a ese tipo es averiguar dónde obtiene sus alimentos y llegar al mismo sitio después que él?

El señor Frankland daba toda la impresión de encontrarse incómodamente próximo a la verdad.

—Indudablemente —le dije—; mas, ¿cómo es que supone que se encuentra en el páramo?

—Me consta porque yo mismo vi al mensajero que le lleva el sustento.

Se me cayó el alma a los pies al pensar en Barrymore: era un trance grave encontrarse en poder de ese anciano lleno de resentimiento y meterete; sin embargo, lo que agregó luego me alivió.

—Se sorprenderá al saber que es un chico quien le lleva el alimento. Lo veo cada día merced al telescopio que tengo en mi techo. Invariablemente emplea el mismo sendero, a la misma hora. ¿Qué otro puede ser su cometido y su rumbo?

¡Otra vez la buena fortuna, dedicándome su favor! Pese a todo, evité cuidadosamente mostrarme interesado en el asunto. ¡Un muchachito! Barrymore me había referido que al desconocido lo auxiliaba un jovencito.

Frankland había dado casualmente con su huella y no con la del fugitivo Selden. Si me enteraba de cuanto él sabía, tal vez me ahorraría una cansadora y prolongada pesquisa. Mas la suspicacia y la indiferencia constituían mis mejores armas.

—Opino que es mucho más probable que se trate del hijo de un pastor del páramo, quien le lleva alimentos a su padre.

La más mínima señal de oposición alcanzaba para que el anciano beligerante soltara chisporroteos por sus ojos: me miró malignamente y sus patillas grisáceas se erizaron como el pelo de un gato furioso.

—¿De modo que tal es su criterio? —me dijo, señalando al páramo—. ¿Ve allá, en el peñasco negro? De acuerdo; ¿Y ahora ve la pequeña colina detrás, allí donde crece un espino? Es la porción más pedregosa del páramo. ¿Supone que un pastor se va a ubicar en un lugar como ese? Su suposición, caballero, es algo por completo descabellado.

Mi respuesta estuvo plena de mansedumbre, refiriéndole que había opinado yo sin estar al tanto de toda la información. Mi docilidad fue de su mayor agrado y eso lo llevó a confiarme nuevas confidencias.

—Puede estar bien seguro de que siempre me desplazo por tierra firme antes de arribar a una conclusión. No una, sino muchas veces vi al chico con su paquete. Cada día lo vi, y no solamente una vez, sino dos veces cada jornada. Aguarde, doctor Watson. ¿Me engaña la vista o ahora mismo algo se está desplazando por la pendiente de la colina?

La distancia era de unos cuantos kilómetros, pero observé

nítidamente un pequeño punto oscuro contrastando con el uniforme matiz verdoso y gris.

—¡Vamos, caballero, venga conmigo! —bramó Frankland, subiendo las escaleras a escape—. Va a verlo con sus propios ojos y juzgará por sí mismo.

El telescopio, un instrumento extraordinario montado sobre un trípode, estaba emplazado sobre la azotea.

Frankland se acercó para observar y dejó oír un alarido satisfecho.

—¡Dese prisa, doctor Watson, antes de que pase al otro flanco!

Era cosa incontrastable: allí se encontraba. Un muchachito con un paquete a sus espaldas, ascendiendo tranquilamente por el faldón de la colina; cuando arribó a la cumbre pude ver, recortándose efímeramente contra el helado firmamento azul, esa silueta sucia y basta.

El chico miró en torno, recelando como asustado de que lo estén persiguiendo, y después se esfumó por el lado opuesto de la pendiente.

—Bien, caballero, ¿estoy o no acertado?

—Se trata indudablemente de un chico que, al parecer, tiene una tarea clandestina.

—Cuál sea esa ocupación es cosa que hasta un guardia rural podría intuir. Mas no voy a ser yo quien se los diga. En cuanto a usted, le impongo enérgicamente que conserve el secreto, doctor Watson. ¡No debe decir ni una sola palabra! ¿Me comprende?

—Como usted diga.

—En verdad me trataron desvergonzadamente: Cuando se tornen evidentes los hechos en mi pleito contra la reina, un relámpago de indignación atravesará toda la nación. Nada me hará ayudar a la policía. En lo que a ellos se refiere, les daría lo mismo que esos bribones del pueblo me quemaran en persona en vez de representarme con un muñeco. ¡No se va a ir usted justamente ahora! ¡Debe vaciar una botella conmigo para celebrar este gran día!

Finalmente no presté atención a sus ruegos y hasta logré que no me acompañara a pie hasta Baskerville. Yo proseguí por la carretera hasta perder de vista la residencia Frankland; después me dirigí a través del páramo rumbo a la colina pedregosa donde dejamos de ver al chico. Todo obraba a mi favor y me prometí que no por falta de energías ni de paciencia iba a dejar pasar la ocasión que la buena suerte me había obsequiado. Caía ya la tarde cuando finalmente me encontré en la cumbre de la colina. La prolongada pendiente a mi espalda era de un tono verdoso dorado en un sector, y grisáceo oscuro por el otro lado. En lo más remoto de la línea del horizonte se destacaban, surgiendo de la niebla, las siluetas de Belliver y el peñasco Vixen. Nada se oía ni se movía en todo el páramo, mientras que un enorme ave gris volaba alto sobre él. Esa ave y yo —al parecer— constituíamos los exclusivos seres vivientes en el firmamento y el erial.

El paraje estéril, la impresión de desolación y el enigma y lo imperioso de mi labor se las arreglaron para congelarme el ánimo. El chico era alguien invisible en todo aquel sitio. Debajo de donde yo me encontraba, en una hondonada, los arcaicos refugios conformaban un círculo y observé que en el centro una de esas construcciones, una que tenía techo todavía, era adecuada para resguardarse de la intemperie. Me sobresalté al comprobarlo: esa tenía que ser la madriguera del desconocido, y finalmente iba a penetrar yo en su guarida. Aquel enigma se ponía a mi alcance.

Al tiempo que me acercaba al habitáculo, con las mismas precauciones que Stapleton cuando iba detrás de una mariposa, confirmé que ese sitio había sido empleado indudablemente como vivienda. Una senda apenas visible entre las enormes rocas llevaba hasta la destruida entrada y adentro reinaba el silencio. Aquel ignoto sujeto bien podía hallarse en el interior de su guarida o vagabundeando por el páramo. La sensación de estar viviendo una genuina aventura cosquilleaba agradablemente en mí: tras arrojar a un lado mi cigarrillo coloqué mi mano sobre el arma y aproximándome velozmente a la entrada atisbé dentro: estaba desierto, mas había muchas pruebas allí de que yo estaba tras la pista adecuada. Era esa la guarida: sobre las losas pétreas donde los hombres del neolítico habían yacido otrora, se podían ver algunas mantas bien envueltas en género impermeable y, en la grosera chimenea, un montón de cenizas. A un costado, varios elementos de cocina y un balde a medias lleno de agua.

Una pila de latas vaciadas delataba que el sitio se venía utilizando desde hacía algún tiempo; cuando me acostumbré a la penumbra interior avizoré en una esquina una copa metálica y una botella de cierta bebida con alcohol. En el medio del habitáculo una piedra plana hacía de mesa y sobre ella se encontraba depositado un paquete, seguramente aquel que el chico llevaba sobre sus espaldas cuando pude verlo merced al telescopio del anciano litigante. Dentro de aquel envoltorio hallé una hogaza de pan, una lengua de vaca en escabeche y un par de latas de duraznos en conserva. Dejé el paquete donde lo encontré y entonces el corazón casi saltó de mi pecho, al comprobar que debajo había una hoja de papel y en ella algo escrito: "El doctor Watson fue a Coombe Tracey".

Por un minuto seguí allí, con aquella hoja en la mano, preguntándome qué podía estar manifestando esa breve esquela. El sujeto iba tras de mí, no de sir Henry, y no me había seguido en persona, sino que disponía de un cómplice, posiblemente el mismo muchachito de los comestibles, que seguía mis pasos. Ese era el informe de aquel cómplice. Seguramente yo no había atinado a dar un mero paso por el páramo, desde que llegué hasta él, sin ser seguido y sin que inmediatamente después un informe fuese trasmitido. Invariablemente, la sensación de una potencia imposible de ver, de una densa red entramada en torno con singular destreza y máxima sutileza, una que se ceñía tan escasamente que apenas en el instante definitivo la presa comprendía finalmente que se hallaba prisionera en su interior.

El hecho concreto de aquel informe señalaba que bien

podía haber más, de modo que me di a su búsqueda aunque no encontré rastro alguno ni una señal que delatase quién era o qué objetivos tenía el morador de ese extraño sitio, salvo que evidentemente era alguien de hábitos frugales, a quien nada le importaba el confort más elemental. Rememorando las precipitaciones tan tremendas y al admirar los agujeros del techo del habitáculo, sopesé cuán decidido y resistente debía ser aquel sujeto, para insistir con su presencia en una guarida como esa. ¿Era nuestro infame antagonista o se trataba más bien de una suerte de "ángel de la guarda"? Me prometí no dejar aquel sitio hasta saber la verdad.

Afuera principiaba el ocaso y el oeste se incendiaba de bermellón y dorado. Los remotos charcos del pantano Grimpen devolvían sus reflejos en manchones áureos y asimismo se apreciaban los torreones de la mansión Baskerville y allende estos, la lejana humareda del villorio Grimpen. Entre ambos puntos, tras la colina, la casa de los Stapleton, e inundado por el ocaso el paraje todo simulaba ser dulce, manso y tranquilo; empero, al tiempo que lo admiraba, mi espíritu no tomaba parte en ese reposo de lo natural. Por el contrario: lo sacudía el anticipo de la inexactitud y el horror de ese impostergable encuentro, a cada instante más cercano.

Tenso pero más decidido que antes todavía, tomé asiento en una esquina del habitáculo y aguardé, sombrío y paciente, el retorno del enigmático morador de aquel sitio inhóspito.

Finalmente pude escuchar que venía, alertado yo por el sonido de unas botas castigando las rocas, a cada paso más próximas. Me agazapé en mi esquina y monté mi arma, decidido a no delatar mi estancia allí hasta no develar quién era ese ignoto sujeto. La pausa se prolongó: ello equivalía a que el desconocido se había detenido. Posteriormente volvieron a oírse sus pisadas, ya más cercanas, y una sombra se adueñó de la entrada del habitáculo.

—Un bello atardecer, querido Watson —calificó una voz que yo bien conocía—. Créame que estará más cómodo afuera que allí dentro.

12. Muerte en el páramo

Retuve el aliento por algunos segundos, sin poder aceptar cuanto estaba oyendo. Después me recuperé y con ello la capacidad de hablar, al tiempo que, como por un prodigio, la carga de mi apabullante labor pareció esfumarse de mis espaldas. Esa voz helada, aguda, sarcástica, exclusivamente podía provenir de un solo hombre entre todos los vivientes.

—¡Holmes! —grité—. ¡Holmes!

—Salga de allí —me dijo— y, por favor, cuidado con el arma.

Me incliné bajo el rústico dintel y allí se encontraba Holmes, sentado sobre una roca fuera del habitáculo, con sus pupilas grises irradiando júbilo al tiempo que recibían el estupor que me animaba. Se veía mi camarada muy delgado y cansado, mas sereno y atento; el afilado semblante delataba la acción del sol y el viento. Con su traje de tweed y aquella gorra de paño semejaba ser un turista de los que excursionaban por el páramo; merced al afecto prácticamente felino por el aseo –una de sus características más personales– había conservado su rostro bien afeitado y su atuendo lucía como si continuara morando en Baker Street.

—Jamás me sentí tan feliz de encontrarme con alguien en toda mi vida —le dije mientras sacudía su mano con energía.

—Ni más asombrado, ¿verdad?

—Admito eso también.

—No fue el único sorprendido, se lo puedo garantizar. Todavía cuando estaba a veinte pasos de la entrada no tenía la menor idea acerca de que hubiese hallado mi temporario refugio. En menor medida aún, que se encontrara ya dentro de él.

—Me lo puedo imaginar. ¿Mis huellas?

—No, Watson; lo lamento, mas no puedo identificar sus huellas entre las demás. Si quiere sorprenderme deberá cambiar de tabaquería: cuando observo una colilla que dice:

"Bradley, Oxford Street", sé que usted anda cerca: Le verá por ahí, próxima a la senda. Indudablemente tiró su cigarrillo cuando se lanzó hacia el habitáculo desierto.

—Exactamente fue así.

—Eso supuse. Sabiendo de su admirable persistencia, estaba seguro de que había tendido una emboscada arma en mano, aguardando que regresara el morador de esta guarida. ¿Imaginó que era yo el fugitivo?

—No sabía quién se ocultaba en este sitio; de todos modos, iba a saberlo. Tal era mi decisión.

—¡Perfecto, Watson! ¿Cómo se las arregló para ubicarme? ¿Me vio la noche en que sir Henry y usted persiguieron al reo, cuando cometí el error de que la luna se levantara por detrás de mí?

—Fue esa vez.

—Sin lugar a dudas, efectivamente. ¿Revisó todos los refugios hasta dar con este?

—No hice eso. Alguien me avisó de la presencia del chico que le proporciona vituallas y me aproveché de ese dato para mi investigación.

—Desde luego: el anciano caballero con su gran telescopio. No logré comprender de qué cosa se trataba, cuando por primera vez aprecié el reflejo de esa lente.

Entonces Holmes se levantó y observó el interior del habitáculo y me dijo: ¡Caray! Veo que Cartwright me trajo algún alimento. ¿Qué dice el mensaje...? De modo que estuvo en Coombe Tracey, ¿no es verdad?

—Así fue.

—¿Se entrevistó con la señora Laura Lyons?

—Efectivamente.

—¡Hizo usted muy bien! Nuestras pesquisas adelantaron en sentido paralelo. Cuando sumemos lo obtenido aguardo establecer una noción bien definida de este asunto.

—Muy bien. Me alegro de haber dado con usted, pues ciertamente esta responsabilidad y este enigma están yendo muy lejos para mí. Mas, por Dios... ¿cómo llegó aquí y qué estuvo haciendo? Lo suponía en Baker Street, ocupado con ese caso de chantaje.

—Eso quise hacerle creer.

—¡Me utiliza pero no tiene fe en mí! —exclamé amargamente—. Suponía merecerme un mejor trato, Holmes.

—Mi buen amigo, en esta, así como en otras tantas ocasiones, su apoyo resultó invalorable. Le suplico que me dispense si parece que le jugué una mala pasada. Ciertamente, lo hice parcialmente pensando en usted, pues lo que me llevó a venir hasta aquí y revisar personalmente la situación fue comprender claramente que usted estaba en peligro. De haberlos acompañado a sir Henry y a usted, mi óptica iba a coincidir punto por punto con la suya y, además, mi presencia aquí hubiese alertado a nuestros tremendos enemigos. Así, de esta forma, pude manejarme como no hubiese podido hacerlo de alojarme en la mansión Baskerville. De este modo continúo siendo un elemento ignoto en estas circunstancias, preparado para participar efectivamente cuando amerite hacerlo.

—Sin embargo, ¿por qué razón no informármelo?

—Si usted estaba al tanto, ello no nos habría sido útil. Asimismo, corríamos el riesgo de delatar mi presencia aquí. Seguramente usted hubiese deseado narrarme alguna cosa o, impulsado por su natural gentileza, traerme algo para que me hallara más cómodo. En fin, todos riesgos que no precisamos correr en lo más mínimo. En cambio, traje a Cartwright; usted lo recordará: es el chico de la oficina de mensajeros, para que se ocupara de mis pocas necesidades, que se reducen a un poco de alimento y ropa limpia. Nada más que eso. Asimismo el chico me ha proporcionado un par de ojos extras montados sobre unas diligentes piernas. Dos factores de gran valor en estas instancias.

—¡Entonces mis informes fueron absolutamente inútiles para usted! —dije temblando, al tiempo que rememoraba los esfuerzos realizados y el orgullo que había sentido al escribirlos.

Holmes extrajo ciertos documentos de sus bolsillos.

—Aquí los tengo, mi buen amigo. Los estudié con detenimiento, puedo garantizarlo. Arreglé perfectamente las cosas y apenas los recibo con un solo día de retraso. Quiero felicitarlo por el empeño y la sagacidad desplegados en un caso tan arduo como este.

Aún me hallaba dolorido por el embuste que había sufrido, mas los halagos de Holmes me cayeron como un bálsamo. Además entendí que francamente él tenía toda la razón y que era lo más adecuado para nuestras metas que yo no supiese de su presencia en el páramo.

—Esto ya está mejor —concluyó Holmes, comprobando de qué modo se desvanecía toda inquietud de mi semblante —. A continuación, dígame cuáles fueron los frutos de su visita al domicilio de Laura Lyons. Fácilmente pude intuir que usted fue a verla porque ya estaba al tanto de que ella es la única persona de todo Coombe Tracey que podía resultarnos de utilidad en este caso. Concretamente, de no haber ido a visitarla usted hoy, mañana mismo así lo hubiera hecho yo.

El sol se había escondido y las tinieblas se habían adueñado del páramo; la atmósfera se había enfriado mucho e ingresamos al habitáculo a fin de recibir algo de calor. Sentados en la penumbra, le narré a Holmes mi encuentro con la dama. Se interesó en tanta medida en lo que yo le decía, que me vi obligado a repetir varias partes lo sucedido antes de que Holmes estuviese conforme.

—Todo esto es de sumo valor en este caso tan difícil —concluyó—. Esto llena un lago que yo no podía completar. Tal vez está en su conocimiento, Watson, el trato de tipo íntimo que sostiene esta señora con Stapleton.

Yo nada sabía de ello...

—No hay dudas. Se encuentran, se escriben, existe un entendimiento absoluto entre esos dos y eso nos otorga un arma de gran potencia. Si somos capaces de emplear esa arma para separar a su mujer...

—¿Su mujer, dice usted?

—Déjeme proporcionarle cierta información, para retribuirle cuanta me dio usted recién: la dama que se hace pasar por la señorita Stapleton es la esposa del naturalista.

—¡Cielos, Holmes! ¿Está usted completamente seguro de eso? ¿Cómo ha permitido ese sujeto que sir Henry caiga enamorado de esa mujer?

—El amor de sir Henry sólo puede perjudicarlo a él mismo. Stapleton se tomó mucho cuidado de que sir Henry no le haga la corte a su mujer: usted ya lo comprobó. Debo insistir en que esa dama es su mujer, no su hermana.

—Mas, ¿cuál es el fundamento de un embuste tan complejo?

—Lo animó la precaución de que, para sus fines, iba a ser mucho mejor mostrarla como una mujer soltera.

Mis dudas fueron llamadas a silencio y mis difusas sospechas súbitamente se concentraron en aquel naturalista impasible, incoloro, con su sombrero de paja y su red de cazar mariposas. Creí haber dado con algo tremendo, con un ser dotado de una paciencia y destreza si límites, de semblante y corazón de homicida.

—En consecuencia, ¿se trata de nuestro antagonista, aquel que nos persiguió en Londres?

—Así es como lo veo yo.

—En cuanto a la prevención, no hay duda al respecto... ¡provino de ella!

—Precisamente fue así.

En mitad de la oscuridad que me había acorralado por un lapso tan prolongado principiaba a mostrarse la silueta de una espantosa infamia, a medias entrevista, a medias intuida.

—Sin embargo, ¿se halla completamente persuadido al respecto, Holmes? ¿Cómo puede saber usted que se trata de la esposa de...?

—Debido a que cuando usted lo conoció él cometió la torpeza de narrarle una porción genuina de su biografía. Algo que, me animo a sostener, lamentó en gran medida a partir de ese momento. Es verdad que antes fue profesor en el norte del reino. Mas no existe sujeto más fácil de rastrear que uno de esa profesión. Hay agencias académicas que hacen posible identificar a cualquiera que sea o haya sido docente. Una breve pesquisa me hizo posible hallar de qué manera una institución educativa se derrumbó en tremendas instancias, así cómo de qué modo su dueño, quien empleaba entonces otro apellido, se había esfumado en compañía de su mujer. La descripción coincidía plenamente.. Al enterarme de que el fugado se aplicaba a la ciencia entomológica, ya no tuve duda alguna.

Las tinieblas anteriores se estaban despejando, mas todavía tenía muchas dudas.

—Si esa mujer es definitivamente su esposa, ¿qué rol juega la señora Lyons en este asunto? —inquirí.

—Precisamente ese es uno de los aspectos que aclaró su pesquisa, Watson. Yo nada sabía acerca del proyectado divorcio. En esa instancia, y suponiendo que Stapleton era un individuo soltero, la señora Lyons creía que seguramente iba a transformarse en su esposa.

—Sin embargo, cuando conozca la verdad...

—Llegadas esas circunstancias, ella podrá sernos de utilidad. Tal vez nuestra ocupación inicial consista en entrevistarnos con ella mañana mismo. Me refiero a ambos, usted y yo. ¿No cree, Watson, que lleva ya mucho tiempo alejado de aquel cuya seguridad le fue confiada? Ahora mismo usted tendría que encontrarse en la mansión Baskerville.

Al oeste se habían difuminado hasta las postreras hilachas de color bermellón; la noche se había enseñoreado por completo del páramo.

Algunas estrellas fulguraban apenas en el firmamento violáceo.

—Tengo una última pregunta, Holmes —le dije, irguiéndome—. Indudablemente no precisamos conservar secretos entre usted y yo. ¿Cuál es el significado de toda esta situación? ¿Qué es lo que quiere llevar a cabo Stapleton?

Mi amigo bajó el tono de su voz cuando me contestó:

—Un homicidio, Watson; refinado, premeditado, perpetrado a sangre fría. No me pida que le dé los pormenores del asunto. Mis redes se van cerrado alrededor de él, así como las de Stapleton ya prácticamente envuelven a sir Henry; mas con su apoyo, Watson, estoy al borde mismo de atrapar al proyectado asesino. Exclusivamente un factor implica un riesgo y es la probabilidad de que aseste su golpe antes de encontrarnos nosotros listos para enfrentarlo. Necesitamos un día, dos a lo sumo, y habremos resuelto el asunto. Hasta ese momento debe usted cuidar a quien tiene bajo su responsabilidad tal como una madre se ocupa de su hijo que está enfermo. Sus investigaciones de hoy están plenamente justificadas. Empero, me gustaría que no hubiese dejado a sir Henry a solas. Preste mucha atención...

Un horrendo grito de terror, prolongado, había roto el mutismo del páramo, congelando la sangre en mis venas.

—¡Por Dios! —solamente atiné a decir, con mi voz rota—. ¿Qué fue eso, qué quiere decir eso...?

Holmes se puso de pie de un solo brinco y su figura atlética se recortó contra la entrada del habitáculo. Tenía los hombros encogidos, su cabeza lanzada hacia adelante, mientras intentaba ver en las tinieblas.

—¡Haga silencio! —murmuró—. ¡No hable!

El alarido aquel sonó nítidamente gracias a su potencia, mas venía de algún sitio remoto de la planicie oscura. Otra vez explotó en nuestros oídos, pero venido desde más cerca y más imperativo que en la primera oportunidad en la que lo escuchamos.

—¿Cuál es su origen? —murmuró Holmes. Comprendí por cómo temblaba su voz, que asimismo él, alguien con temple de acero, había vacilado hasta la médula—. ¿De dónde nos llega eso, Watson?

—Creo que proviene de aquel punto —arriesgué, señalando hacia las tinieblas.

—No, no de allí. ¡De allá!

Nuevamente el angustioso alarido se extendió atravesando el mutismo nocturno, mas intenso y próximo que antes. Y asimismo pudimos escuchar, entremezclándose con el aullido, un bullicio profundo y asordinado, musical se diría, mas amenazante; se elevaba y luego bajaba de intensidad, como un susurro permanente, como si fuese el sonido del océano.

—¡El perro! —bramó Holmes—. ¡De prisa, Watson! ¡Sea la voluntad del Cielo que no lleguemos demasiado tarde!

Mi camarada ya atravesaba el páramo a la carrera, a todo lo que daban sus piernas; yo fui tras él, pero entonces apareció, venido de algún punto entre lo abrupto del sitio aquel que se extendía frente a nosotros, un último aullido desesperado. Después escuchamos un sordo sonido, como generado por algo de gran peso. Cesamos de correr, intentando aguzar el oído: nada más que el espeso mutismo de esa noche estaba allí, sin siquiera el ruido del viento recorriendo el erial.

Observé que Holmes se golpeaba la frente con su mano, como hace uno que dejó de ser dueño de sí mismo, y después pegó un puntapié contra el suelo.

—Nos derrotaron, Watson. Llegamos demasiado tarde.

—¡No puede ser...!

—Fui un imbécil: debía haber atacado primero. En cuanto a usted, Watson, ¡ya puede ver lo que pasa cuando deja a solas a sir Henry! Lo juro: ¡si tuvo lugar lo peor, tomaremos revancha!

Corrimos sin ver en la cerrada oscuridad, tropezando con las rocas y apenas pudiendo avanzar entre los matorrales, jadeando al subir las empinadas colinas y precipitándonos al ir hacia abajo, invariablemente rumbo al punto de donde había venido esa secuencia de horribles alaridos. Cada vez que subíamos una colina intentaba Holmes escudriñar el paisaje en torno, mas las tinieblas se adensaban sobre el erial y ningún movimiento se podía apreciar en aquellas vastedades.

—Usted, ¿puede ver algo?

—En lo más mínimo.

—¡Atención! ¡Escuche! ¿Qué fue eso?

Un debilitado gemido había llegado hasta nosotros, y después... ¡se dejó oír nuevamente, proveniente del flanco izquierdo! Por ese costado una fila de rocas culminaba en un precipicio abrupto y debajo, sobre el lecho rocoso, pudimos apreciar un bulto oscuro e irregular. Cuando nos aproximamos a toda carrera una figura difusa se volvió más definida: era alguien tendido sobre su estómago y su cráneo estaba torcido debajo del cuerpo en una posición espantosa. Sus hombros estaban encogidos, como el mismo cuerpo, tal como si estuviese a punto de dar una vuelta sobre sí mismo. Aquella posición era tan absurda que demoré un rato en comprender que había fallecido ese sujeto al emitir su postrer gemido. Ya no llegaba ni un murmullo hasta donde estábamos, no veíamos ni el más insignificante movimiento, mientras nos agachábamos sobre esa silueta a oscuras. Holmes tocó aquel cuerpo y rápidamente retiró su mano horrorizado. Merced a la luz de un fósforo pudimos apreciar que los dedos de Holmes estaban teñidos de sangre y también descubrimos un horrendo charco de ella que paulatinamente aumentaba su volumen, surgiendo de la cabeza destrozada de esa víctima que teníamos delante. Pero algo más atroz todavía nos colmó de horror: ¡era el cadáver de sir Henry Baskerville!

No resultaba posible que alguno de nosotros desconociera ese característico matiz rojizo de su traje de tweed. Ese era el que usaba cuando se presentó aquella mañana, en Baker Street. Por un instante vimos todo eso nítidamente y luego la luz del fósforo vaciló y se apagó, tal como la esperanza en nosotros mismos. Holmes dejó escapar un gemido y su semblante tomó un sutil matiz claro pese a las tinieblas circundantes.

—¡Bestia homicida! —exclamé, cerrando fuertemente mis puños—. ¡Holmes, jamás podré perdonarme por haberlo dejado librado a su destino!

—Mi culpa es mayor que la suya, Watson. Con el fin de solucionar el caso, permití que asesinaran a mi cliente; esto es lo peor que me pasó en mi vida. Mas, ¿cómo podría yo saber que sir Henry iba a poner su vida en peligro, pese a todas mis prevenciones al respecto?

—¡Y eso que escuchamos sus aullidos, qué aullidos, por los Cielos, y no pudimos salvarlo! ¿Dónde se encuentra ese horrible monstruo que lo mató? Tal vez ahora el sabueso se oculta entre esas rocas... En cuanto a Stapleton, ¿dónde está? Debe responder por este asesinato.

—Esté usted seguro de que lo va a hacer. Yo me voy a ocupar de que así sea. El tío y luego el sobrino fueron muertos. El primero, de terror al enfrentarse a una fiera que suponía sobrenatural y el otro llevado a la muerte al escapar de ella. Mas en este momento debemos hacer la demostración de la relación existente entre el hombre y la bestia. De no mediar lo que escuchamos, ni siquiera podríamos afirmar que fue el perro, que este existe, puesto que sir Henry falleció a causa de haberse precipitado al abismo. El Cielo es mi testigo: pese a toda su perspicacia: ¡atraparé al homicida antes de que pase un día!

Permanecimos sin movernos y llenos de amargura junto a ese cadáver hecho trizas, dominados por el efecto de esa inesperada catástrofe que tan lamentablemente había terminado con nuestros prolongados y agotadores trabajos. Después, al tiempo que se asomaba la luna en el firmamento, subimos a los peñascos desde donde se había caído nuestro infeliz amigo. Desde ese punto observamos el páramo penumbroso, hecho mitad de plata y mitad de tinieblas. Remoto, a varios kilómetros de allí, fulguraba permanente un brillo amarillento, que solamente podía surgir de la finca Stapleton. Advirtiéndolo, cerré mi puño y maldije con amargura.

—¿Por qué no apresarlo en el acto?

—El caso no terminó. Ese sujeto posee una prudencia y una malicia fuera de lo común. No pesa cuanto está en nuestro conocimiento, sino cuánto podamos demostrar: apenas un paso en falso y tal vez se nos escape, el muy canalla.

—Pero, ¿qué cosa podemos hacer, Holmes?

—Mañana estaremos bien ocupados y ahora solamente nos resta hacerle un postrer homenaje a nuestro desgraciado amigo.

Nuevamente bajamos la abrupta ladera y nos aproximamos al muerto, quien se diferenciaba como un oscuro manchón contra lo plateado de las rocas. La angustia que trasuntaba la dislocación de sus miembros me hizo sentir un gran pesar y el llanto se apoderó de mis ojos.

—¡Debemos solicitar ayuda, Holmes! No podemos llevarlo desde este sitio hasta la residencia... ¡Por Dios! ¿Perdió usted la razón?

Mi amigo había exclamado algo mientras se agachaba sobre el cadáver; mas entonces bailaba, se reía y me sacudía la mano. ¿Era ese el Sherlock Holmes tan severo y reservado que yo había tratado siempre? ¡Cuánto fuego llevaba escondido!

—¡Una barba! El cadáver tiene barba!

—¿Barba, dice usted que una barba?

—No se trata de Baskerville, sino de... ¡mi vecino, el fugitivo!

Con incontenible prisa dimos la vuelta al cuerpo y su barba, que goteaba sangre, le apuntó a la luna, nítida y helada. Era indudable: esos pronunciados arcos sobre las órbitas y lo hundidos que se veían sus ojos, aquel aire de animal... Esa era la misma cara que tan furiosamente me había observado a la luz de una candela por sobre las rocas. Ese era Selden, el criminal fugado de la prisión. Enseguida comprendí: rememoré que el aristócrata le había obsequiado a Barrymore sus atuendos ya usados. El sirviente le había proporcionado esas prendas a Selden, para hacer más fácil que se escabullera: botas, camisa, un gorro, todo había pertenecido a sir Henry. Aquello sucedido había sido horrendo, mas, al menos según las normas legales del reino, bien merecido tenía morir ese sujeto. Pletórico de gratitud y júbilo le expliqué a Holmes lo sucedido.

—De manera que ese infeliz falleció por usar las ropas de sir Henry —manifestó mi camarada—. Al perrazo lo adiestraron utilizando alguna prenda de sir Henry, como la bota desaparecida en el hotel, con toda probabilidad. Por esa causa se lanzó sobre este individuo. Empero, noto algo raro: tomando en cuenta lo oscura que está la noche, ¿de qué manera alcanzó a conocer Selden que el perro iba detrás de él?

—Seguramente lo oyó venir.

—Escuchar a un perro suelto en el páramo no era cosa capaz de amedrentar a un individuo como éste, hasta el extremo de que fuese a arriesgarse a ser atrapado de nuevo gracias a sus furibundos alaridos pidiendo auxilio. Si nos orientamos por sus aullidos, todavía siguió corriendo bastante, después de comprobar que la bestia estaba tras su rastro. Entonces, ¿de qué modo se enteró?

—En mi opinión, es un enigma de mayor envergadura lo de este perrazo, si es que nuestras deducciones resultan ser acertadas...

—Yo nada me estoy imaginando.

—De acuerdo, mas, ¿por qué razón tendría que andar suelta esa bestia justamente esta noche? Supongo que no vaga siempre por el páramo y que Stapleton no habría permitido que lo hiciera sin tener un buen fundamento para creer que iba a dar con sir Henry.

—Mi cuestión es la más compleja, pues supongo que enseguida daremos con una explicación para sus interrogantes, en tanto que mis dudas tal vez sigan constituyendo un enigma. En este instante el asunto es: ¿qué hacer con este cadáver? No podemos dejar que siga aquí, a disposición de las alimañas del erial.

—Propongo transportarlo hasta alguno de las habitáculos, hasta que demos nuestro informe a las autoridades.

—Por supuesto y estoy persuadido de que seremos capaces de cargarlo entre ambos. ¡Caray, Watson!. ¿Qué estoy viendo? ¡Si no es otro que nuestro hombre! ¡Si será temerario este sujeto! No digamos ni media palabra que delate cuanto conocemos, o todo lo que planifiqué se derrumbará...

Alguien se aproximaba atravesando el páramo y pude identificar la apariencia arreglada y el andar descontracturado del naturalista. Stapleton detuvo su marcha al ver que éramos nosotros, mas solamente por un momento.

—Caramba, doctor Watson; me cuesta admitir que se trate de usted, la última persona que hubiera esperado hallar aquí, a estas horas. Mas..., ¡Mi Dios! ¿Qué ha sucedido... un herido es ese? No me dirán que es... ¡Sir Henry!

Stapleton pasó como un exhalación junto a mí y luego se inclinó sobre el cadáver. Escuché como inspiraba abruptamente y el cigarro que traía se cayó de su mano.

—¿Quién es este sujeto? —alcanzó a balbucear.

—Se trata de Selden, el fugitivo de Princetown.

Al volverse hacia donde nos hallábamos la expresión de Stapleton era horrenda, pero, con un mayúsculo esfuerzo, logró sobreponerse a todo su estupor y a la desilusión que lo embargaba. A continuación nos miró con suspicacia.

—¡Por los Cielos! ¡Qué horror! ¿Cómo sucedió?

—Al parecer, el sujeto se quebró el cuello cayendo de esos peñascos. Nosotros andábamos de paseo por el páramo cuando escuchamos un alarido.

—Yo también lo oí y por esa causa fue que dejé mi casa; me hallaba muy preocupado por la suerte de sir Henry.

—¿Por qué causa, en particular, respecto de lo que pudiera suceder a sir Henry? —no pude menos que inquirir.

—Pues, a causa de que yo lo había invitado a mi finca. Me causó estupor que no viniese y, como resulta lógico, mi alarma se produjo al escuchar gritar en el erial a alguien. Por otra parte —sus ojos se clavaron otra vez en mi cara y la de Holmes—, ¿escucharon ustedes algo más, fuera de ese aullido?

—Nosotros no —replicó Holmes—, ¿qué hay de usted?

—En ese caso, ¿a qué cosa se refiere?

—Bien, ya están ustedes al tanto de esas supersticiones de los lugareños, acerca de un perro espectral, que vaga de noche por el páramo. Yo me preguntaba si en esta oportunidad habría alguna prueba de un sonido como ese.

—Nada oímos nosotros —referí.

—Entonces, ¿qué opina sobre la muerte de este desgraciado infeliz?

—No tengo dudas: el desasosiego y el rigor del clima lo trastornaron. En ese estado tan alterado, se lanzó a correr como un orate por el páramo, cayó por el peñasco y se mató.

—Parece lo más lógico —ratificó Stapleton, con un suspiro que me pareció aliviado—. ¿Cuál es su criterio al respecto, señor Holmes?

Mi amigo inclinó la cabeza con gesto de reconocimiento.

—Usted es capaz de identificar a la gente muy rápidamente —afirmó.

—Estábamos esperando su llegada a partir de la venida del doctor Watson. Llegó justo a tiempo para presenciar este trágico hecho.

—En efecto. No dudo de que lo inferido por mi amigo se corresponde absolutamente con la realidad. Volveré a Londres mañana con un mal recuerdo.

—¿Regresa mañana?

—Tal es mi idea.

—Yo espero que su visita haya permitido aclarar estos acontecimientos tan desconcertantes.

Holmes simplemente se encogió de hombros.

—El éxito buscado no invariablemente es encontrado. Un detective tiene necesidad de hechos concretos, no puede manejarse con chismes ni con leyendas. Este asunto resultó absolutamente carente de la menor satisfacción.

Mi amigo se refería a todas estas cosas con su aspecto más honesto y sin evidenciar mayor preocupación. Stapleton continuaba observándolo muy atentamente, mas después me encaró a mí.

—Les propondría que llevemos el cuerpo de este pobre diablo a mi finca, mas a mi hermana eso le daría tal susto que me veo en la obligación de descartarlo. En fin, que si le tapamos la cara, estará seguro aquí hasta mañana.

Eso fue lo que hicimos. Tras dejar de lado la invitación de Stapleton para dirigirnos a su casa, Holmes y yo fuimos a la mansión Baskerville y el naturalista se marchó a su propiedad. Al volvernos, observamos que avanzaba muy despacio por el páramo y, detrás de Stapleton, vimos el oscuro manchón sobre la lomada plateada, allí donde yacía el cadáver.

—¡Ya era hora de conocernos las caras! —exclamó Holmes, mientras caminábamos—. ¡Qué impresionante dominio de sí mismo! Es algo fuera de lo común su capacidad de recuperación, ya pasado el tremendo golpe de descubrir cuál había sido la genuina víctima de su estratagema. Ya se lo mencioné en Londres, Watson, y se lo repito: nunca antes dimos con un antagonista como este.

—Siento que lo haya visto, Holmes.

—Inicialmente también lo lamenté, mas en fin, que no era cosa que se pudiese evitar.

—¿Qué influencia supone que este hecho ejercerá sobre sus maquinaciones?

—Puede que se vuelva más cauteloso o que lo lleve a tomar decisiones precipitadas. Como la mayoría de los criminales que son inteligentes, tal vez su confianza en el ingenio propio sea excesiva y suponga que nos embaucó por completo.

—¿Por qué razón no lo detenemos ahora mismo?

—Mi buen Watson, es evidente que es usted todo un hombre de acción. Su instinto lo conduce invariablemente a concretar algo enérgico; pero vamos a imaginar, es una mera teoría, que lo hacemos prender esta misma noche... en ese caso, ¿qué obtendríamos con ello? No tenemos pruebas contra él. ¡En eso se asienta su astucia demoníaca! Si actuase mediante un agente de naturaleza humana, podríamos alcanzar a tener algún tipo de prueba, pero pese que lográsemos sacar a ese perrazo a la luz del día, seguiríamos sin lograr ponerle a su dueño un collar de soga al cuello.

—Estoy convencido de que tenemos en nuestro poder pruebas más que adecuadas.

—Nada de eso, Watson. Apenas suposiciones, deducciones, conjeturas es todo lo que tenemos. Cualquier corte se reiría a nuestra costa si presentásemos esta historia y quisiésemos avalarla con ese tipo de pruebas.

—Contamos con la muerte de sir Charles, Holmes.

—No se encontró en su cadáver la más mínima muestra de violencia. Usted y yo sabemos a ciencia cierta que falleció de terror y qué fue aquello que lo aterró hasta ese punto, pero... ¿cómo lograríamos que una docena de impasibles miembros del jurado lo admitieran como cosa cierta? ¿Qué señales hay de la actuación de un sabueso? ¿Dónde encontramos las huellas de sus colmillos? Desde luego que estamos al tanto de que un sabueso no la da mordidas a un muerto y que sir Charles estaba muerto antes de que la bestia se aproximara a él, mas todo esto debemos demostrarlo con pruebas concretas y carecemos momentáneamente de estas.

—¿Qué hay de lo que pasó esta noche?

—No salimos mejor parados: nuevamente no podemos establecer un nexo directo entre el perro y el fallecimiento de Selden. No vimos al perro en ningún momento. Es verdad que lo escuchamos, pero no tenemos modo de demostrar que la bestia anduvo tras el rastro del fugitivo. Y tampoco hay que dejar de lado la falta total de una razón valedera. No, mi querido amigo Watson, debemos admitir que no tenemos por ahora las pruebas que son mínimamente necesarias; asimismo que vale la pena correr cualquier tipo de riesgo para obtenerlas.

—¿Cómo supone que vamos a acceder a esas pruebas concluyentes?

—Estimo que tendremos un notable apoyo por parte de la señora Laura Lyons, a partir de que obre en su conocimiento el estado genuino del asunto. A ello le sumo mi propia planificación. No debemos inquietarnos por el futuro, pues a cada jornada le alcanza con su propia malicia, mas no dejo de abrigar la esperanza de que no pasarán veinticuatro horas sin que obtengamos la victoria.

No pude sacarle una palabra más a Holmes, quien hasta que arribamos a la mansión siguió inmerso en sus cavilaciones.

—¿Va a ingresar a la residencia?

—Efectivamente. No tengo por qué seguir oculto. Sin

embargo, una última prevención: no le diga ni una palabra acerca del perro a sir Henry. Él supone que Selden murió tal y cómo anhela que lo aceptemos Stapleton. Así, sir Henry podrá afrontar más serenamente el arduo examen de mañana, dado que aceptó, según recuerdo que asentó usted en su comunicación, concurrir a la mesa de esas personas.

—Lo hará en mi compañía.

—Dispénseme, Watson: debe ir solo a cenar con los Stapleton, y lo vamos a combinar sin mayores problemas para que sea así. En este momento, estimo que usted y yo precisamos comer algo, en caso de que llegamos excesivamente tarde para cenar.

13. Tendiendo redes

En mayor medida que asombrado, sir Henry se mostró contento de volver a encontrarse con Sherlock Holmes, debido a que aguardaba desde días antes que los últimos acontecimientos lo llevarían a dejar Londres de inmediato.

Sin embargo, sus cejas se elevaron al comprobar que mi amigo se presentaba en su casa desprovisto de maletas y ni siquiera se tomaba la molestia de explicarlo. Entre el dueño de casa y yo, enseguida le brindamos a Holmes cuanto necesitaría durante su estancia en Baskerville. Más tarde, mientras reponíamos fuerzas gracias a un buen refrigerio, le dimos al aristócrata todas las explicaciones del caso que era pertinente comentarle. Sin embargo, previamente me cupo a mí la poco grata misión de anoticiar a los Barrymore acerca del penoso final de Selden. Seguramente resultó todo un alivio para el mayordomo, mas su esposa soltó un amargo llanto, tapándose la cara con su delantal de trabajo. Para todos los demás, Selden era el símbolo mismo de la violencia, a medias bestia y a medias demonio, mas para su hermana mayor continuaba siendo el pequeño caprichoso de antaño, aquel que no se soltaba de su mano. Perverso hasta el extremo debe de ser aquel que no tenga alguien que llore porque ha fallecido.

—No hice más que sentirme abrumado a partir de que Watson nos dejó esta mañana —afirmó el dueño de casa—. Supongo que se me debe reconocer el haber respetado la palabra empeñada: de no haber prometido no salir sin nadie bien podría haber tenido un día más divertido, pues Stapleton me envió una invitación a su finca.

—No dudo de lo amena que hubiese sido su jornada de haber aceptado el convite —ironizó secamente Holmes—. En verdad, ignoro si comprende usted que por cierto lapso lamentamos su fallecimiento, absolutamente persuadidos de que usted se había quebrado el cuello.

Sir Henry abrió desmesuradamente sus ojos.

—¿Cómo dice...?

—Ese pobre diablo vestía la ropa que usted dejó de lado y mucho me temo que el sirviente que se la proporcionó se ha procurado con ello unos buenos aprietos con las autoridades policiales.

—No lo creo factible: ese atuendo era difícil de identificar, sin marcas. Estoy seguro casi de eso.

—Qué afortunado sujeto el mayordomo... Concretamente, es cosa de suerte para ustedes, puesto que todos violaron la ley. En mi papel de investigador, debo interrogarme al respecto de si mi deber no es ponerlos a todos bajo arresto. Los informes enviados por Watson resultan específicamente comprometedores.

—En fin, coménteme usted... ¿cómo sigue el caso? —inquirió el aristócrata—. ¿Dio ya con algún hilo que permita desenrollar la madeja? Estimo que ni Watson ni yo estamos actualmente al tanto de más pormenores de los que ya conocíamos al abandonar Londres.

—Creo que en breve podré explicarle la mayor parte del asunto, que fue arduo y complejo en extremo. Persisten sin ser aclarados varios detalles, pero de todas maneras llevaremos el barco a buen puerto.

—Tal como seguramente ya le informó el doctor Watson,

tuvimos un episodio por demás raro: escuchamos en el páramo al perrazo, por lo cual puedo garantizar que no todo este tema consiste en un sinsentido. Algo sobre perros aprendí en el Oeste norteamericano y puedo identificar sus ladridos. Si usted puede colocarle un bozal y echarle una cadena al cuello, juraré ante quien quiera oírme que es el mejor detective del planeta.

—No dudo de que lo haré si cuento con su apoyo.

—Haré cuanto usted diga.

—Convenido, entonces. Mas le suplicaré que me obedezca sin chistar ni preguntar el motivo de mis indicaciones.

—Como usted lo pida, así se hará.

—Si procede así, supongo que tenemos crecidas probabilidades de solucionar este asunto. Estoy seguro...

Súbitamente Holmes dejó de hablar y miró con fijeza por encima de mi cabeza. La lámpara le daba en pleno rostro y él se hallaba a tal extremo concentrado y tan quieto que parecía una estatua que simbolizara la vigilancia y la espera.

—¿Qué cosa está pasando? —exclamamos al unísono con sir Henry. Comprendí en el acto, cuando bajó los ojos, que estaba dominando la expresión de una poderosa emoción que sentía. Sus rasgos se mostraban serenos, mas sus ojos fulguraban de contentos.

—Dispensen ustedes la admiración de un perito —explicó, señalando los retratos que ornaban la pared de enfrente—. Watson dice que yo no poseo conocimientos artísticos, mas su motivo son los celos, dado que opinamos diferente sobre esa materia. Ciertamente, tiene usted una extraordinaria colección de pinturas.

—Caray, me encanta que lo diga —respondió sir Henry, mirando a Holmes con bastante estupor—. No me precio de ser un entendido en arte. La verdad es que sé más de caballos y ganado, y no sabía que usted se hacía tiempo para el arte.

—Reconozco lo bueno si lo veo y este es el caso: juraría que el retrato de la dama vestida de seda azul es del pincel de Kneller y en cuanto al forzudo caballero con peluca, apuesto que es un Reynolds. Retratos de familia, supongo yo.

—Todos ellos.

—¿Reconoce quiénes son?

—Barrymore me estuvo dando clases individuales. Ya pasaría exitosamente una prueba.

—Ese caballero que tiene un telescopio, ¿quién es?

—Se trata del contraalmirante Baskerville, quien sirvió bajo las órdenes de Rodney en las Antillas. El de uniforme azul y los documentos es sir William Baskerville, titular de los comités parlamentarios cuando Pitt.

—¿En cuanto al que se encuentra frente a mí, el seguidor de Charles I, de terciopelo negro y los encajes?

—Tiene derecho a saberlo: ese es el origen de todos nuestros dramas, el maligno Hughes, que nos acarreó la maldición del perrazo de los Baskerville. ¡No lo olvidaremos!

Admiré muy interesado y sorprendido aquella pintura.

—¡Caray! —exclamó Holmes—, parece un sujeto tranquilo y de hábitos correctos, aunque juraría que lleva oculto un genuino demonio en sus ojos. En verdad, me lo imaginaba más fornido y de expresión canallesca.

—No cabe la menor duda sobre el cuadro, donde incluso se indica al dorso su nombre y la fecha de la composición: 1647.

Holmes no dijo más, pero el retrato del malandra de antaño lo fascinaba: de hecho, no le quitó los ojos de encima durante toda la cena. Solo después, cuando sir Henry se retiró a sus aposentos, pudo continuar sus meditaciones. Holmes me condujo otra vez hasta el comedor y alzando la candela que llevaba consigo iluminó aquel óleo ultrajado por el paso de los siglos.

—¿Qué ve usted, Watson?

Contemplé el amplio sombrero ornado con una pluma, los extensos bucles sobre la frente, el níveo cuello de encajes y sus rasgos medidos y solemnes. No era esa una expresión bestial, sino remilgada, rígida y severa, con aquellos labios finísimos y esa mirada fría y rigurosa al extremo.

—Watson, ¿se parece a alguno que usted conozca?

—Su mandíbula. Se parece a la de sir Henry.

—Apenas... ¡Pero espere!

Holmes se trepó a una silla y alzando la vela con la izquierda, dobló el brazo derecho para cubrir así el sombrero ancho y los rizos largos.

—¡Cielos! —exclamé, sin dominar mi estupor al ver aquello.

La pintura parecía un retrato de Stapleton.

—¡Ahí lo tiene! Ahora entiendo: mis ojos están acostumbrados a examinar caras, no sus ornamentos. La principal cualidad de un detective es poder ver debajo de los disfraces.

—¡No se puede creer! Si parece que fue retratado por el pintor...

—En efecto: un fascinante ejemplo de brinco temporal y corporal. Alcanza con estudiar los retratos familiares para persuadir a quien sea de que lo de la reencarnación es cosa cierta. El tipo es un indudable Baskerville.

—Uno que posee objetivos bien claros acerca de los trámites sucesorios.

—Tal cual, Watson, y merced a la casualidad de haber dado con esta pintura, poseemos ahora un dato de la mayor importancia. Ya está en nuestro poder y me animo a garantizar que antes de que llegue el día de mañana este sujeto va a encontrarse pugnando dentro de nuestra red para mariposas. ¡Un alfiler, una placa de corcho y una tarjeta y lo sumaremos a la colección disponible en Baker Street!

Holmes lanzó una de sus insólitas carcajadas, al tiempo que se distanciaba del cuadro; yo no lo había escuchado reírse muy a menudo, mas ello siempre fue de mal agüero para alguno.

A la mañana siguiente me levanté enseguida, pero Holmes me había ganado la delantera: observé, mientras me vestía, que retornaba a la mansión avanzando por la avenida.

—Efectivamente, hoy disfrutaremos de una muy completa jornada —me comentó, mientras el contento de estar próximo a la acción lo llevaba a frotarse las manos con entusiasmo—. Las redes ya están tendidas, solamente quedará recogerlas. No terminará este día sin que sepamos si capturamos a un gran pez de angostas mandíbulas o se nos escapó.

—¿Ya estuvo usted en el páramo?

—Envié un informe a las autoridades en Princetown y desde Grimpen, en referencia al fallecimiento de ese Selden. Estoy convencido de que ustedes no serán indagados. Asimismo, me entrevisté con el leal muchacho Cartwright; el chico hubiese desfallecido a la entrada del habitáculo allá en el erial, como un can junto al sepulcro de su antiguo dueño, de no haberlo anoticiado de que me encontraba sano y a seguro.

—Entonces, ¿cuál será el siguiente movimiento?

—Dar con Henry. Pero, ¡si aquí lo tenemos!

—Buen día, Holmes —saludó el amo de Baskerville—. Parece un general planeando el orden de combate con su estado mayor.

—Así es: justamente Watson estaba solicitando sus órdenes.

—Lo mismo haré a mi vez.

—Excelente. Esta noche está invitado a cenar usted con nuestros amigos, los Stapleton.

—Anhelo ir en compañía de usted, Holmes. Son gente muy hospitalaria, estarán encantados con su visita.

—Lamentablemente, Watson y yo nos volvemos a Londres.

—¿A Londres, dice?

—Así es: ahora somos más necesarios allí que en esta casa.

El aristócrata alargó la cara de un modo notorio.

—Esperaba que me acompañaran hasta el final; la mansión y el páramo no son gratos si uno está a solas en este paraje.

—Mi buen amigo, debe confiar completamente en mí y hacer minuciosamente cuanto yo le indique que haga. Explique a sus amistades que nos hubiese hecho muy felices concurrir con usted, mas un asunto de la más extrema urgencia nos forzó a retornar a Londres. Confiamos en poder volver cuanto antes. Es importante: ¿recordará este mensaje?

—Si insiste en ello…

—No hay opción, puedo garantizarlo así.

El gesto ceñudo del dueño de casa me avisó que se sentía muy afectado, suponiendo que lo estábamos abandonando a su suerte.

—¿Cuándo se irán, entonces? —inquirió con frialdad.

—Apenas terminemos de desayunar, mas vamos a pasar primeramente por Coombe Tracey. Mi amigo dejará aquí sus efectos personales, una garantía de que retornará a la propiedad. Watson, debe mandarle una esquela a Stapleton, notificando que lamenta muy personalmente no poder acudir a cenar con él.

—Tengo muchas ganas de retornar a Londres en compañía de ustedes —confesó el aristócrata—. ¿Para qué seguir a solas en este sitio?

—En razón de que esta propiedad constituye su puesto de batalla, amén de que ya me dio su palabra de hacer cuanto le solicite. Ahora le ordeno que permanezca aquí.

—Siendo así, lo haré.

—¡Hay algo más! Vaya en carruaje a la finca Merripit, mas luego mande volver al vehículo y confíele a los Stapleton que va a volver solo a su casa y a pie.

—¿Debo atravesar el páramo caminando?

—En efecto.

—Eso es justamente aquello que usted me reiteró que no hiciese por nada de este mundo.

—Hoy lo hará, libre de todo riesgo. En caso de que no tuviese yo depositada toda mi confianza en su temple y coraje, jamás le diría que hiciese algo semejante, mas actualmente es cosa imprescindible que lo lleve a cabo.

—Entonces no se hable más: eso haré.

—En caso de que su existencia sea asunto de valor para usted, deberá atravesar el páramo solamente por el camino recto que conduce desde la finca Merripit hasta la carretera a Grimpen, su ruta característica.

—Haré tal como me lo pide..

—Excelente; prefiero partir apenas terminado el desayuno, para así arribar a Londres por la tarde temprano.

En cuanto a mí, ese plan me causaba una gran desazón, aunque tenía bien presente que Holmes le había referido a Stapleton la noche pasada que culminaba su estancia en la comarca a la mañana siguiente. Yo no había siquiera imaginado, empero, que Holmes deseara que lo acompañara. Tampoco comprendía que pudiésemos encontrarnos lejos, ambos, en una instancia que era tan grave para su mismo criterio. Sin embargo no tenía mayor opción: debía cerrar los ojos y hacerle caso a mi amigo, de modo que nos despedimos de nuestro preocupado amigo y unas horas más tarde llegamos a la estación ferroviaria de Coombe Tracey, enviando el carruaje de vuelta a la mansión Baskerville. Un jovencito aguardaba por nosotros.

—¿Algo que ordenar, señor?

—Debes salir para Londres abordando este tren, Cartwright. Apenas llegues a la ciudad, le vas a mandar de mi parte un telegrama a sir Henry Baskerville, informándole que si encuentra la billetera que yo extravié debe remitirla por correo certificado a Baker Street.

—De acuerdo, señor.

—Entonces ve, y averigua en la oficina de la estación si hay recado para mí.

El chico regresó al rato portando un telegrama, que Holmes me permitió leer. Rezaba así:

"Telegrama recibido. Me dirijo hacia allí con orden de detención sin firma. Llegaré a las 17:40. Firmado: Lestrade".

—Este telegrama responde a uno que mandé esta misma mañana. Estimo que es Lestrade el primero entre todos los de la profesión. Tal vez nos convenga contar con su apoyo. En lo inmediato, mi amigo Watson, supongo que el modo más adecuado de manejarnos es hacerle una visita social a su nueva relación, la señora Laura Lyons.

Su planificación comenzaba a hacerse nítida para mí: pensaba Holmes aprovecharse de sir Henry para persuadir a los Stapleton de que nos habíamos marchado, cuando en verdad íbamos a estar allí en el instante más delicado. Aquel telegrama enviado desde Londres, en caso de que sir Henry se refiriese a él ante los Stapleton, sería útil para acabar con toda perspicacia. Yo ya creía ver de qué manera nuestras redes capturaban el pez de angostas fauces...

La señora Laura Lyons se encontraba en su oficina. Sherlock Holmes principió su diálogo con tal llaneza y tan directamente, que la hija de Frankland no logró disimular su estupor.

—Estoy indagando acerca de todo lo que se refiere a la desaparición de sir Charles Baskerville —informó Holmes—. Mi amigo, el doctor Watson, me confió aquello que usted le informó, pero asimismo cuanto le ocultó sobre este asunto.

—¿A qué se refiere con eso de que yo oculté qué cosa? —inquirió la señora Lyons, con aires de desafío.

—Confesó solicitarle a sir Charles que se encontrase ante la tranquera a las veintidós horas, puntualmente. Está en nuestro conocimiento que el caballero murió exactamente a esa hora y en ese lugar. También sabemos que usted escondió toda relación entre ambos hechos.

—Relación que no existe.

—Entonces nos hallamos ante una coincidencia por completo fuera de lo común. Sin embargo, estimo que a mediano plazo vamos a establecer esa relación. Seré honesto con usted, señora Lyons. Nuestra creencia es la de encontrarnos ante un homicidio. Las pruebas no solamente delatan a su amigo, Stapleton, sino que involucran a su esposa.

La dama abandonó violentamente su sillón.

—Dijo usted... ¡su esposa! —exclamó.

—El secreto terminó. La persona que se hacía pasar por la hermana del señor Stapleton es en verdad su esposa.

La señora Lyons tornó a sentarse, aferrándose vigorosamente a los apoyabrazos de su sillón. Pude apreciar que era tanta la presión que ella hacía, que hasta sus uñas habían perdido su color.

—¡Ella es su esposa! —repitió—. ¡Es su esposa! Mas, él no es casado.

Sherlock Holmes se limitó a encogerse de hombros.

—¡Debe darme pruebas de ello! Ahora que, en caso de que sí lo haga... —amenazó. Y el fulgor atroz de su mirada tuvo mayor elocuencia que las palabras.

—Estoy bien preparado —le aclaró Holmes, al tiempo que extraía de su bolsillo algunos documentos—. Puedo proporcionarle una fotografía de esos dos, tomada hace cosa de ya cuatro años en York. Fíjese: al dorso se lee: "Señor y señora Vandeleur". Le será fácil identificar a Stapleton y a su supuesta hermana, en caso de que usted los conozca en persona a ambos. Por otra parte, obra en mi poder el testimonio escrito de tres personas confiables, incluyendo una completa descripción de esta pareja, referida a cuando tenían a su cargo un establecimiento educativo privado, el Colegio St. Oliver. Léalo y explíqueme si todavía alberga algún tipo de duda acerca de quiénes son estos dos.

La señora Lyons lanzó un vistazo a lo que le ofrecía Sherlock Holmes; después nos dirigió la rígida mirada tan propia de alguien que desespera.

—Señor Holmes —le dijo—, ese individuo me ofreció casamiento en caso de que yo lograse divorciarme. Me embaucó el muy villano, de todos los modos que una se pueda imaginar. Nunca me dijo algo cierto. ¿Por qué causa? Yo suponía que lo hacía todo por mí... Ahora puedo comprobar que apenas fui una herramienta que utilizó a su capricho. ¿Por qué razón debería yo honrar mi promesa si no hizo Stapleton otra cosa que mentirme? ¿Por qué causa debo resguardarlo del fruto de sus actos incalificables? Puede preguntarle cuanto prefiera, que yo no le esconderé cosa alguna. Pero hay algo que puedo garantizarle bajo juramento: cuando redacté esa misiva jamás imaginé que le fuera a causar daños a ese anciano caballero, el más generoso de todos mis amigos.

—No pongo eso en duda, señora Lyons —aclaró Sherlock Holmes—. Dado que narrar esos hechos sería un asunto muy penoso, tal vez se le faciliten a usted las cosas si escucha mi relato y me corrige si cometo un yerro de importancia en alguna parte. Veamos: ¿Stapleton le sugirió mandar esa misiva?

—Él mismo me la dictó.

—Estimo que la causa referida para ello estribó en que usted iba a ser auxiliada por sir Charles en lo tocante a los estipendios derivados del logro del divorcio.

—Así fue.

—Posteriormente, tras mandar la carta, logró convencerla a usted de no acudir al encuentro de sir Charles Baskerville.

—Me manifestó que su autoestima se vería afectada si otra persona aportaba la suma requerida para esa meta; también mencionó que pese a sus escasas disponibilidades destinaría hasta el último penique que tenía a salvar los obstáculos que había entre nosotros.

—Al parecer, es un sujeto extremadamente consecuente. Luego, usted nada más supo hasta el momento en que se enteró por la prensa del fallecimiento de sir Charles.

—Precisamente así sucedió todo.

—¿Asimismo la obligó a prometer que a nadie le referiría lo de su proyectado encuentro con sir Charles?

—En efecto, y dijo que esa era una muy enigmática muerte, que indudablemente iban a sospechar de mi persona en caso de hacerse notorio lo de la misiva. ¡Estaba aterrorizándome para que cerrara la boca!

—No podía suponerse que iba a hacer algo diferente... Sin embargo, ¿usted tenía algún tipo de sospecha?

La señora Lyons dudaba y terminó por bajar la mirada.

—Yo estaba al tanto de cómo era él —refirió—. Mas si él no me hubiese engañado, le habría sido completamente fiel.

—Me parece que se puede estimar que ha tenido buena suerte de haber podido escapar como lo hizo —afirmó Sherlock Holmes—. Tenía a Stapleton en su poder, él estaba al tanto de ello, mas usted sigue con vida. Estuvo caminando al borde del abismo durante meses... Actualmente, señora Lyons, vamos a despedirnos circunstancialmente, mas es factible que pronto sepa de nosotros.

—El caso está llegando a su resolución definitiva. Uno detrás del otro, se van esfumando los obstáculos —señaló Holmes, cuando ya nos encontrábamos aguardando el tren que venía de Londres—. Pronto estaré en condiciones de explicar pormenorizadamente uno de los crímenes más particulares y sensacionales de nuestro tiempo. Los criminólogos van a rememorar los hechos similares acontecidos en Grodno, Rusia, en 1866, amén de los crímenes de Anderson, en Carolina del Norte, Estados Unidos. Sin embargo, este asunto tiene unas características muy singulares: aún no tenemos pruebas definitivas contra este astuto personaje, aunque me llamaría en gran medida la atención que no se revelara concluyentemente toda la cuestión antes de que nos recojamos en la noche.

El ferrocarril de Londres ingresó bramando en la estación y un individuo pequeño y nervioso, que parecía un bulldog, brincó desde un vagón de primera clase de la formación. Estrechamos nuestras manos y comprendí en el acto, debido a la veneración con la que Lestrade contemplaba a mi amigo, que mucho era lo que había aprendido desde que comenzaron a trabajar juntos. Todavía recordaba muy bien con cuánto desdén acostumbraba este sujeto, de tan práctico sentido, evaluar las teorías de Holmes.

—¿Algo que valga la pena? —inquirió.

—Lo de mayor envergadura en muchos años ponderó Holmes—. Tenemos un par de horas antes de comenzar. Creo que vamos a hacer buen uso de ellas si ingerimos algo. Después, Lestrade, le quitaremos la niebla londinense de la boca gracias a la limpia atmósfera nocturna de Dartmoor. ¿Nunca antes visitó el páramo? ¡Fantástico! No va a olvidarse jamás de esta, su primera excursión.

14. El sabueso de los Baskerville

Uno de los defectos tan propios de Sherlock Holmes –si podemos denominarlo así– consistía en cuánta resistencia oponía a dejar conocer cuáles eran sus planes hasta que llegaba el momento justo de concretarlos. Esta particularidad tenía por origen, parcialmente, su índole autoritaria, que lo llevaba a dominar y asombrar a sus allegados. Asimismo, en parte eso se debía también a su prudencia profesional, por la cual se inclinaba por reducir los peligros a su mínima expresión.

Este hábito, empero, era cosa muy desagradable para quienes colaborábamos con él. En mi caso particular, mucho había padecido por estos motivos, aunque jamás en tanta medida como sufrí durante ese extenso periplo en medio de las tinieblas.

Teníamos ante nosotros la prueba máxima, mas a pesar de que nos preparábamos para el gran combate definitivo, nada nos había adelantado Holmes al respecto y apenas me quedaba el recurso de imaginar qué cosa haría él. Muy penosamente logré contener mis nervios cuando finalmente comprendí que nos hallábamos de nuevo en el páramo, merced al gélido viento que nos azotaba el rostro y la visión de los vastos espacios desiertos a cada lado del sendero. Cada tramo que avanzaban los caballos, cada vuelta del rodar del carruaje nos acercaba más y más al final de todas esas peripecias. Tomando en cuenta que iba con nosotros el cochero, nos cuidábamos de hablar abiertamente, empujados a conversar sobre asuntos baladíes, al tiempo que emociones y esperanzas ponían en tensión nuestros espíritus. Tras esa obligada reserva fue un bálsamo dejar atrás la residencia Frankland, sabiendo que ya estábamos muy cerca de la mansión Baskerville y la escena de la acción. En vez de arribar en carruaje hasta la propiedad dejamos el vehículo cuando estuvimos junto al portal, allí donde principiaba la avenida. Tras ordenarle al cochero que retornara enseguida a Coombe Tracey, nos dirigimos hacia la finca Merripit.

—¿Trajo su arma, Lestrade?

—Siempre que me pongo los pantalones —respondió sonriendo el investigador de tan poca estatura— llevo algo en el bolsillo trasero.

—¡De acuerdo! Mi amigo y yo también nos vinimos preparados por si algo ocurre.

—Se muestra muy reservado sobre este asunto, señor Holmes. ¿A qué jugaremos ahora?

—A esperar.

—¡Por Dios, este paraje nada tiene de alegre! —estimó el detective, estremeciéndose al observar en torno los melancólicos faldeos de las colinas y la inmensa laguna neblinosa que se había posado sobre el pantano Grimpen—. Allí... veo algunas luces frente a nosotros.

—Esa es la finca Merripit. Allí culmina nuestra excursión. Debo pedirles que avancen en puntas de pie y que si dicen algo, lo hagan en tono muy bajo.

Avanzamos con absoluta cautela por la senda, como si fuéramos hacia la vivienda, mas Holmes nos mandó detener el paso a unos doscientos metros de la casa.

—Ya está bien —advirtió—. Esas rocas, las que están a la derecha, nos darán una excelente protección.

—¿Tenemos que aguardar en este lugar?

—Definitivamente. Montaremos una emboscada. Lestrade, ingrese en ese hoyo. Ya estuvo usted en el interior de la vivienda, ¿no es así, Watson? ¿Puede describirme la ubicación de los cuartos? ¿A qué corresponden esas ventanas con rejas?

—Me parece que son las de la cocina.

—¿Y esa otra, la que está más allá, muy bien iluminada?

—Indudablemente, esa es la ventana del salón comedor.

—Las persianas se hallan levantadas. Usted es quien en mejor medida conoce el sitio. Debe adelantarse con toda prudencia y observar qué cosa están haciendo. Empero, por favor... ¡que no vayan a descubrir que nos hallamos espiándolos!

Avancé en puntas de pie y me agazapé detrás de una pared de escasa altura, la que circundaban unos árboles. Haciendo buen uso de las sombras que me rodeaban adelanté hasta un sitio desde donde podía atisbar por el ventanal de modo directo, pues carecía este de visillos.

Apenas 2 personas se hallaban en esa estancia: Sir Henry y Stapleton, sentados a una mesa redonda; yo los observaba de perfil. Estaban fumando sendos habanos y se servían café y oporto. Stapleton conversaba muy entusiasmado, mientras que el aristócrata lucía pálido y como si no se encontrarse allí. Tal vez la certeza de aquel paseo que debía efectuar cruzando el páramo calaba muy hondamente en su espíritu.

Vigilándolos, aprecié que Stapleton se erguía y abandonaba el cuarto. Entonces sir Henry llenó otra vez su vaso y se recostó en su asiento, aspirando su cigarro. A continuación escuché chirriar una puerta y el sonido de un par de botas cruzando por una senda de pedregullo. Las botas atravesaron el camino por el otro flanco de la pared que me escondía; levantando apenas mi cabeza observé al naturalista detenerse frente a la puerta de un anexo de la vivienda, en la esquina de la huerta. Giró una llave y al ingresar Stapleton algo muy raro se dejó oír. El propietario de la finca no estuvo más de un minuto en el interior de aquel sitio. A continuación se escuchó otra vez el girar de la llave, Stapleton pasó nuevamente cerca de donde yo estaba y retornó a su casa.

Cuando confirmé que tornaba a la compañía de su invitado me dirigí silenciosamente hasta el sitio donde aguardaban mis camaradas, para narrarles cuanto había presenciado.

—Entonces, Watson, ¿la señora no se encuentra en el salón comedor? —inquirió Holmes cuando terminé de referir cuanto acaba de ver.

—No está allí.

—En tal caso, ¿dónde podría estar, tomando en cuenta que ninguna otra habitación, excepto la cocina, se halla iluminada?

—No sabría precisarlo.

Como antes mencioné, el pantano Grimpen se hallaba cubierto por una espesa neblina blancuzca que venía paulatinamente hacia donde nos encontrábamos, como una pared baja, bien espesa y con bordes muy marcados. Esa masa neblinosa estaba iluminada por la luna desde lo alto, como si fuese una fulgurante lámina de hielo de enorme tamaño, dejando ver las puntas de los peñascos sobre su extensión. Holmes se había vuelto a observar la neblina y comenzó a susurrar, con ansiedad, al tiempo que no quitaba su mirada de esa demorada deriva.

—Viene hacia aquí, Watson.

—¿Es cosa seria que así lo haga?

—Por supuesto: lo único que puede acabar con mis planes. Sir Henry ya no puede tardar mucho más, pues dieron las veintidós. Nuestra victoria y hasta la vida de sir Henry dependen, seguramente, de que él abandone la finca antes de que la masa de la neblina oculte el camino.

Sobre nosotros el firmamento se veía abierto y tranquilo: las estrellas brillaban gélidas y la luna, su medio disco, rebañaba todo el paraje suavemente, apenas dejando ver sus perfiles. Frente a nosotros la masa tenebrosa de la vivienda, con su techumbre abrupta y las paradas chimeneas bruscamente contrastadas con el fondo de aquel cielo de plata.

Extensas franjas de luz dorada, venidas de las estancias iluminadas de la planta baja se proyectaban a través de la huerta y el páramo. Súbitamente, fue cerrada una ventana... La servidumbre había dejado la cocina. Apenas restaba la lámpara del salón comedor, donde el criminal anfitrión y el convidado inadvertido seguían charlando y gustando sus habanos.

A cada instante transcurrido, la algodonosa planicie que alcanzaba a tapar la mitad del páramo más y más se aproximaba a la finca. Los iniciales hilos atravesaron delante del rectángulo áureo del ventanal que seguía iluminado; la cerca más lejana de la huerta se volvió imposible de divisar y la mitad de los árboles se escindió en un torbellino blanco y vaporoso.

Frente a nosotros, los tentáculos de la neblina doblaron las esquinas de la finca y adelantaron paulatinamente, tornándose incluso más densos, hasta que la planta alta y la techumbre terminaron flotando como un raro barco sobre un océano sombrío.

Holmes golpeó ansiosamente con su mano la roca que nos abrigaba y hasta pateó el suelo, tanta era su impaciencia.

—Si nuestro amigo tarda más de quince minutos en salir,

la niebla invadirá la senda; en treinta minutos más no podremos ni vernos nuestras propias manos.

—¿Y si nos ubicamos a más altura?

—Buena idea.

Así nos distanciamos cosa de unos ochocientos metros de la vivienda, aunque el denso océano blanco seguía avanzando sin prisa ni pausa.

—Vamos a quedarnos aquí —indicó Holmes—. No podemos arriesgarnos a que le den alcance a sir Henry antes de que llegue a nuestra altura. ¡Debemos conservar este sitio como sea! —se arrodilló luego y pegó el oído al suelo—. Creo que ya viene, ¡gracias al Cielo!

El sonido de unos pasos veloces interrumpió el mutismo del páramo. Escondidos entre las rocas observamos con toda atención el argénteo borde de la neblina que nos enfrentaba. El sonido de pasos se tornó más vigoroso y atravesando la niebla, tal como si esta fuese un cortinado, vimos aparecer al sujeto que tanto estábamos aguardando.

El amo de Baskerville observó en torno, asombrado de hallarse repentinamente en una noche clara, bajo la luz estelar; a continuación caminó apurado por la senda, pasando muy cerca de nuestro escondite, y comenzó a ascender por la extensa falda que se encontraba detrás de nosotros. Al hacerlo, sir Henry no dejaba de mirar repetidamente hacia atrás, como quien tiene sus buenos motivos para sentirse intranquilo.

—¡Atención! —exclamó Holmes, mientras se oía el claro chasquear de un arma al ser montada—. ¡Allí viene!

De alguna parte, en el núcleo de esa nívea masa que continuaba deslizándose, llegó hasta donde nos hallábamos nosotros un tamborilear liviano y persistente. La neblina llegaba a medio centenar de metros de nuestro refugio y la contemplábamos sin intuir qué horror iba a surgir de ella...

Yo estaba al lado de Holmes y me volví hacia él, quien se veía empalidecido pero entusiasmado, con la mirada fulgurando bajo la luz lunar. Súbitamente sus ojos se volvieron muy fijos y el estupor lo llevó a entreabrir sus labios. Asimismo

Lestrade gritó de terror y se arrojó al suelo; de un brinco me erguí, quieta mi mano en el revólver y mi mente detenida por la horrenda figura que brincaba en nuestra dirección, irrumpiendo de entre las oscuridades de la neblina. Era ciertamente un perro enorme, un inmenso sabueso tan negro como el carbón, pero diferente de cualquier otro que jamás hubiese visto un hombre. De su boca abierta brotaban llamas y sus ojos semejaban ser brasas. Un fulgor acompasado hacía brillar su hocico, la pelambre del lomo y el cuello de la bestia. La pesadilla más absurda, engendrada por el mayor delirio, no podría haber forjado una cosa dotada de tanta ferocidad, más espantosa y demoníaca que ese ser oscuro y cruento que se arrojó sobre nosotros atravesando la niebla.

El inmenso monstruo negro se adelantó dando amplios brincos por la senda, tras el rumbo seguido por nuestro camarada, sir Henry. Tanto nos paralizó su irrupción, que ya había desaparecido cuando recuperamos el dominio de nosotros mismos. En ese instante Holmes y yo realizamos nuestros disparos al mismo tiempo y el engendro aquel dejó oír un espeluznante bramido, indicando que como mínimo uno de nuestros balazos lo había alcanzado en el cuerpo. Empero, no por ello detuvo su avance. Más adelante, en el sendero, observamos que sir Henry se daba la vuelta, su rostro empalidecido bajo la luna, sus manos elevadas en un gesto trastornado por el espanto, indefenso mientras veía venir a la bestia que lo iba a convertir en su víctima.

Empero, el bramido doloroso del animal había hecho desvanecerse nuestros miedos: si era posible dañarlo, también era factible matarlo. Jamás vi a alguien darse a la carrera como lo hizo Holmes en ese momento. Se supone que yo corro muy rápido, mas mi amigo me sacó tantos metros de ventaja como yo al pequeño investigador que nos seguía. Volábamos por aquel camino, más que corríamos, escuchando los intermitentes gritos de sir Henry y los rugidos del perro monstruoso. Alcancé a presenciar cómo este saltaba sobre su presa, tendiéndola en el suelo mientras buscaba furiosamente destrozarle el cuello. Solo que un segundo más tarde Holmes realizó cinco disparos sobre el flanco de la bestia, que con un postrer bramido de dolor y dando una feroz dentellada en el vacío se derrumbó sobre su lomo, agitando las patas. Finalmente se quedó inmóvil, yaciendo sobre un costado. Me detuve, intentando recuperar el aliento, y aproximé mi arma a esa cabezota iluminada, mas ya no tenía mayor sentido jalar del gatillo. ¡El monstruo había perecido!

Sir Henry seguía desvanecido, en el mismo sitio donde se había desplomado. Aflojamos el cuello de su camisa y Holmes agradeció al Cielo al comprobar que no había sido desgarrado, al llegar nosotros providencialmente a esa escena terrible. El aristócrata movió algo sus párpados y hasta intentó hacer algún movimiento. Algo de brandy vertió Lestrade en sus labios y algunos segundos después sus ojos, embargados de horror, nos contemplaron con total fijeza.

—¡Mi Dios! —murmuró nuestro amigo—. ¿Qué era esa cosa infernal? Por todos los Cielos ¿qué era?

—Como sea, ya murió —sentenció Holmes—. Finalmente terminamos con el espectro que atormentaba a los Baskerville.

Las dimensiones y su poder alcanzaban para hacer tremenda a esa criatura que estaba ante nosotros. No se trataba de un mastín o un sabueso de raza pura; en verdad, semejaba ser una mezcla de ambas variedades, feroz y de las proporciones de un pequeño león. Hasta una vez muerto, de sus inmensas fauces seguía surgiendo un llamear azulado y sus pequeños y cruentos ojos, tan hundidos, todavía parecían llenos de fuego. Palpé ese hocico luminoso y al quitar mi mano de él aprecié que mis dedos fulguraban en la penumbra de aquel sitio, tal como si ardieran con un fuego demorado.

—Se trata de fósforo —dictaminé.

—Una astuta solución que contiene fósforo —completó Holmes, acercándose para oler al perrazo exánime—. Completamente inodoro para no obstaculizar el olfato de la bestia. Debe usted dispensarnos en gran medida, sir Henry, si lo expusimos a un terror tan crecido. Yo aguardaba vérmelas con un sabueso, no con un monstruo como este. Además, la espesa niebla casi no nos dio tiempo para darle el recibimiento que tanto ameritaba.

—¡Ustedes salvaron mi vida!

—Tras haberla puesto en un severo riesgo. ¿Puede ponerse de pie?

—Otra medida de brandy y estaré listo para lo que sea necesario. ¡Muy bien! Ayúdenme, por favor. ¿Qué estima que hay que hacer ahora, señor Holmes?

—Vamos a dejarlo aquí, sir Henry. No está como para afrontar nuevas peripecias, al menos por ahora. Si por favor aguarda un poco, uno de nosotros lo ayudará a llegar hasta su propiedad.

El aristócrata alcanzó a levantarse con gran trabajo, mas todavía continuaba espantosamente pálido y temblando. Lo ayudamos a desplazarse hasta una roca donde se sentó. Tomó su semblante entre sus manos y continuó estremeciéndose.

—Debemos dejarlo —indicó Holmes—. Vamos a terminar la tarea, no podemos perder un solo minuto. Tenemos las pruebas en nuestro poder, apenas nos falta echarle el guante a ese sujeto. Existe una chance entre un millar de que demos con él en su misma vivienda —prosiguió mi amigo, al tiempo que retomábamos velozmente el sendero—. Indudablemente se enteró al escuchar los tiros que había perdido este juego.

—Nos hallamos bastante lejos y la neblina puede que haya silenciado el asunto.

—Puede estar bien seguro de que seguía al perro para poder llamarlo una vez que terminara con lo suyo. Definitivamente ya se fue, mas vamos a examinar todo para estar seguros de ello.

La entrada principal se hallaba franca, de modo que ingresamos en la casa y fuimos atravesando a toda prisa sus divisiones, para el mayor asombro del viejo y asustado sirviente que se topó con nuestra pesquisa en el corredor.

Ninguna luz había, salvo la del salón comedor, mas Holmes se adueñó de la lámpara y examinó cada centímetro de la vivienda; pese a que no surgía aquel que buscábamos de ningún sitio, hallamos que en la planta alta uno de los cuartos de dormir estaba bajo llave.

—¡Aquí hay alguien! —apuntó Lestrade—. Escucho algo... ¡Abra, abra ya mismo la puerta!

Del interior de la estancia se dejaban oír vagos lamentos y algo crujía. Holmes golpeó con el talón sobre la cerradura y la puerta se abrió si más ni más. Armas en las manos, entramos en el dormitorio aquel, mas dentro no dimos con el criminal que esperábamos: en vez, algo muy raro e insólito nos esperaba allí, tanto que por unos segundos no atinamos a reaccionar, limitándonos a contemplar aquello en total estupor.

El cuarto se hallaba ordenado como si fuera un reducido museo. En sus muros había vitrinas que contenían una colección de mariposas, tanto de la variedad diurna como la nocturna. Atraparlas era el entretenimiento favorito de ese sujeto tan complejo y que representaba tan formidable peligro. En el medio de la estancia se veía un pilar, ubicado en ese sitio como apoyo para una enorme viga, añeja y corroída, que soportaba la techumbre. A esa columna estaba sujeta una silueta envuelta en sábanas, tan cubierta por ellas que era imposible conocer su sexo.

Una toalla estaba anudada por detrás de la columna y ceñía la garganta de la persona en cuestión, mientras que otra ocultaba la porción inferior de su semblante. Sobre esta segunda toalla un par de ojos negros, dolorosos, avergonzados y plenos de terribles interrogantes, nos miraban fijamente. Enseguida desembarazamos al prisionero de sus ataduras y mordazas y la señora Stapleton —no era otra que ella la víctima— se dejó caer ante nosotros hasta el piso. Al tiempo que su bella cabeza se inclinaba sobre su pecho, aprecié que la cicatriz evidente de un golpe de látigo le recorría el cuello.

—¡Qué infamia! —exclamó Holmes, sin poder contenerse—. ¡Lestrade, haga el favor de acercarse con su botella de brandy! ¡Vamos, a colocarla sobre esa silla! Los maltratos y el agotamiento hicieron que se desvaneciera...

La señora Stapleton abrió nuevamente sus ojos.

—¿Se puso a resguardo? —nos preguntó—. ¿Huyó?

—No se escapará, señora mía.

—No hablo de mi esposo. ¿Está sir Henry seguro?

—Así es.

—¿En cuanto al perro?

—Ya está bien muerto.

La señora Stapleton dejó escapar un prolongado suspiro.

—¡Gracias a los Cielos! ¡Ese... maldito! ¡Ya pueden ver cómo me trató! —arremangó su vestido para exhibir sus brazos y vimos espantados todos los hematomas que los cubrían—. Mas cuanto ven nada representa... Él atormentó y profanó mi alma y mi mente. Todo lo aguanté: golpes, aislamiento, embustes, aferrada a la esperanza de que todavía me amaba. Ahora sé que también en ese aspecto resulté su víctima y su mera herramienta —un vehemente llanto cortó su decir abruptamente.

—Dado que no tiene por qué estarle agradecida —mencionó Holmes—, díganos ahora dónde podemos dar con él. Si antes lo ayudó para hacer daño, ahora repare eso haciendo el bien.

—Exclusivamente puede hallarse en un sitio preciso —afirmó la mujer—: una antigua mina en la isleta que se encuentra en el centro del pantano. En ese sitio guardaba el perro. Acondicionó el lugar para que le sirviese de escondite.

La neblina se había asentado sobre el ventanal como una cortina de nívea lana; aproximó Holmes su lámpara al vidrio de esa abertura.

—Observe —le dijo—. Esta noche ninguno podría ingresar en el pantano Grimpen.

La señora Stapleton comenzó a reír y hasta aplaudió, mientras sus ojos y su dentadura fulguraban feroces.

—Quizá logró entrar, mas ya no podrá salir —aseveró—. No podrá localizar las varillas con las que se orienta. Ambos las pusimos como señales del camino a recorrer en el pantano. ¡Si solamente pudiese quitarlas hoy mismo! Lo tendrían ustedes en sus manos...

Seguramente era infructuoso continuar con la pesquisa hasta que no se retirara la densa niebla que todo lo cubría. Entonces destacamos a Lestrade para vigilar la finca mientras Holmes y yo retornamos a la mansión Baskerville. Ya no era posible esconderle a sir Henry la verdadera historia de los Stapleton, aunque aceptó con gran temple lo que le revelamos sobre la mujer que amaba. De igual manera sus peripecias de esa noche en el páramo lo habían perturbado severamente y un rato después lo asaltó una fiebre que lo llevó al delirio, siendo atendido por el doctor Mortimer. Ambos tenían por sino recorrer el globo antes de que el amo de Baskerville tornara a ser el sujeto vigoroso y gentil de otrora.

Apenas me resta arribar rápido al final de este relato sin par, que tuvo por meta que mis lectores compartieran los terrores y las suposiciones que por varias semanas oscurecieron nuestras mentes, para desembocar en una tragedia.

Llegada la mañana, se disipó la espesa cortina de niebla. La señora Stapleton nos guió hasta el lugar donde ella y su marido habían dado con una senda segura para adentrarse en aquel extenso pantano. El interés y el júbilo con que esa mujer nos condujo detrás de su marido nos ayudó a entender de mejor modo lo horrenda que fue su existencia junto a él. Dejamos su compañía en una angosta península de turba que terminaba sumergiéndose en el cieno: desde ese punto, una serie de varillas clavadas en el suelo señalaban el terreno seguro para la marcha, que se mostraba sinuoso entre matas de juncos, charcos verdosos y malolientes pozos que obstaculizaban el paso de cualquiera que se adentrara en ese tortuoso paraje.

La abundancia de plantas acuáticas corría pareja con el hedor a podrido que se levantaba del suelo como miasma, al tiempo que si dábamos un mero paso equivocado nos sumergíamos hasta los muslos en el oscuro cieno, que a varios metros en redondo ondulaba bajo nuestras pisadas y succionaba ávidamente nuestros zapatos a cada tramo.

Exclusivamente en una ocasión confirmamos que alguno había transitado por ese riesgoso sitio previamente a nuestra incursión: de un matorral que sobresalía del barroso terreno, pendía una cosa oscura. Para apoderarse de ella Holmes tuvo que hundirse hasta la cintura en el fango y ciertamente, de no habernos encontrado junto a él para auxiliarlo, ya jamás hubiese podido poner un pie en tierra firme. Aquello no era otra cosa que una vieja bota negra, en cuyo interior se podía leer: "Meyers, Toronto".

—El baño de cieno está absolutamente justificado —aseguró Holmes—. Esta es la bota perdida de sir Henry.

—Stapleton, escapando, la tiró en este lugar.

—Así fue, sin duda alguna; había seguido teniéndola en su poder tras emplearla para que la oliese el perrazo y pudiese seguir así el rastro del amo de Baskerville. Después y todavía con esta prenda en su mano, se dio a la fuga al comprender que estaba todo perdido. La arrojó en este sitio y entonces, al menos, sabemos que hasta aquí llegó Stapleton.

Nuestro destino era no saber más que aquello, pese a que logramos concluir varios otros aspectos del asunto: no era posible identificar pisadas en aquella ciénaga, donde el fango enseguida las hacía desaparecer. Nada, ni un solo rastro se conservaba allí, aunque nos esforzamos hasta llegar a terreno firme. Si el paraje nos narró algo cierto, debemos admitir que Stapleton jamás alcanzó la isleta donde pensaba esconderse en esa noche neblinosa. Hundido en alguna parte del pantano, ese canalla sin corazón encontró su final sepultura en ese barro putrefacto.

En la isleta ubicada en el medio del cenagal, allí donde ocultaba a su monstruosa mascota, dimos con muchas evidencias de su anterior estancia en ese sitio. Una gran rueda de fuerza motriz y unas cisternas a medias llena de escombros marcaban el lugar que ocupaba una mina dejada de lado hacía tiempo. En las cercanías todavía se apreciaban las ruinas de unas covachas; los operarios se habían terminado por ir de allí, espantados por el hedor que todo lo impregnaba. En una de esas toscas construcciones dimos con un collar y su cadena, más algunos huesos bien roídos: ese era el sitio donde el perrazo yacía sujeto. Entre los despojos vimos una osamenta que aún conservaba algunos pelos de color castaño.

—¡Otro perro! —advirtió Holmes—. Indudablemente, se trató de un cocker spaniel de pelo rizado. El desgraciado doctor Mortimer ya no recuperará su mascota favorita. Creo que este sitio no guarda más secretos que los que ya nos reveló. Stapleton ocultaba al sabueso, mas no tenía manera de evitar que fuera escuchada su presencia, tales los aullidos que ni durante el día eran cosa grata de oír. En las instancias más críticas, era posible para Stapleton encerrar a la bestia en algún anexo de la finca Merripit, aunque ello representaba correr algún peligro. Solamente el gran día, aquel en que Stapleton iba a obtener el premio mayor por todos sus trabajos, se animó a dar un paso tan arriesgado. El contenido pastoso de esa lata que veo allí es seguramente la mixtura luminosa con la que engrasaba a la bestia. La idea de hacerlo la sacó, como bien podemos deducir, de la misma leyenda del perro demoníaco, anhelando aterrorizar mortalmente al viejo sir Charles. No es cosa de extrañar que ese infeliz de Selden se diera a gritar y correr, tal como lo hizo nuestro amigo y como seguramente también lo hubiésemos hecho nosotros mismos, al ver a semejante monstruo tras su pista, avanzando a largos brincos por el páramo. Era una estrategia muy astuta, asimismo, pues amén de la probabilidad de darle muerte a la víctima... ¿qué lugareño se iba a animar a acercarse a ese monstruo, de haberlo descubierto en el páramo? Ya lo mencioné estando en Londres, Watson, y en este momento me complace hacerlo nuevamente: nunca antes acabamos con un malhechor tan peligroso como el que yace por allí, en alguna parte...

Entonces Holmes recorrió un amplio arco con su brazo, señalando la inmensa área del pantano, tachonada de manchones verdosos, que se fundía imperceptiblemente con el páramo bermejo.

15. Examen posterior de los hechos

En una helada y neblinosa noche, cuando terminaba noviembre, Holmes y yo nos hallábamos sentados junto a un fuego enérgico, en el salón de Baker Street. A partir del dramático final de nuestra incursión en Devonshire, mi camarada se había enfrascado en un par de casos de una importancia fuera de lo común. El primero de ellos evidenció el horrendo proceder del coronel Upwood en lo referente al célebre escándalo del Club Nonpareil. En el segundo caso, se trató de la defensa de la infeliz madame Montpensier ante la imputación del homicidio de su hijastra, mademoiselle Carrère, aquella muchacha que –bien presente se lo tendrá– tornó a reaparecer medio año más tarde en Nueva York, ya casada. Holmes estaba de muy buen humor, a causa de las victorias obtenidas en una serie de complejos casos de la mayor importancia. No me fue muy complicado lograr que consintiese en repasar en mi compañía los pormenores del enigma de la casa Baskerville. Yo había aguardado con la mayor dosis posible de paciencia la mejor oportunidad de hacerlo, pues estaba al tanto de que Holmes no permitía jamás, bajo ninguna circunstancia, que un caso se encimara sobre otro, y que su pensamiento, de tanta claridad y lógica, no dejaba de lado el trabajo de la jornada para entregarse a los recuerdos. Mas sir Henry y su amigo, el doctor Mortimer, se encontraban en Londres, ya al borde mismo de realizar un extenso periplo –que era lo recomendado para que el aristócrata se recuperara de los avatares sufridos– y nos habían hecho una visita esa tarde, cosa que posibilitó traer el tema a cuento con la mayor facilidad.

—Desde la óptica de la persona que decía llamarse Stapleton —señaló Holmes—, el plan que había pergeñado era de una extrema sencillez, aunque para nosotros, que inicialmente no contábamos con los elementos necesarios para develar la razón de su accionar y apenas estábamos al tanto de una porción de los sucesos acaecidos, todo aquello era definitivamente arduo. Tuve la fortuna de entrevistar en un par de ocasiones a la señora Stapleton, merced a lo cual el asunto fue completamente aclarado y despojado de todos sus secretos. En la sección Bertha del listado de mis casos, que compilo según un ordenamiento alfabético, hallará ciertas anotaciones al respecto.

—Tal vez por gentileza podrá usted narrarme memoriosamente los pormenores...

—Desde luego, pese a que no puedo darle mayores garantías de que haya preservado todos los detalles en mi mente. Resulta llamativo: la fuerte concentración mental difumina el pasado. El abogado que conoce un caso al dedillo puede discutir con los peritos en el asunto, mas le alcanza con un par de semanas de entregarse a un nuevo caso para arrojar al olvido lo anterior. De igual modo cada novedosa materia reemplaza a la anterior y mademoiselle Carrère ha desteñido todos mis recuerdos de la mansión Baskerville. Mañana tal vez alguien me solicite abocarme a un asunto baladí que, por su parte, reemplazará todo lo sucedido a la bella francesa y al canallesco Upwood. En lo referido a lo del sabueso, le narraré cuanto mejor pueda hacerlo lo que ha tenido lugar, mientras que usted debe sentirse libre de preguntar acerca de cualquier detalle que yo haya obviado.

"Mis pesquisas demostraron sin margen de error factible que aquel retrato de familia no adulteraba la verdad, que el sujeto en cuestión era comprobablemente un miembro de los Baskerville, el hijo de Rodger, el hermano menor del anciano sir Charles, quien huyó —ya en posesión de una temible fama— a Sudamérica, donde se aseveraba que había fallecido sin dejar descendencia. Lo cierto fue que se casó y tuvo un solo hijo, nuestro hombre, quien tenía el mismo nombre que su progenitor y que contrajo enlace con Beryl García, una belleza costarricense; tras hurtar una gran suma del Estado, pasó a llamarse Vandeleur y escapó a Inglaterra, donde estableció un instituto educativo en el este de Yorkshire. Su interés por esta ocupación se debía a que en el curso de la travesía de retorno al reino trabó relación con cierto profesor, uno que padecía de avanzada tuberculosis y cuyos altos méritos docentes empleó para asegurarse el éxito en su cometido. Mas cuando el profesor Fraser falleció el instituto perdió su fama inicialmente y más tarde todo su crédito, obligando ello a que los así llamados Vandeleur modificaran nuevamente su apellido. De tal manera, el vástago de Rodger Baskerville se mudó, haciéndose llamar Jack Stapleton, al sur de Inglaterra con cuanto quedaba de sus fondos y todos sus planes para el porvenir, sumados a su inclinación entomológica. Averigüé en el British Museum que era toda una referencia en esa disciplina y que el mismo apellido Vandeleur fue asociado a determinada variedad de polilla nocturna que nuestro hombre fue el primero en estudiar, mientras permaneció en Yorkshire."

"Arribamos así a la porción de su existencia que es del mayor interés para nosotros. Stapleton hizo indudablemente sus investigaciones y descubrió que apenas un par de vidas eran la distancia que lo separaban de una enorme fortuna. Estimo que al mudarse a Devonshire sus planes eran todavía muy rudimentarios, pese a que la índole criminal del sujeto queda expuesta desde un comienzo en razón de que hizo simular a su esposa que era su hermana. La intención era emplearla a modo de señuelo, a pesar de que tal vez aún no apreciara nítidamente cómo planificar los demás pormenores. La meta eran los millones de la familia Baskerville y estaba el sujeto persuadido de que iba a emplear cualquier herramienta y afrontar los peligros que fueran necesarios con tal de apropiárselos. La primera medida fue mudarse lo más cerca que resultara posible de su antiguo hogar familiar, mientras que el segundo paso consistió en granjearse la amistad de sir Charles y de todo el vecindario.

"El mismo sir Charles le narró lo referente al sabueso, confeccionando, en su ignorancia, el sendero hacia sus propios funerales. Stapleton, así voy a seguir denominándolo, conocía que el viejo amo de Baskerville sufría del corazón, que cualquier vigorosa emoción bastaba para matarlo; eso lo supo merced a los dichos del doctor Mortimer. Asimismo estaba en su conocimiento que el aristócrata era hombre supersticioso y que aceptaba crédulamente la horrenda leyenda del perrazo fantasmal. La astucia le permitió a Stapleton concebir cómo deshacerse del anciano señor sin que fuese posible dar con el homicida.

"Ya con su plan organizado, Stapleton se abocó a concretarlo con llamativa malicia; un sujeto cualquiera se hubiese contentado con una mera bestia feroz. El empleo de medidas de artificio para darle al perrazo una apariencia fantasmal fue un toque artístico. Compró al animal en Londres, a la compañía Ross y Mangles, establecida en Fulham Road. Era el más poderoso y feroz que habían criado; para llevarlo hasta el páramo Stapleton empleó el ferrocarril del norte de Devon y atravesó una enorme distancia caminando más tarde, no fuera que su presencia y la del perrazo aquel despertaran alguna suspicacia. Por aquellos tiempos y merced a sus incursiones detrás de las mariposas, ya conocía bien los cenagales Grimpen; ello le posibilitó dar con una madriguera adecuada para la bestia y, tras esconderla allí, aguardó el instante más adecuado para emplearla.

"En verdad, eso demoró bastante: no era posible lograr que el viejo señor de Baskerville dejase su mansión en horas de la noche. Meses y meses llevó emboscado Stapleton, acompañado por el sabueso, y nada. En el curso de su espera inútil fue avistado y asimismo el perrazo lo fue por los lugareños y ello contribuyó a que el cuento del animal infernal fuese corroborado otra vez. Stapleton confiaba plenamente en que su mujer lograría que el viejo señor conociera la muerte, pero entonces Beryl se mostró insólitamente contraria a generar un enredo que perdiese al aristocrático anciano. Ni golpizas ni amenazas lograron subyugar su ánimo y ello dejó por cierto lapso en ascuas a Stapleton.

"Pero el malvado encontró finalmente los medios para superar esos obstáculos y ello gracias al mismísimo sir Charles. Este, por el afecto que sentía precisamente por aquel infame sujeto, resignó en su persona todo lo referente a la infeliz señora Lyons. Stapleton, quien se acercó a la desventurada diciéndose soltero, rápidamente tuvo una marcada influencia sobre la dama, convenciéndola de que en caso de que lograse divorciarse él tomaría su mano para desposarla. El asunto llegó a un punto crítico cuando Stapleton se enteró de que sir Charles pretendía dejar el páramo por indicación del doctor Mortimer, pero el muy canalla se cuidó muy bien de fingir que estaba plenamente de acuerdo con esa iniciativa. Inexorablemente las cosas debía hacerlas de prisa, pues si no su presa escaparía de sus garras. Así fue que obligó a la señora Lyons a redactar una carta donde la dama rogaba al anciano aristócrata que acudiese a una cita nocturna previamente a trasladarse a Londres; después, con otras mentiras, la obligó a no acudir y de tal manera fue que accedió a la chance aguardada desde tiempo atrás.

"Al tornar de Coombe Tracey al final de la tarde no le faltó tiempo para buscar a su perro, cubrirlo de esa sustancia demoníaca y conducirlo hasta la tranquera atento a la cita que en ella tenía prevista el viejo caballero. Azuzado por su dueño, el sabueso brincó por encima de la tranquera y se lanzó detrás del pobre sir Charles, quien probó escapar soltando gritos por la Vuelta de los Tejos. En ese tenebroso túnel debe de haber sido particularmente espantoso el espectáculo de esa inmensa fiera oscura, de fauces brillantes y ojos como ascuas, persiguiendo a su presa humana a toda velocidad. Sir Charles cayó occiso donde terminaba la arboleda, abatido por el horror y la falla cardíaca. Al tiempo que el anciano corría por su vida el perrazo se había quedado en el borde herboso, de modo que apenas eran visibles las pisadas del hombre. Viéndolo tendido, puede que la bestia se haya aproximado a fin de olerlo. Cuando comprobó que había fallecido, dando ya la vuelta para dejar aquel sitio, dejó las señales que más tarde descubriría el doctor Mortimer. Stapleton mandó volver a su sabueso y se apuró a esconderlo en el pantano Grimpen, dejando tras de sí un enigma que desalentó a las autoridades, llenó de alarma a los lugareños y precipitó posteriormente nuestra intervención.

"Resulta factible que Stapleton ignorara todavía que había

un heredero de la fortuna Baskerville viviendo en Canadá, mas, de todas maneras, enseguida se puso al tanto merced al doctor Mortimer, quien asimismo le avisó del arribo a Londres de sir Henry. Inicialmente, Stapleton pensó no esperar a que el heredero llegase a Devonshire, sino en la posibilidad de terminar con su vida en Londres. Puesto que ya no tenía la menor confianza en su mujer, a raíz de que ella le había negado su apoyo para embaucar al viejo señor de Baskerville, no se animó a dejarla sola por miedo a perder toda influencia sobre su ánimo. Por esa razón viajaron juntos a Londres y se albergaron, así lo averigüé, en el hotel Mexborough, de la Craven Street, uno de los tantos que fueron visitados por mi colaborador. En ese establecimiento encerró Stapleton a su mujer, al tiempo que él, cambiando su apariencia con el agregado de una barba, iba detrás del doctor Mortimer hasta Baker Street, después a la estación y de allí al hotel Northumberland. Su mujer sospechaba cuáles eran sus planes, mas le tenía tanto miedo, nada infundado de acuerdo con las brutales golpizas que le propinaba, que no tuvo ánimos para poner a sir Henry sobre aviso; si Stapleton accedía a la misiva, la vida de ella también iba a ponerse en riesgo. Entonces apeló al recurso de cortar palabras de un impreso y escribir con letras cambiadas la dirección. Así esa esquela anónima llegó hasta el caballero, como primera prevención.

"Tenía Stapleton necesidad de alguna prenda usada por sir Henry, por si le resultaba preciso el empleo del perrazo y con la prisa y la malicia que eran tan suyas obró enseguida en esa dirección. Seguramente corrompió al encargado de limpiar el calzado o a la mucama para hacerse de lo que necesitaba. Por casualidad, la primera bota que obtuvo era recién comprada y no le servía; la hizo devolver y luego consiguió la otra. Un accidente llamativo, que me enseñó sin posibilidad de albergar mayores dudas que se trataba de un genuino sabueso: ninguna otra cosa ameritaba la urgencia de hacerse de una prenda usada, así como confirmaba la inutilidad de robarse una sin usar. Mas grotesco es un detalle y mayor atención hay que brindarle. El factor que en mayor medida parece complicar un caso resulta ser —si se lo examina minuciosamente y siguiendo el camino científico— aquel que más chances da de develar todo el dilema.

"La mañana que siguió recibimos a nuestros amigos, invariablemente acechados por Stapleton desde el carruaje; tomando en cuenta que conocía nuestra residencia y asimismo mi identidad, sumado a su modo generalizado de conducirse, tiendo a suponer que la trayectoria en el crimen de Stapleton no se reduce a los hechos referidos a la casa Baskerville. Es interesante conocer que en los últimos tres años tuvieron lugar en la comarca de referencia cuatro robos de cierta importancia, que quedaron por completo sin resolver. El último de esos episodios delictivos, sucedido en mayo pasado en Folkestone Court, tuvo relevancia debido a que el intruso enmascarado, quien perpetró el hecho solo, disparó a quemarropa contra el sirviente que lo descubrió. No dudo que Stapleton financiaba su existencia de esa manera, tomando en cuenta su falta de mayores ingresos, lo que lo define como un sujeto sin esperanzas y altamente peligroso.

"Cuanto tuvo lugar esa mañana en Londres, el día que con tanta habilidad evitó caer en nuestro poder, tanto como su temeridad al dar mi propio nombre para que me lo comunicara aquel cochero, ejemplifican su pericia criminal. Desde entonces, sabiendo que había tomado bajo mi responsabilidad aquel caso en Londres, entendió que no podría lograr su cometido en la ciudad y retornó a Dartmoor para aguardar allí a sir Henry...

—¡Aguarde, Holmes! —lo interrumpí yo—. Sin duda siguió usted acabadamente los sucesos, mas quedó sin referir un asunto. ¿Qué pasó con el perrazo mientras su dueño estaba en Londres?

—Medité acerca de ese detalle, por supuesto fundamental. Es claro que Stapleton tenía un cómplice pese a que no resulta demasiado factible que le comentara el malvado la suma de sus planes, lo que lo pondría en manos de su compinche. En la finca Merripit revistaba un anciano entre la servidumbre, uno de nombre Anthony. Su relación con los Stapleton data de tiempo atrás, cuando tenían una escuela; ello implica que estaba al tanto de que los supuestos hermanos eran, en realidad, esposos. Este viejo desapareció, escapó del reino. Entienda Watson que no es habitual en el país llamarse Anthony, en tanto que Antonio es nombre muy común en España y asimismo en la América hispanoparlante. Este sujeto, así como la señora Stapleton, hablaba en un buen inglés, aunque con un llamativo acento. Pude apreciar que el viejo criado atravesaba el pantano Grimpen siguiendo el sendero marcado antes por Stapleton. Por ende es factible que, faltando su amo, Anthony atendiese al sabueso, ignorando para qué había sido adquirido.

"A continuación, los Stapleton retornaron a Devonshire, mientras al poco tiempo hacían lo propio usted y sir Henry. Ahora, una breve disquisición acerca de mi situación entonces: tal vez recuerde usted que, cuando revisé las palabras impresas y recortadas de aquel mensaje, me detuve con mucha atención en el tipo de papel empleado como soporte, intentando confirmar cuál era su filigrana. Entonces advertí un liviano perfume a jazmín en él. Un buen criminólogo debe diferenciar los setenta y cinco perfumes conocidos: más de un caso dependió en mi carrera de poder hacerlo. Ese perfume hablaba de una dama, y el detalle orientó mis sospechas hacia el dúo Stapleton. De tal manera fue que me enteré de la existencia del perrazo y concluí cuál era la identidad del homicida, previamente a viajar hasta Devonshire.

"Mi jugada implicaba acechar a Stapleton: era notorio, empero, que no iba a lograrlo en su compañía, Watson, pues ello pondría al sujeto sobre aviso. Fue así que los embauqué a todos ustedes, incluyéndolo, mi buen amigo, instalándome con todo sigilo y el mayor secreto en el páramo mientras todos me creían aún en Londres. Las que pasé no fueron tan penosas como seguramente está imaginando, pero cosas tan insignificantes no deben jamás entorpecer la elucidación de un caso. Permanecí el mayor tiempo posible en Coombe Tracey y sola-

mente habité la construcción prehistórica cuando fue imprescindible, tan cercana al terreno de los hechos. Cartwright me
acompañó y fue muy útil su disfraz de lugareño. Yo dependía
del jovencito para todo lo referente a los alimentos y el cambio
de atuendo; al tiempo que yo espiaba a Stapleton, Cartwright
hacía lo mismo con usted, de modo que todas las palancas
estaban en mis manos.

"Antes le expliqué que sus informaciones me llegaban rápidamente, debido a que desde Baker Street los enviaban en el
acto hasta Coombe Tracey. Me fueron muy útiles, particularmente ese genuino fragmento biográfico de Stapleton. Por
esa vía alcancé a confirmar la identidad de esos dos y elegir
con qué baraja quedarme. El asunto se había tornado arduo
a causa de lo del criminal fugitivo y la relación que guardaba
con el matrimonio Barrymore. Asimismo ese asunto fue aclarado por usted muy bien, aunque yo hubiese arribado a una
conclusión similar.

"Cuando dio conmigo en el páramo, Watson, ya estaba yo
bien al tanto de todo, mas no tenía cómo demostrarlo ante la
corte. Ni el intento de asesinato de sir Henry esa noche en que
falleció el infeliz fugitivo hubiese aportado algo para acusar a
Stapleton de homicidio. No había al parecer más opción que
atraparlo *in fraganti* y para lograrlo resultaba imperativo usar
de señuelo a sir Henry, en apariencia totalmente indefenso
en ese trance. Así fue hecho y al costo de un tremendo golpe
para nuestro amigo, acabamos con el funesto Stapleton. Debo
admitir que mancha mi carrera haber tenido que exponer de
semejante forma a sir Henry, mas no teníamos cómo anticipar
la apariencia aterradora de esa bestia, ni el hecho de que la
neblina iba a cerrarse como sucedió esa noche, posibilitándole
al monstruo surgir como de la nada. Alcanzamos la meta a
un precio que, según me garantizó el doctor Mortimer, no
dejará mayores secuelas. Un extenso plan de viajes le devolve-
rá a nuestro amigo la salud y restañará su ánimo magullado.
Estaba genuinamente enamorado de la señora Stapleton y el
desengaño fue lo peor de todo este macabro asunto.

"Resta exclusivamente señalar el rol que esa dama jugó: indudablemente su esposo tenía sobre ella una marcada influencia, fuera la causa de ello el temor, el amor o una combinación de ambos factores. Después de todo, no son sentimientos antitéticos; de todas maneras, esa influencia fue concluyente. Cuando él se lo ordenó, ella se convirtió en su hermana, pese a que asimismo es verdad que dio Stapleton con las fronteras de su dominio sobre su esposa al intentar hacerla cómplice de un homicidio. Beryl iba a avisarle a sir Henry de la amenaza que se cernía sobre él, aunque sin delatar a su esposo; eso intentó hacerlo en varias oportunidades.

"Resulta notorio que asimismo Stapleton tenía la capacidad de sentirse celoso, de modo que cuando comprobó de qué manera el amo de Baskerville le hacía la corte a su mujer, aunque ello era parte de su planificación, no pudo menos que obstaculizar aquel romance con una explosión de sentimientos, venida del ánimo ardiente que con tanta pericia ocultaba bajo ese medido continente que le era habitual. Favoreciendo el acercamiento entre ambos se garantizaba que sir Henry se acercara muy seguidamente a la finca Merripit, lo que implicaba que más tarde o más temprano se hiciera propicia la ocasión para aquello que Stapleton se proponía. Mas esa jornada crítica y fundamental fue aquella en la que su esposa dejó de darle su apoyo. Sabía de la muerte de Selden y asimismo que el perro se hallaba en un granero de la finca, esa noche en que sir Henry había sido convidado a cenar. Beryl imputó a su marido por su intención de acabar con el aristócrata y ello derivó en violencia, episodio en cuyo transcurso y por primera vez Stapleton le informó a su esposa que tenía una rival. El sentido de lealtad de la señora Stapleton se metamorfoseó seguidamente en una poderoso aborrecimiento; el sujeto entendió enseguida que su mujer iba a traicionarlo y la amarró para que no diera aviso a sir Henry, sin perder la esperanza de que cuando los lugareños le adjudicaran la muerte del aristócrata a la leyenda maldita —lo que sin lugar a dudas iba a acontecer— su esposa se resignaría ante el hecho consumado y cerraría la boca sobre cuanto estaba en su conocimiento. Me parece que los cálculos de Stapleton fueron un fiasco y que inclusive sin nuestra contribución, no tenía medios de evitar su ruina. Una mujer de sangre española no perdona tan fácilmente una ofensa de ese calibre... Watson, ya no puedo precisarle más nada sobre este asunto fascinante sin verme obligado a apoyarme en mis notas. No sé si se me quedó algo fundamental sin explicar.

—Forzosamente Stapleton debía saber que no iba a lograr matar a sir Henry de terror, con el falso perro demoníaco, como fue posible con sir Charles.

—Era una bestia muy feroz y se hallaba famélica: en caso de que su aspecto no bastara para terminar con su presa, como mínimo el terror iba a paralizar a sir Henry, de modo que no podría oponer la menor resistencia...

—¡Por supuesto! Resta un solo aspecto oscuro: si Stapleton se hubiese hecho con la fortuna familiar, ¿de qué modo se las arreglaría para explicar que él, un heredero, había morado en total anonimato y tan cerca de la propiedad Baskerville? ¿Cómo reclamaría esa herencia sin generar sospechas ni fomentar una inmediata pesquisa?

—Es un problema extremadamente complejo. Lamentablemente, usted espera mucho de mí si me pide que arribe a alguna conclusión al respecto. El pretérito y el presente están en mi área de investigación, mas lo que alguno vaya a concretar en el porvenir es cosa ardua de anticipar. La señora Stapleton escuchó a su esposo analizando el asunto repetidamente. Las posibilidades de resolver tal dilema eran tres. Estaba en condiciones de hacer el reclamo desde Sudamérica, identificarse ante el consulado inglés y hacerse de los recursos sin pisar Inglaterra. Asimismo podía usar un disfraz que impidiese identificarlo por el breve lapso que precisara estar en Londres; podía también hacerse de un compinche y darle las pruebas y la documentación para que él pasara por ser el heredero, mas simplemente recibiendo una parte de los caudales derivados. Según lo que sabemos respecto de un sujeto como Stapleton, sin duda algún medio hubiese encontrado para eso. A continuación, mi buen Watson, déjeme decirle que llevamos semanas esforzándonos y que, como excepción, no nos vendría mal entregarnos a algo más grato. Poseo palco para *Les Huguenots*. ¿Ya escuchó cantar a los De Reszke? ¿Le incomodaría encontrarse preparado en unos treinta minutos, a fin de hacer una parada en Marcini's y tomar un refrigerio antes del teatro?

Un asunto de identidad

—Mi querido amigo —me dijo Sherlock Holmes, sentados ambos junto a la chimenea en Baker Street—. La existencia resulta ser incalculablemente más rara que cuanto podemos imaginar. No nos animaríamos a fantasear con determinados asuntos que, en verdad, son bien comunes. Si pudiésemos atravesar en vuelo esa ventana, tomados de la mano, sobrevolando esta vasta ciudad, levantar con el mayor cuidado los techos y observar cuanto sucede debajo de ellos, la suma de esas extrañas coincidencias, las confabulaciones, los embaucamientos, los fascinantes encadenamientos de hechos que van de generación en generación y culminan generando los frutos más sorprendentes, supondríamos que las ficciones, con sus convenciones y sus moralejas anticipadamente conocidas, son descabelladas y carentes de mayor sentido.

—No estoy convencido de que eso sea tal como usted lo plantea —reflexioné—. Los casos que revela la prensa son, en general, bastante ordinarios. En los informes policiales podemos apreciar el realismo más prosaico, mas empero nos vemos obligados a admitir que carecen de todo atractivo artístico.

—Para obtener un efecto realista es necesario poner en práctica determinada capacidad selectiva y ser discreto —afirmó Holmes—. Características que se extrañan al leer los resúmenes de la policía. En ellos se subrayan los lugares comunes del funcionario en vez de ahondar en los pormenores, los detalles que para quien posee dotes de observación contienen la médula vital de cada caso. Me puede creer si le digo que cosa alguna hay tan carente de naturalidad como lo que es completamente ordinario.

Sonreí y negué sus afirmaciones moviendo la cabeza.

—Entiendo muy bien por qué razón su opinión es esa —le referí—. Desde luego, tomando en cuenta su profesión de asesor no oficial, la de alguien que brinda su apoyo a cuantos se hallan por completo confundidos, a lo largo y lo ancho de tres continentes, se pone usted en contacto directo con cuanto es de índole rara y fantástica. Mas, atendamos a una posibilidad —tomé entonces el matutino de ese día—: hagamos un experimento práctico. El primer titular con el que doy reza: "Cruel trato de un esposo a su mujer". Una columna de texto lo acompaña. Sin embargo, no necesito leerla, porque ya estoy persuadido de que lo que me diga será para mí muy familiar: una segunda dama, alcohol, afrentas, bofetones, lastimaduras, una hermana o una portera dotadas de comprensión, naturalmente. Ni el más prosaico escritor sería capaz de hacer algo como eso.

—¡Bien! Tenemos aquí que tomó como ejemplo uno que flaco favor le hace a lo que arguye —afirmó Holmes, tomando a su vez aquel periódico para darle una ojeada—. Estamos ante el desarrollo de la separación de los Dundas, y, por mera casualidad, yo tuve parte en la explicación de ciertos pequeños pormenores referidos a los hechos. El marido no bebía, no había otra dama y la conducta que motivaba las quejas de la esposa era la costumbre del marido de despojarse de la dentadura postiza al término de las comidas y lanzarla sobre su esposa. Estaremos de acuerdo, Watson, en que esto no es lo que habitualmente se imagina un escritor del montón. Benefíciese de un poco de rapé, Watson, y admita que sumé un punto con este ejemplo que usted eligió.

Me alargó una cajita para rapé de oro añejo, con una notable amatista en mitad de su cubierta.

Aquel objeto de lujo hacía tal contraste con los hábitos hogareños y el espartano estilo de vida de Holmes que no pude evitar referirme a ello.

—¡Oh! —exclamó—. Olvidaba que llevamos ya semanas sin reunirnos. Es un pequeño recuerdo del rey de Bohemia, uno que me obsequió por mi contribución en el asunto de la documentación de Irene Adler.

—¿En cuanto al anillo? —inquirí en referencia a un espléndido diamante que brillaba en su mano.

—Proviene de la familia real holandesa, merced al caso tan delicado en que hice mi aporte. Mas sus particularidades resultan ser tan comprometedoras que ni siquiera a usted se los puedo revelar, aunque ha hecho el seguimiento de varios de mis casos.

—¿Actualmente está ocupado en algo...? —le pregunté con mi mayor interés.

—Atiendo unos diez o doce casos, pero ninguno resulta demasiado interesante. Me comprende usted: se trata de asuntos de importancia, pero eso no implica que me interesen. Justamente vine a descubrir que, habitualmente, es en los asuntos de menor importancia donde el área de observación es más amplia y posibilita el más veloz análisis de las causas y sus efectos, la quintaesencia del encanto investigativo. Los crímenes de mayor relevancia generalmente resultan bien sencillos, pues cuanto mayores son, también mayor es la evidencia de las causas que los originaron. En dichos casos, y estoy obviado algo bien complejo proveniente de Marsella, nada encontré que resulte interesante. Sin embargo, es factible que llegue hasta mí algún caso antes de que pase mucho rato, pues o me equivoco de medio a medio o esa es una cliente.

Había dejado su asiento y estaba erguido entre las cortinas separadas, observando la grisácea y monótona calle de Londres; por encima de su hombro yo vi en la acera, cruzando la calle, a una mujer de gran tamaño, que gastaba una densa estola en torno de su cuello y una larga pluma carmesí sobre un sombrero de anchas alas, inclinado a uno de los lados, como lo lleva coquetamente la duquesa de Devonshire. Bajo esa suerte de palio, aquella dama observaba nuestro ventanal con marcado desasosiego y hesitación: oscilaba su cuerpo y sus dedos iban y venían por las abotonaduras de sus guantes.

Súbitamente, con el arrebato del nadador que se arroja sin más preámbulo a las aguas, la dama atravesó la calle y enseguida escuchamos el repique vigoroso de la campanita de visita.

—Esas señales bien las conozco —refirió Holmes, arrojando su cigarrillo a la hoguera—. Esa vacilación estando frente a la puerta implica invariablemente un "asunto del corazón". Precisa de consejos, mas no tiene la seguridad de que el tema a tratar no resulte ser excesivamente íntimo como para compartirlo con un tercero. Empero, incluso en esta materia se puede hacer un distingo. Si una mujer fue severamente afrentada por un hombre ya no vacila y la característica señal consiste en un cordón de campanita arrancado. En tal caso, estamos en condiciones de admitir que se trata de un asunto amoroso, mas la dama no está plena de indignación; en realidad, está desconcertada y adolorida. Bien, de todas formas aquí viene para confirmar mis conjeturas.

No había terminado su monólogo Holmes cuando resonó un golpe en la puerta e ingresó un muchacho de servicio, informando la visita de la señorita Mary Sutherland. Al mismo tiempo, la dama anunciada se balanceaba sobre su reducida y oscura figura tal como una embarcación de línea, con su velamen completamente desplegado, detrás de un pequeño remolcador. Sherlock Holmes la recibió con la fluida gentileza tan propia de él; tras cerrar la puerta e indicarle que se sentara, la examinó con minucia pero simultáneamente de un modo distraído, otra de sus particularidades.

—¿No opina —aventuró— que siendo miope es cosa molesta escribir tan seguidamente a máquina?

—En el comienzo es así —le respondió ella—. Sin embargo, ya conozco dónde está cada letra sin precisar mirar el teclado.

Entonces, dándose cuenta del alcance de todo lo referido por Holmes, se estremeció ásperamente y levantó sus ojos, donde el estupor y el temor coloreaban su semblante amplio y amistoso.

—¡Ya antes usted escuchó acerca de mí, señor Holmes! —exclamó la dama—. De no ser así, ¿Cómo podría saber eso?

—No tiene la más mínima importancia —refirió Holmes, riendo—. Estar al tanto de cosas como esa es parte de mi profesión. Es muy probable que mi entrenamiento haya incluido el percibir detalles que para otras personas terminan siendo absolutamente inadvertidos. Si no, ¿por qué razón se tomó usted el trabajo de venir a mi consulta?

—Porque me habló de usted la señora Etherege, a cuyo esposo ubicó fácilmente usted, señor Holmes, cuando las autoridades lo daban por finado. ¡Señor Holmes, ojalá pueda hacer otro tanto en mi caso! No soy una mujer adinerada, aunque sí dispongo de una renta de cien libras anuales, más lo que obtengo con la dactilografía... ¡Todo lo daría por conocer el paradero del señor Hosmer Angel!

—¿Por qué ha venido a consultarme tan apurada? —le preguntó Sherlock Holmes, juntando los dedos y con la mirada clavada en el cielorraso.

Nuevamente la mayor inquietud se adueñó del semblante, no muy expresivo de por sí, de la señorita Mary Sutherland.

—Efectivamente, salí a escape de mi casa —informó—. Es que me enfureció comprobar cuán serenamente se tomaba las cosas el señor Windibank... mi padre. Se negó a ir con la policía, tanto como venir a verlo a usted. Finalmente y al comprobar que nada deseaba él hacer, al tiempo que continuaba negando los hechos mismos, monté en cólera y vine rápidamente a su encuentro, sin cambiarme.

—¿Dijo que era su padre? —inquirió Holmes—. Indudablemente, se refiere usted en realidad a su padrastro. Sus apellidos difieren.

—Sí, se trata de mi padrastro. Lo llamo "padre" pese a que suena ello extraño. Él cuenta solamente con algo más de cinco años de edad que yo.

—En cuanto a su madre, señorita, ¿vive ella aún?

—Oh, sí, así es. Señor Holmes, no me causó ninguna gracia que se casara nuevamente, a poco de morir mi padre, con alguien quince años más joven... Mi padre se ocupaba de fontanería en Tottenham Court Road. Cuando falleció, nos dejó un establecimiento floreciente. Mi madre continuó al frente de ese emprendimiento familiar con el apoyo del señor Hardy, el capataz; mas cuando se sumó a nuestras vidas Windibank, la convenció de venderlo, arguyendo que su empresa era mucho mejor. Él es comerciante en vinos. Obtuvieron 4700 libras y sus intereses. Mi padre hubiese logrado recibir mucho más que eso.

Yo aguardaba, hasta aquel instante, a que Sherlock Holmes se mostrara impaciente frente a esa narración tan carente de todo interés y coherencia, mas me asombré al comprobar que, de modo opuesto, estaba atento a cuanto decía la dama visitante.

—Esos cortos ingresos que usted recibe —inquirió—, ¿vienen del negocio que antes refirió?

—De ninguna manera, señor Holmes. Se trata de una herencia de mi tío Ned, de Auckland. Son divisas neozelandesas y proporcionan un interés del 4,5%, sobre un capital que es de 2500 libras y solamente yo estoy habilitada para retirar los intereses.

—Muy interesante —subrayó Holmes—. Disponiendo de una suma tan grande, de un centenar de libras anuales a las que debe sumarse lo que usted obtiene por su oficio, seguramente hará repetidos viajes y accederá a toda clase de antojos. Estimo que una dama soltera puede tener un tren de vida muy cómodo con sesenta libras.

—Yo podría vivir con mucho menos que eso, señor Holmes, pero entenderá usted que mientras continúe viviendo en la casa familiar no deseo ser un estorbo para los demás, de modo que mientras tanto ellos toman a su cargo el manejo del dinero. Desde luego, momentáneamente... El señor Windibank realiza la cobranza de mis intereses cada tres meses, le entrega el dinero a mi madre, y yo me las arreglo bien con lo que obtengo como mecanógrafa, a dos peniques cada página. Tengo jornadas en la que puedo hacerme cargo de quince o veinte folios.

—Refirió muy nítidamente su situación —reconoció Holmes—. Le presento a mi amigo, el doctor Watson. En su presencia puede hablar con entera libertad, igual que frente a mí. A continuación, le suplico que nos informe cuál es su relación con ese caballero, Hosmer Angel.

La señorita Sutherland se sonrojó vivamente, a punto tal que dio en pellizcar nerviosamente su chaqueta.

—Lo conocí en el baile organizado por los instaladores del gas —refirió—. En vida de mi padre siempre recibía invitaciones. Cuando él falleció continuamos recibiéndolas, a nombre de mi madre. El señor Windibank se oponía a que concurriésemos a esas veladas, a esos bailes y a cualquier otro sitio. Enloquecía si yo deseaba ir a una celebración de la escuela dominical; mas en esa ocasión yo estaba firmemente decidida a concurrir y nada ni nadie me lo impediría. ¿Qué derecho lo asistía para vedármelo? Decía que esas personas no eran convenientes para mi madre ni para mí, tomando en cuenta que se hallarían allí las amistades de mi padre. Añadió que yo carecía de ropa adecuada para la ocasión, cuando poseía un vestido espléndido, de color lila, casi sin usar. Cuando entendió que todo era inútil, se fue a Francia por negocios, mas mi madre y yo concurrimos al baile en compañía del señor Hardy, nuestro capataz. Entonces fue que trabé relación con el señor Hosmer Angel.

—Concluyo —arriesgó Holmes— que cuando el señor Windibank retornó de Francia, le cayó pésimamente que usted y su madre hayan ido a esa velada.

—En realidad, lo tomó bastante bien. Incluso puedo recordar que se rió, se encogió de hombros y manifestó que era cosa inútil negarle algo a una mujer, porque siempre se sale con la suya.

—Ya se ve eso. Entonces en esa velada organizada por los

instaladores del gas conoció a Hosmer Angel...

—Efectivamente. Lo conocí esa noche y nos hizo una vista al día siguiente, para preguntar si volvimos a nuestra morada sin inconvenientes. Luego lo vimos, o sea... Señor Holmes, me encontré con él en dos ocasiones, para salir a pasear, mas después retornó mi padre y el señor Hosmer Angel no volvió a frecuentarme.

—¿No volvió a visitarla?

—Bien, ya le dije: a mi padre no le agradan asuntos de esa especie. Si fuese por él, jamás recibiría visitas. Siempre repite que una mujer tiene que encontrar la dicha en el seno familiar. Mas por otro lado, así se lo refería yo a mi madre, para eso se precisa que la mujer posea un círculo de pertenencia y yo carezco aún de uno propio.

—En cuanto al señor Hosmer Angel... ¿No hizo ningún intento por volver a verla?

—Debía mi padre regresar a Francia cosa de una semana más tarde. Hosmer me escribió afirmando que lo mejor y más seguro sería no vernos en tanto él no hubiese partido. En ese lapso nos podíamos comunicar por carta. Concretamente, me enviaba una cada día. Yo recogía sus misivas por la mañana, para que mi padre no se diese por enterado.

—¿Ya se había comprometido con ese caballero?

—Así fue, señor Holmes. Nos prometimos tras el primer paseo juntos. Hosmer... el señor Angel... trabajaba como cajero en Leadenhall Street... y...

—¿En qué oficina?

—Eso es lo peor, señor Holmes... ¡Yo lo ignoro!

—¿Dónde vivía?

—Dormía en el local de las oficinas.

—¿Conoce la dirección?

—No lo sé, apenas conozco que se hallan esas oficinas en Leadenhall Street.

—En ese caso, ¿adónde dirigía sus misivas?

—A la oficina de correos de Leadenhall Street. Me decía que, de enviarlas directamente a la oficina, sería blanco de todo tipo de bromas por mantener correspondencia con una dama. Le ofrecí dactilografiar mis cartas, él lo hacía cuando me escribía a mí, pero no quiso. Me dijo que si yo hacía eso él lamentaría que mi máquina se ubicara entre ambos. Eso prueba cuánto me amaba, señor Holmes, hasta en los más diminutos pormenores, él...

—Resulta muy sugestivo —afirmó Holmes—. Siempre sostuve que los pequeños detalles son los más relevantes. ¿Recuerda algo más respecto del señor Hosmer Angel?

—Era extremadamente apocado, señor Holmes. Se inclinaba más por pasear conmigo durante la noche que de día, por temor a llamar la atención. Era muy introvertido y todo un caballero; incluso su voz era suave... Él me informó que en su juventud sufrió de la garganta y como consecuencia su voz era débil, hablaba con murmullos. Invariablemente se presentaba muy arreglado. También padecía problemas visuales, como yo. Usaba anteojos oscuros, pues la iluminación fuerte dañaba sus ojos.

—De acuerdo. Ahora, ¿qué pasó cuando su padrastro, el señor Windibank, volvió a Francia?

—El señor Hosmer Angel vino nuevamente a la casa y me propuso contraer matrimonio antes de que retornara mi padre. Estaba muy ansioso y me hizo prometerle sobre los Evangelios que siempre le sería fiel. Mi madre me dijo que lo asistía el derecho a pedirme aquella promesa, que era una demostración del amor que él sentía por mí. Desde el comienzo mi madre se puso de su lado. Hasta parecía quererlo en mayor medida todavía que yo. Cuando tocaron el tema de nuestra unión, prevista para esa misma semana, inquirí cuál iba a ser la reacción de mi padre y ellos respondieron que yo no tenía que preocuparme por él, que íbamos a informarle después y mi madre agregó que ella lo arreglaría. Eso no me agradó, señor Holmes: era extraño tener que pedir su venia, cuando apenas era algunos años mayor que yo, conque le escribí a Burdeos, donde estaban sus oficinas francesas, mas mi misiva regresó el mismo día de la boda, por la mañana y sin abrir.

—Entonces, ¿él no la recibió?

—Efectivamente: había viajado a Inglaterra antes de recibir mi carta.

—¡Qué lástima! De modo que la celebración de su boda quedó establecida para el viernes. ¿En la iglesia?

—Sí, señor, mas en una ceremonia privada. Nos íbamos a casar en la iglesia de San Salvador, cercana a King's Cross, y luego celebraríamos con un refrigerio en el hotel St. Pancras. Hosmer pasó a buscarnos en un carruaje, mas como exclusivamente había sitio para dos, nos cedió el espacio a nosotras y él tomó otro vehículo cerrado, uno que parecía que era el único carruaje de alquiler en toda esa calle. Llegamos en primer término que todos los demás a la iglesia, y cuando se detuvo su carruaje aguardamos ver que él se apeara, mas ello no sucedió. Cuando el cochero abandonó el pescante y miró en el interior del vehículo a nadie encontró; nos dijo que no sabía qué podía haber sucedido, cuando él mismo lo vio ascender al carruaje... Todo esto tuvo lugar el pasado viernes, señor Holmes. A partir de ese momento nada supe que diera una pista sobre dónde se encuentra ni qué fue de él.

—Creo que se condujo con usted de una manera absolutamente denigrante —sentenció Holmes.

—¡De ningún modo, señor! Era tan bondadoso, tan amable, jamás me hubiese abandonado así. Durante toda esa mañana no cesó de decir que, independientemente de lo que fuera a suceder, yo le debía fidelidad. También que si algún imponderable nos separaba, yo debía recordar siempre nuestro compromiso, y que más tarde o más temprano él vendría a reclamar su derecho. Resulta extraño referirse a estos asuntos el día de la boda, mas cuanto luego tuvo lugar le brinda un pleno sentido.

—Por supuesto. Según se deduce, usted sostiene que ha sufrido algún desastre imposible de anticipar.

—Así es, señor Holmes. Creo que tenía miedo de algo, porque en caso opuesto nunca se hubiese dirigido a mí en tales términos.

—Mas no sabe usted de qué se puede tratar.

—No lo sé.

—Algo más: ¿Qué actitud adoptó su madre?

—Se enfureció y me dijo que yo no debía volver a mencionar aquel tema.

—¿Y en cuanto a su padre? ¿Usted le confió lo sucedido?

—En efecto. Él parecía concluir, como yo, que alguna cosa había pasado y que volvería a saber de Hosmer. Según mi padre, ¿para qué iba a llevarme hasta la iglesia y después abandonarme? Si me hubiera pedido dinero o si hubiese contraído enlace conmigo y colocado mis rentas a su nombre, existiría una causa posible. Mas Hosmer se manejaba muy independientemente en asuntos monetarios, nunca iba a tomar un chelín que fuese mío. Por ende, ¿qué sucedió? ¿Por qué no me escribe? Enloqueceré. ¡No puedo dormir!

Extrajo un pañuelo y comenzó a sollozar ruidosamente.

—Voy a revisar este caso —le aseguró Holmes, mientras se incorporaba de su asiento—. Le garantizo que vamos a arribar a algo sólido. Déjelo en mis manos y no siga padeciendo por causa de él. Intente que Hosmer Angel salga de sus recuerdos del mismo modo que salió de su vida.

—En consecuencia, ¿cree que no volveremos a vernos él y yo?

—Supongo que no se volverán a ver.

—Mas... ¿qué le ha podido suceder, señor Holmes?

—Deje que yo me ocupe del caso. Necesito una descripción completa de este caballero, así como todas las cartas que usted pueda darme.

—Mandé publicar un aviso solicitando su paradero en el *Chronicle* del sábado que pasó —informó la joven—. Aquí tiene el recorte del periódico, y cuatro cartas suyas.

—Se lo agradezco. ¿Cuál es su domicilio, señorita?

—Lyon Place 31, en Camberwell.

—Por lo que me informó antes, jamás supo dónde vivía Angel. ¿Dónde es que se encuentra la compañía de su padre?

—Es representante de Westhouse & Marbank, los mayores importadores de clarete, de Fenchurch Street..

—No olvide mi consejo. Es un capítulo cerrado y no debe permitir que esto que sucedió afecte su vida.

—Es muy gentil de su parte, señor Holmes, mas eso será imposible. Yo le guardaré fidelidad a Hosmer, quien cuando vuelva me encontrará esperándolo.

Pese a su ridículo sombrerito y su rostro sin mayor expresión, la cándida fe de la joven inspiraba la certeza de que contenía nobleza y ello generaba respeto hacia su persona. Dejó sobre la mesa los papeles y se marchó, asegurando que acudiría a nuestro primer llamado.

Sherlock Holmes siguió sentado y mudo durante varios minutos, con las puntas de sus dedos juntas, las piernas tendidas hacia adelante y los ojos clavados en el cielorraso. Después tomó del estante la añeja y grasienta pipa que le servía como su mejor consejera, la encendió, se recostó en su sillón y emitió espesas espirales de humo azulino, con aire de absoluta languidez.

—Alguien absolutamente interesante es esta joven —me comentó—. Más interesante es ella misma que su problema, un asunto de la mayor vulgaridad. Si examina mis registros dará con asuntos parecidos en Andover, por el '77, y otro similar sucedido en La Haya el año que pasó.

—Parece haber visto en ella cosas que no puedo siquiera imaginarme, para mí invisibles —le referí.

—Invisibles no es el término adecuado, Watson, sí lo es "inadvertidas". No sabía usted dónde clavar la mirada y se le pasó por alto lo más importante. No he logrado hasta ahora persuadirlo de la importancia que poseen las mangas, lo sugestivas que son las uñas de los dedos pulgares, los graves asuntos que dependen del cordón de un zapato. A ver: ¿qué cosa dedujo a partir de la apariencia de esta joven? Descríbala, por favor.

—Bueno, gastaba un sombrerito de paja de alas anchas y color pizarra, con una pluma roja; chaqueta negra, con adornos del igual color. Su vestido era castaño muy oscuro, más oscuro que el café, con terciopelo violáceo en el cuello y los puños. Sus guantes eran más bien grisáceos. El dedo índice de la mano derecha muy gastado. No observé su calzado. Llevaba aros de oro, unos pequeños y redondos. En cuanto a su aspecto general, parecía alguien acomodado, con una existencia ordinaria, y sin mayores razones para preocuparse.

Sherlock Holmes aplaudió con medida suavidad y luego rió.

—¡Cielos, Watson, está progresando, evidentemente! ¡Muy bien! Aunque pasó por alto algunos pormenores, los de mayor importancia, adquirió el método y sabe apreciar bien los colores. No deposite jamás su fe en las impresiones de índole general, mi amigo. Se tiene que concentrar en el detalle. En una mujer, lo que observo en primera instancia son sus mangas. En un hombre, es mejor observar las rodilleras de sus pantalones. Como bien dijo antes, Watson, esta mujer usaba terciopelo en las mangas, material extremadamente útil para dar con algún rastro. La doble línea por encima de las muñecas, donde la mecanógrafa se apoya en su escritorio, estaba muy bien definida. Una máquina de coser deja una marca parecida, pero exclusivamente en la manga izquierda y más lejos del pulgar, en lugar de cruzar la manga de lado a lado, como es el caso de esta señorita. Más tarde me concentré en su semblante y aprecié las marcas de unos anteojos a ambos flancos de su nariz. Entonces deslicé un comentario respecto de mecanografiar siendo miope, algo que le ocasionó tanto asombro.

—A mí también, Holmes.

—Era cosa extremadamente evidente. Luego miré hacia abajo; me llamó mucho la atención comprobar que pese a que sus zapatos eran muy parecidos, eran desparejos: uno de ellos lucía un diminuto adorno en su extremo, mientras que la punta del otro era lisa. Y de los cinco botones de cada zapato, uno tenía abrochados apenas los dos de abajo, mientras que el otro ofrecía abrochados el primero, el tercero y el quinto. Cuando ve usted que una joven, por todo lo demás impecablemente ataviada, sale de su domicilio con zapatos desparejos y a medio abotonar, no es cosa fuera de lo común suponer que salió muy apurada.

—¿Qué más observó, Holmes? —le pregunté muy interesado, como de costumbre, por las agudas observaciones de mi camarada.

—Comprendí que antes de salir, mas luego de vestirse, había esta joven escrito una carta. Ya vio usted que el guante derecho lucía el dedo índice desgarrado, pero no se percató en que tanto el guante como el dedo se hallaban manchados de tinta color violeta. Había escrito apurada y empleando excesiva tinta: debió suceder esta misma mañana, porque caso contrario la mancha no se vería tan nítida. El conjunto es cosa amena, pero elemental. Hay que ponerse a trabajar, Watson. ¿Le molestaría leerme la descripción de Hosmer Angel que da el aviso?

Llevé a la luz el recorte: "Desaparecido durante la mañana del 14, un caballero de nombre Hosmer Angel, de 1,70m de altura, complexión fuerte, piel trigueña, cabello negro con una breve calva en el centro, patillas largas, bigote negro; anteojos oscuros, habla ligeramente defectuosa. La última vez se lo vio vestido de levita negra con solapas de seda, chaleco al tono con una cadena de oro y pantalones grises de paño, polainas castañas y botines de elástico. Ha trabajado en una oficina de Leadenhall Street. Quien pueda proporcionar noticias sobre él, etcétera".

—Con eso es suficiente —concluyó Holmes—. En lo referente a las cartas... —prosiguió, dándoles una ojeada— resultan ser muy ordinarias. No incluyen dato alguno respecto de Angel, excepto que en una ocasión hizo una cita de Honoré de Balzac. Sin embargo su aspecto es cosa llamativa, seguramente atraerá su atención.

—Están dactilografiadas —observé.

—No solamente el texto: incluso la firma lo está. Observe ese diminuto y prolijo "Hosmer Angel" tipeado al pie del texto. Verá que contiene la fecha mas no la dirección completa. Solamente dice "Leadenhall Street", dato muy difuso. El asunto de la firma a máquina es asunto llamativo, prácticamente determinante.

—¿Determinante de qué, Holmes?

—Mi buen amigo, ¿cómo no aprecia cuán importante es ello para resolver este asunto?

—Faltaría a la verdad si dijese otra cosa, a menos que hiciera eso para poder negar que esa firma es la propia, si resultaba imputado por romper su compromiso.

—Nada de eso; empero, escribiré un par de cartas que resolverán el tema. Una estará destinada a una compañía y la otra será dirigida al padrastro de esta señorita, el señor Windibank, rogándole que nos visite mañana a las 18 horas. Ya es momento de vérnoslas con los hombres de la familia. Entonces, mi buen doctor, nada tenemos que hacer salvo aguardar a que respondan esas misivas, por lo que podemos mientras tanto pensar en otras cosas.

Yo tenía tantas buenas razones para confiar en las poderosas cualidades hipotéticas y la energía poco común de mi amigo, que di por hecho que debía haber una cimiento concreto en la serena manera que empleaba Holmes para manejarse con el particular dilema que estaba intentando esclarecer. Solamente en una oportunidad había sido testigo de su derrota, cuando aquel caso del monarca de Bohemia y la fotografía de Irene Adler, mas si reflexionaba yo acerca del enigmático asunto de "El signo de los cuatro" o las singulares peripecias propias del "Estudio en escarlata", estaba persuadido de que no existía intríngulis suficientemente arduo como para que Holmes cometiera un yerro en su resolución. Me separé de mi amigo, entonces, mientras él seguía con su pipa de oscura arcilla, convencido de que al retornar a ese sitio en la jornada siguiente, tendría ya en su poder los datos que llevarían hasta el ignoto festejante de Mary Sutherland.

Un asunto profesional de absoluta gravedad concentraba por aquellos tiempos toda mi atención, y pasé todo el día que siguió junto al lecho de mi paciente. Estaban por dar las dieciocho cuando me liberé de ese compromiso y alcancé a detener un carruaje que me llevara hasta Baker Street, con algún temor acerca de llegar tardíamente a presenciar cómo se resolvía ese mediano misterio. Empero, di con Sherlock Holmes solitario, dormido a medias: su larga silueta, tan delgada, yacía agazapada en el hueco de su sillón. Un gran arsenal de recipientes y tubos de ensayo, sumado al característico y penetrante olor del ácido clorhídrico, señalaban que Holmes le había dedicado toda la jornada a los ensayos químicos que eran tan gratos para él.

—Bien, Holmes... ¿ya pudo resolverlo? —inquirí apenas ingresé.

—Efectivamente: se trata de bisulfato de bario.

—¡No me refiero a ello, sino al caso! —exclamé.

—¡Ah, hablaba usted de eso! Supuse que se refería a la sal con la que estaba experimentando. No existe ninguna clase de enigma. Ya se lo mencioné ayer mismo, pero admito que algunos pormenores del asunto no dejan de ofrecer algún interés. El problema es que no existe legislación para punir a ese malandrín.

—Entonces, ¿quién es y qué quiso hacer al abandonar a la señorita Sutherland?

Apenas había salido la pregunta de mis labios y Holmes aún no había abierto los suyos, cuando vigorosas pisadas se dejaron oír en el corredor, sumadas a unos buenos llamados a la puerta.

—Aquí tenemos al padrastro de la muchacha, el señor James Windibank —anunció Holmes—. Me escribió avisando que vendría a las 18 horas. ¡Adelante, por favor!

El sujeto que entró era corpulento, su estatura media, de unos treinta años de edad, lucía bien afeitado y su tez era trigueña. Empleaba unos modales relamidos e insinuantes y poseía unos ojos grises muy agudos y penetrantes. Nos miró inquisitivamente, dejó su brilloso sombrero de copa sobre uno de los muebles y efectuando una liviana inclinación, tomó asiento sobre la primera silla que encontró a mano.

—Tenga usted muy buenas tardes, señor James Windibank —lo saludó Holmes—. Creo que es usted quien me mandó esta carta mecanografiada, notificando de su visita para las 18.

—Efectivamente, señor Holmes. Lamento mi demora,

mas resulto no ser propietario exclusivo de mi tiempo, ya lo entenderá usted. Lamento muy personalmente que la señorita Sutherland le haya molestado con motivo de este problema, pues estimo que la ropa sucia se debe lavar en casa. Concurrió a verlo a usted en contra de mi opinión, porque es una joven muy irreflexiva. Ya lo habrá comprobado usted. No es cosa fácil tenerla bajo control si algo se metió en su cabeza. Desde luego, el tema no posee tanta importancia tratándose de alguien como usted, que ninguna relación posee con las autoridades policiales de Londres, mas no me resulta grato que circule fuera de los muros de mi domicilio algo referido a un infeliz suceso familiar. Asimismo, estamos ante un gasto improductivo, tomando en cuenta que, ¿cómo podría dar usted con ese Hosmer Angel?

—De modo opuesto —lo contradijo muy serenamente Holmes—, poseo una vasto arsenal de razones para persuadirme de que voy a poder hacerlo.

Windibank sufrió un abrupto sobresalto y sus guantes se deslizaron hasta el piso.

—Me alegra oír eso —refirió nuestro visitante.

—Cosa tan llamativa es esta... —agregó Holmes— Una máquina de escribir posee tanta individualidad como aquello que es escrito de puño y letra. Si no son nuevas, no hay un par de máquinas que puedan escribir de modo idéntico. Ciertas letras se gastan en mayor medida que otras, y hay algunas que se desgastan exclusivamente por un lado. Como ejemplo de ello, señor Windibank, como puede apreciar en esta nota suya, la "e" es borrosa y hay una leve imperfección en la letra "r". Encontré otras catorce diferencias; estas son apenas las más notorias.

—Empleando ese solo equipo redactamos el conjunto de la correspondencia de toda la firma; es cosa entendible que se encuentre gastado —aseguró nuestro visitante, mirando fijo a Holmes con sus ojitos fulgurantes.

—A continuación, le voy a mostrar algo que conforma un estudio destacadamente interesante, señor Windibank —continuó diciendo Holmes—. Pienso escribir otro breve estudio acerca de las máquinas de escribir y la relación que tienen con el delito, asunto al que le he dedicado bastante atención. Tengo en mi poder cuatro cartas supuestamente enviadas por el caballero que ha desaparecido. Cada una de ellas está mecanografiada y en todos los casos, no solamente las "eses" lucen borroneadas y las "erres" carecen de rabo; también podrá apreciar que lucen las otras catorce particularidades que antes referí.

El señor Windibank brincó de su asiento y recogió apresuradamente su sombrero de copa.

—No puedo perder mi tiempo hablando de fantasías, señor Holmes —arguyó—. Si puede dar con el sujeto hágalo y avíseme cuando así suceda.

—Por supuesto —aseguró Holmes, irguiéndose y cerrando la puerta bajo llave—. En tal caso, le informo que ya lo atrapé.

—¿Cómo es eso? ¿Dónde sucedió? —exclamó Windibank, palideciendo y mirando en torno, como una rata en una trampa.

—Vamos, señor Windibank, eso no le servirá —le advirtió suavemente Holmes—. De esta no se va a escapar: es un asunto muy transparente y no me hizo un elogio al referirse a que no podría yo solucionar un caso tan sencillo. Así está mejor. Tome nuevamente asiento y conversemos.

Nuestro visitante se dejó caer en una silla, lívido y con sudor en la frente.

—No... no está tipificado como un delito... —atinó a balbucear.

—Lamentablemente, no. Ahora bien: entre nosotros, Windibank, fue algo cruel, egoísta y carente de toda humanidad, algo concretado de la manera más infame que vi en toda mi vida. Si me lo permite, voy a trazar el desarrollo de los hechos. Puede interrumpirme si cometo algún yerro.

El aludido se encogió todavía más en su asiento; su cabeza estaba hundida sobre el pecho, como quien está totalmente abrumado. Holmes levantó sus pies, apoyándolos en la chimenea, se echó hacia atrás con las manos dentro de los bolsillos y principió su relato, pareciendo que hacía aquello en mayor medida para sí que para aquellos que lo estábamos escuchando.

—Un individuo concretó su casamiento con una dama que le llevaba muchos años de edad, a causa de su dinero —refirió—. Asimismo, nuestro hombre obtenía beneficios de las rentas de la hija de su esposa, en tanto la joven viviera bajo el mismo techo que la pareja. Tomando en cuenta su ubicación social, lo obtenido era una suma de consideración; quedarse sin esos fondos hubiera representado una notable pérdida. Por ende, era de rigor esforzarse en conservarlos. En cuanto a la hija, esta poseía una naturaleza afectuosa, sensitiva, festiva y abierta a la comunicación. Ello, sumado a su modesta renta, daba a entender que no iba a conservarse soltera para siempre. Su enlace matrimonial implicaba quedarse sin esas cien libras al año. ¿Cómo procede el padrastro para evitarlo? Del modo más predecible: intenta conservarla tras los muros del hogar y lejos de la gente de su misma edad. Mas enseguida comprende que aquello no dará resultado indefinidamente. La joven incurre en rebelión, protesta por sus derechos y finalmente declara su decisión irrenunciable de asistir a determinada tertulia bailable... ¿Cómo actúa en ese trance el malandra del padrastro? Pone en práctica un plan que más elogia su cerebro que su corazón: contando con el apoyo de su esposa adopta un disfraz. Esconde bajo anteojos oscuros su mirada aguda, con un bigote y unas pobladas patillas postizas su cara; su voz, apelando a un timbre susurrante... Más seguro aún gracias a la miopía de la joven rentista, se anuncia ante ella bajo el alias de Hosmer Angel y saca del medio a los probables festejantes haciéndole la corte él mismo a su hijastra.

—Todo comenzó como una farsa —alcanzó a gemir nuestro visitante—. ¿Cómo suponer que se iba a tomar todo en serio?

—Tal vez no, mas sea como sea, lo concreto es que la joven sí lo tomó en serio y dado que estaba persuadida de que su padrastro se hallaba en Francia, jamás imaginó siquiera que todo aquello fuese una conspiración. Se sentía muy halagada por lo atento que era su festejante, cosa que se acrecentó merced a la aprobación que tan vivamente expresaba su madre. El señor Angel comenzó a hacerle frecuentes visitas, dado que si la pareja de conspiradores deseaba hacerse de algún resultado, era preciso llevar la cosa adelante todo lo que fuese factible hacerlo. Así se sucedieron las citas y se estableció un compromiso que selló definitivamente toda posibilidad de que la chica se fijase en otro candidato. Mas aquel embuste no podía ser eterno: los falsos viajes del padrastro eran cosa complicada y con toda evidencia, todo ese engaño debía finalizar de un modo tan dotado de dramatismo que resultara traumáticamente irreversible para la muchacha. Así de lastimada, no fijaría su atención en ninguno más durante largo tiempo. De ello provienen esas promesas de lealtad hechas con una mano sobre la Biblia y las referencias a que pudiese suceder algo imprevisto en la mañana misma de los esponsales. James Windibank deseaba que la señorita Sutherland permaneciera tan unida al recuerdo de Hosmer Angel, con tan marcada inseguridad respecto de lo que había tenido lugar, que al menos por una década no aceptara el cortejo de ninguno. Fue así que la condujo nuestro hombre hasta la entrada de la iglesia y después, en consideración a que no podía dar un paso más en la misma dirección, se esfumó con toda oportunidad, apelando al añejo recurso de subir a un carruaje por una portezuela y apearse por la otra. Así sucedió todo, señor Windibank.

Mientras Holmes refería todo esto, nuestro visitante había recuperado algo de su aplomo, y al llegar a esa instancia dejó su asiento con una helada expresión de mofa en su empalidecido semblante.

—Tal vez sí, tal vez no, señor Holmes —manifestó—. Pero si es usted tan astuto, debería percatarse de que ahora es usted, no yo, quien se halla incurso en un delito. Desde el mismísimo inicio nada hice que resulte digno de castigo, mas en tanto y en cuanto usted conserve cerrada esa puerta se halla expuesto a mis demandas, bajo los cargos de agresión y privación ilegítima de la libertad.

—Tal como usted mismo lo señaló, es intocable para las leyes —admitió Holmes, haciendo girar la llave y franqueando aquella puerta de inmediato—. Empero, ninguno se merece ser castigado tanto como usted. De tener la muchacha un hermano o un amigo, le doblaría la espalda a latigazos. ¡Por Zeus! —exclamó de pronto, bullendo al comprobar que su interlocutor se mofaba—. Esto no es parte de mis obligaciones con los clientes, pero tengo bien a mano una fusta y me parece que yo a darme el gusto ahora mismo.

Holmes se abalanzó hacia el látigo de referencia, mas no llegó a aferrarlo cuando se dejó oír un rumor de pasos atropellados bajando las escaleras, el ruido de la puerta del edificio al cerrarse bruscamente y logramos ver a través del ventanal al señor Windibank corriendo a todo escape .

—¡Ahí va un tunante con genuina sangre fría! —manifestó Holmes, soltando la carcajada al tiempo que caía en su sillón—. Ese sujeto irá escalando de delito en delito, hasta que cometa uno extremadamente grave y suba a la plataforma de la horca. En lo que hace a determinados pormenores, el asunto tenía su interés, a qué negarlo.

—Todavía no veo claramente la secuencia completa de sus deducciones —le informé.

—Desde luego, resultaba bien claro que Hosmer Angel debía tener sólidas razones para su llamativa conducta; asimismo, era evidente que era solamente el padrastro quien se beneficiaría con los acontecimientos. A ello se sumaba, y es asunto bien sugestivo, que jamás ambos sujetos habían estado frente a frente, ello unido a las sospechas que producen unos anteojos ahumados y una voz murmurante, característicos de un disfraz, tanto como las velludas patillas. Mis sospechas fueron corroboradas por ese detalle tan llamativo, el de la firma dactilografiada, que desde luego subrayaba que una firma manuscrita resultaría familiar para la joven. Como puede apreciar, Watson, estos pormenores, tomados de manera aislada, pero sumados a otros detalles de una importancia menor, iban todos hacia una idéntica dirección.

—¿Cómo hizo para corroborar el conjunto de esos indicios?

—Una vez identificado el sujeto, ya era mucho más fácil confirmarlo. Conocía en qué compañía laboraba este individuo. Tomé los datos de la descripción publicada en el periódico, sacando de ella cuanto remitiera a su disfraz: patillas, voz susurrante, anteojos, y la envié a la firma en cuestión, pidiendo que confirmaran allí si alguno de sus agentes correspondía a ella. Ya le había prestado atención a las particularidades de la máquina de escribir y le envié un mensaje al sospechoso a su misma oficina, pidiendo que viniera hasta aquí. Exactamente como lo suponía, me contestó mediante nota mecanografiada... con los mismos detalles de tipeado. Por el mismo correo recibí una misiva proveniente de Westhouse & Marbank, un compañía sita en la Fenchurch Street, anoticiándome de que las señas proporcionadas eran idénticas a las de su agente, James Windibank. ¡Allí tiene todo!

—¿En cuanto a la señorita Shutherland?

—Se negará a admitirlo, si yo se lo digo. Debe rememorar aquel añejo dicho persa, el que dice: "Es tan peligroso robarle su cachorro a un tigre, como a una mujer sus ilusiones". Hafiz tiene tanta sabiduría como nuestro Cayo Horacio Flaco.

El enigma de Boscombe Valley

Cierta mañana nos hallábamos sentados mi esposa y yo cuando la mucama apareció portando un telegrama.

Había sido enviado por Sherlock Holmes y rezaba: "¿Dispone actualmente de algunos días? Me escribieron desde el oeste del reino respecto de lo sucedido en Boscombe Valley. Me llenaría de júbilo que usted viniese conmigo. El aire y los paisajes son espléndidos. Parto de Paddington en la formación de las 11:15 horas".

—¿Qué opinas en cuanto a esto, querido? —me preguntó mi esposa, mirándome directamente a los ojos—. ¿Quieres ir?

—Francamente no lo sé, pues tengo una numerosa lista de pacientes que atender.

—¡Vamos! Anstruther puede ocuparse muy bien de ellos. Desde hace un tiempo te ves bastante pálido. Un cambio de aires te beneficiará y además, los casos del señor Sherlock Holmes siempre te interesaron vivamente.

—Sería yo muy desagradecido de no interesarme en ellos, tomando en cuenta cuánto gané meramente con participar en uno —le contesté a mi esposa—. En caso de aceptar la invitación de Holmes, debo empacar en este mismo instante: resta apenas media hora.

Mi experiencia en Afganistán me había hecho –como mínimo– un viajero veloz y bien predispuesto. Mis necesidades se habían reducido y eran muy básicas, de manera que en menos tiempo que lo enunciado ya me encontraba en un carruaje con mi poca impedimenta, rumbo a Paddington. Sherlock Holmes se paseaba por los andenes; su elevada y oscura silueta parecía todavía más alta y más sombría al resaltarla el capote gris y la gorra que usaba para el viaje.

—Ha sido usted ciertamente muy gentil acudiendo a mi pedido, Watson —dijo al verme—. Para mí es mucho mejor tener al lado a alguien como usted, en quien puedo depositar mi más absoluta confianza. El apoyo encontrado en el sitio de los hechos bien de nada sirve o sufre de influencias... Elija un par de asientos, mientras yo me ocupo de los billetes de ferrocarril.

Disponíamos de un entero reservado para nuestro trayecto, sin otra compañía que un indescriptible papelerío que Holmes había trasportado hasta allí. Se consagró a examinar esa documentación, salvo por instancias en las que anotaba y meditaba al respecto, hasta que pasamos por la estación de Reading. Al dejarla atrás apretujó en una bola enorme todos esos papeles y la arrojó por la rejilla del bagaje.

—¿Ya leyó sobre el asunto en cuestión? —inquirió mi amigo.

—Nada. Hace días que no tengo tiempo para la prensa.

—Los periódicos londinenses no brindaron más que relatos incompletos. Recién refresqué mis lecturas más recientes para tener la suma de los pormenores disponibles. Según comprobé, es uno de esos casos sencillos que se convierten en los más arduos de resolver.

—Toda una paradoja es esa.

—Al tiempo que una rotunda verdad: cuanto se sale de lo común es casi siempre una pista y cuando más intrascendente y ordinario resulta un crimen, más difícil es resolverlo. Empero, en este en particular existen pruebas concretas que acusan al hijo de la víctima.

—En ese caso, ¿estamos hablando de un homicidio?

—Eso se estima, mas yo no voy a admitir cosa alguna hasta que no haya examinado el tema personalmente. Voy a resumirle la situación, tal como la aprecio yo.

"Boscombe Valley es un paraje rural situado a Herefordshire, no muy lejos de Ross. El mayor propietario de la comarca es cierto señor John Turner, quien se hizo rico en Australia y regresó a la patria hace unos años. Una de las fincas de su propiedad, la de Hatherley, se la había arrendado a Charles McCarthy, otro antiguo australiano. Ambos habían trabado relación en la colonia. Eso hace que no resulte extraño que, ya regresados a Inglaterra, intentaran ubicarse cerca el uno del otro. De acuerdo con lo que parece, el más acaudalado de ellos era Turner, de manera que McCarthy se transformó en su inquilino, mas se supone que seguía siendo su trato muy igualitario y andaban siempre juntos. McCarthy tenía un hijo de dieciocho años; Turner, una única hija de igual edad que el muchacho McCarthy. Ambos ex australianos eran viudos. Según se cree, los dos rehuían tratarse con las familias inglesas del lugar y preferían una existencia reservada, aunque los McCarthy tenían inclinaciones deportivas: era común verlos por los senderos de la comarca. El señor McCarthy disponía de dos criados: un hombre y una joven. En cuanto a Turner, sus sirvientes eran numerosos, no menos de media docena. Hasta ahora, lo anterior es cuanto logré saber acerca de ambas familias. Ahora, Watson, los hechos.

"El 3 de junio, o sea, el lunes que pasó, McCarthy senior dejó su finca de Hatherley más o menos a las 15 horas y se desplazó a pie hasta el estanque de Boscombe, una suerte de laguna creada por un ensanchamiento del curso de agua que cruza el valle del mismo nombre. Esa misma mañana había estado con su servidor, en Ross, y le había referido que debía apurarse, ya que a las 15 debía acudir a una cita de la mayor importancia. Un compromiso del que no salió con vida.

"Desde la granja de Hatherley hasta el estanque de Boscombe hay aproximadamente una distancia de 400 metros; dos sujetos lo vieron cruzando ese terreno. Una de esas personas fue una anciana –no se dice cuál es su nombre– y en cuanto al segundo sujeto, se trata de William Crowder, un guardia de caza que trabaja para Turner. Ambos testigos declaran que McCarthy se movía solo y el guardia suma a esas declaraciones que cuando se encontró con McCarthy vio a su hijo moviéndose en la misma dirección, portando una escopeta. Según manifiesta el guardia, el padre se hallaba aún visible para él y el joven lo seguía. Se olvidó este servidor de aquello hasta que esa misma tarde tomó conocimiento de la tragedia sucedida en las inmediaciones.

"Alguien más vio a los McCarthy después de que William Crowder los perdiese de vista. El estanque Boscombe se halla entre densas arboledas, y en sus riberas apenas cuenta con una breve franja de hierba, con juncales en torno. Una chica como de catorce años, de nombre Patience Moran y que es hija del cuidador del pabellón de Boscombe Valley, estaba juntando flores en uno de los bosques vecinos. La muchacha afirma que vio, en el límite boscoso y ya próximo al espejo de agua, al señor McCarthy y su vástago, enzarzados en una agria discusión. Escuchó al padre increpando a su hijo con duros términos y a este levantar el puño como para responderle con golpes. Esa violenta escena aterró tanto a la chica que se lanzó a la carrera y al llegar a la casa familiar le narró todo a su madre, agregando que temía que eso terminara en una riña efectiva. No había terminado su relato la muchachita cuando el joven McCarthy apareció corriendo por el pabellón, asegurando que había hallado finado a su progenitor en la arboleda y pidiendo auxilio al cuidador. Se lo veía fuera de sí; no tenía sombrero y le faltaba la referida escopeta, pero se apreciaban manchas de sangre fresca en su mano y su brazo derechos. Esas personas fueron tras de él y así el joven los condujo hasta donde yacía el cuerpo de su padre, junto a la laguna. Su cráneo había sido destrozado con algo pesado y de bordes redondeados. Tranquilamente esas mortales lesiones podrían haber sido ocasionadas con la culata del arma del joven McCarthy, la que encontraron entre la hierba, a escasos metros del cadáver. Tomando en cuenta tan graves instancias, el muchacho fue arrestado en el acto. El pasado martes la pesquisa dictaminó que era aquello un "asesinato intencional" y al día siguiente el caso fue elevado con comparecencia ante la magistratura de Ross, que pasó el expediente a la próxima sesión tribunalicia. Tales los fundamentales sucesos que refiere la pericia y el informe de la policía.

—De peor forma no podría presentarse el asunto para el chico McCarthy —concluí—. En muy escasas ocasiones las pruebas circunstanciales son tan condenatorias.

—La evidencia de índole circunstancial puede ser engañosa —replicó Holmes, meditando al respecto—. Semejan estar señalando claramente algo, mas si variamos apenas nuestra óptica, comprobamos que igualmente están señalando otra bien distinta. Empero, debo admitir que la cosa es completamente adversa para ese jovencito y hasta que razonablemente puede ser él el asesino. Mas moran en la comarca otras personas y, en ese conjunto, encontramos a la señorita Turner, hija del rico propietario, que creen que el joven es inocente. Ellos contrataron los servicios de Lestrade; usted lo recuerda bien, desde los tiempos en que tuvo un papel en el caso del estudio en escarlata. Lestrade se siente muy confundido y me traspasó el asunto a mí. Eso es la causa de que un par de caballeros de nuestra edad acudan raudos a un punto situado en el oeste, a una velocidad de 80 kilómetros por hora, en vez de dar cuenta serenamente de un buen desayuno casero.

—Lo lamento —le dije— mas los hechos hablan tan a las claras que este caso le dará escaso mérito a sus investigaciones.

—Nada tan engañoso como algo que parece en primera instancia absolutamente evidente —replicó Holmes, riéndose—. Por otra parte, no sería extraño que diésemos con otra circunstancia dotada de similar evidencia, pero que no haya sido excesivamente "evidente" para los criterios de Lestrade. Me conoce usted muy bien; tanto como para estar al tanto de que yo no me ufano vanamente cuando afirmo que poseo la capacidad como para corroborar o descartar sus teorías apelando a métodos que él no puede usar e inclusive, no alcanza siquiera a entender. Para echar mano de un ejemplo tan disponible, alcanzo a percibir muy nítidamente que el ventanal de sus aposentos, Watson, se halla ubicado a mano derecha y pongo fundamentadamente en duda que se haya percatado Lestrade de algo así.

—¿Cómo diablos es que...?

—Mi buen amigo, lo conozco muy bien y también la pulcritud castrense que lo caracteriza. Se afeita usted cada mañana. En esta época a la luz del sol, pero dado que sus afeitadas son en cada ocasión menos eficientes según vamos hacia la izquierda, hasta un grado criticable ya al llegar al ángulo mandibular, es innegable que de ese costado dispone de menos iluminación. No entiendo que alguien como usted se conforme con ello, en caso de disponer de luz adecuada por ambos lados. Menciono esto solamente como un ejemplo insignificante, fruto de la observación y la deducción aplicadas. Esa es la médula misma de mi desempeño profesional y es factible que resulte útil en estas, las presentes circunstancias. De las pesquisas realizadas salieron a la luz un par de detalles menores, sí, pero de consideración necesaria.

—¿A qué se refiere, Holmes?

—Al parecer el arresto del imputado no se produjo inmediatamente. Se procedió a ello una vez que el muchacho volvió a la finca Hatherley. Cuando la policía le informó que estaba arrestado, el joven contestó que ello no le causaba sorpresa y que bien se lo merecía. Sus dichos ayudan a difuminar toda duda entre los miembros del jurado de instrucción.

—Constituye una confesión —exclamé sin dudarlo.

—¡De ninguna manera, Watson! Acto seguido, el acusado se declaró inocente.

—Tras una secuencia de evidencias condenatorias, es una declaración por demás sospechosa.

—Todo lo contrario —retrucó Holmes—, mas momentáneamente esa es la rajadura de mayor luminosidad que puedo avizorar en un firmamento encapotado como este. Será todo lo inocente que pueda ser, pero nunca tan idiota como para no poder comprender en qué aprieto se halla. De haberse asombrado con su arresto o pretender sentirse indignado, hubiese simultáneamente resultado sospechoso a mi criterio, pues ni su estupor ni su indignación serían de índole natural, tomando en cuenta las circunstancias... Pese a que a un sujeto frío y calculador le parecerían las mejores estratagemas disponibles. Su aceptación de la instancia que le cupo marca que es inocente o en todo caso un individuo de carácter muy decidido y con buen manejo de sí. Respecto de ese comentario del muchacho, en el sentido de que bien se lo merecía, no resulta tan raro si se toma en cuenta que se hallaba junto al cuerpo de su progenitor e indudablemente ese mismo día había dejado de lado su respeto filial hasta llegar a pelear con él y hasta levantarle la mano, como aseveró la niña. Los remordimientos que demuestran sus declaraciones son para mí indicios de un ánimo sano.

—Muchos terminaron en el patíbulo sobre la base de evidencias menos concretas que las presentes —rememoré, moviendo apesadumbrado mi cabeza.

—En efecto, muchos inocentes terminaron en la horca.

—Según declara el joven, ¿qué fue lo que sucedió?

—Lo lamento mucho, pero no resulta muy alentador su relato para quienes lo apoyan. Pese a ello, contiene unos pormenores prometedores. Pero si aquí está... léala por las suyas.

Extrajo Holmes de entre el papelerío una edición del periódico de Herefordshire, dio con la sección indicada y enseñó el aparte donde el infeliz muchacho McCarthy brindaba su personal relato de los hechos. Me acomodé en un rincón del privado y me consagré a la lectura con mi mayor concentración. Rezaba como sigue:

"Se presentó a derecho entonces el señor James McCarthy, único hijo del occiso, quien afirmó: 'Había estado fuera de la casa por tres días, que yo pasé en Bristol. Acababa de volver durante la mañana del pasado lunes, el día 3. Cuando arribé a la finca, mi padre no se encontraba en la vivienda. La mucama me indicó que él se había dirigido a Ross en compañía de John Cobb, el encargado de los establos. A poco de llegar, escuché el rodar de su carruaje, que venía de los patios. Entonces me asomé a la ventana, lo vi apearse y cruzar apurado el patio, pero no presté atención al rumbo que seguía él. En ese momento fue que tomé la escopeta y fui rumbo a la laguna de Boscombe, para revisar las conejeras instaladas en el lado opuesto. A medio trayecto me topé con William Crowder, el guardián, exactamente como él lo declaró. Mas yerra Crowder si supone que yo estaba siguiendo a mi padre. No sabía yo que él iba delante. A cosa de unos noventa metros del agua escuché el grito singular que mi padre y yo usábamos habitualmente a modo de señal especial: 'cuii, cuii'. Oírlo y correr hacia el sitio de donde provenía fue todo uno para mí y así di con mi padre, de pie ante la laguna. Me pareció que se asombraba en gran medida de verme por allí y a continuación y de muy mal modo quiso saber qué buscaba yo en ese sitio. Fue de tal modo que nos enredamos en una fuerte controversia; pasamos a gritarnos y por poco no nos vamos a las manos, pues mi padre era de naturaleza muy violenta. Cuando aprecié que aquello se iba a tornar imposible de manejar opté por alejarme y volver a Hatherley. No hice ni ciento cincuenta metros cuando pude escuchar un horrendo alarido y retorné a la carrera hacia donde antes se hallaba mi padre; lo encontré ya en agonía, yacente y con horribles lesiones en su cráneo. Arrojé mi arma y lo tomé en brazos, mas de todas maneras murió entre ellos. Antes de correr a pedirle auxilio al cuidador de la propiedad de los Turner seguí unos momentos arrodillado junto a mi padre. La casa del cuidador ea la más próxima a ese sitio letal. Al volver a donde había caído mi padre a nadie vi en las inmediaciones. Ignoro el origen de sus heridas. No era querido en la comarca, por su índole fría e introvertida, aunque hasta donde yo conozco, tampoco tenía enemigos declarados. Nada más conozco yo de todo esto.

232 Sir Arthur Conan Doyle

"El juez de instrucción: ¿Mencionó su padre alguna cosa antes de fallecer?

"Testigo: Susurró ciertas pocas palabras, pero exclusivamente alcancé a comprender que se refería a una rata.

"El juez: ¿Cómo lo interpretó usted?

"Testigo: Nada significaba para mí. Supuse que mi padre deliraba.

"El juez: ¿Por que riñeron usted y su padre?

"Testigo: No voy a contestar a eso.

"El juez: Insisto en ello.

"Testigo: No puedo responder, pero le garantizo que no se relaciona con lo acontecido.

"El juez: Es el tribunal el que lo decide. No preciso recordarle que si se niega a declarar su situación puede verse gravemente complicada en un proceso futuro.

"Testigo: Insisto en negarme a declarar.

"El juez: Entiendo que ese grito característico era algo convenido entre su padre y usted.

"Testigo: Efectivamente.

"El juez: Entonces, ¿por qué dejó oír ese grito antes de verlo, sin saber siquiera que usted había retornado de Bristol?

"Testigo (notablemente confundido): Lo ignoro.

"Miembro del jurado: ¿Nada vio usted que lo condujera a sospechar al volver a escuchar el grito de su padre y hallarlo letalmente herido?

"Testigo: Concretamente, no.

"El juez: ¿Qué significa eso?

"Testigo: Al salir a la carrera a terreno abierto me sentía tan confundido que solamente podía pensar en la situación de mi padre. Sin embargo, tengo la difusa impresión de que al correr alcancé a observar algo que estaba tirado a mano izquierda. Algo de color gris, supuse, una suerte de capote, quizás una de esas mantas escocesas. Al incorporarme cuando dejé a mi padre y fui a mirar, ya no di con ese objeto.

"—¿Afirma que aquello desapareció previamente a que usted fuera por ayuda?

"—Efectivamente, se esfumó.

"—¿Está en condiciones de afirmar en qué consistía aquel objeto?

"—No, sólo supuse que había alguna cosa allí.

"—¿A qué distancia del cadáver?

"—Como a 10 metros.

"—¿A qué distancia del linde del bosque?

"—Aproximadamente a una distancia igual.

"—En ese caso, si alguien se apoderó de ese objeto, ello sucedió mientras usted se hallaba a 10 metros de allí.

"—En efecto, pero de espaldas.

"Así terminó el interrogatorio del testigo".

—Por lo que puedo apreciar —manifesté mientras ojeaba lo que faltaba de aquel suelto periodístico—, el juez de instrucción fue duro con el joven McCarthy al hacer sus conclusiones. Atrae la atención, muy justificadamente, el hecho del llamado paterno antes de ver al hijo; que éste se niegue a brindar pormenores acerca de lo conversado con su padre y su rara relación respecto de las postreras declaraciones del agonizante. En verdad todo se muestra contrario al muchacho.

Holmes rió levemente y se estiró sobre su cómoda butaca.

—Usted y el juez de instrucción se emplearon bien a fondo —señaló— en lo referente a destacar los aspectos más positivos para el acusado. ¿No comprende que en ciertos aspectos le adjudican excesivo poder imaginativo, mientras que en otras instancias este es muy escaso? Muy escaso, cuando no ofrece la capacidad de pergeñar una causa para la riña que vuelque a su favor al jurado. Demasiado grande, si se le endilga la posibilidad de imaginar algo tan extraño como que un hombre que está por expirar se refiera a una rata, así como ese asunto de la prenda que desapareció... Voy a tomar el caso partiendo de la veracidad del muchacho; veremos hasta dónde llego por ese camino. De momento, cuento con mi Petrarca en edición de bolsillo y no voy a arriesgar algo más acerca del asunto hasta llegar al teatro de los hechos. Tomaremos una comida al llegar a Swindon, aproximadamente en unos veinte minutos más.

Daban casi las dieciséis horas cuando arribamos a un lindo pueblito campestre, Ross, después de dejar atrás el bello valle del Stroud y atravesar el ancho y fulgurante río Severn. Un sujeto delgado, parecido a un hurón, de ojos furtivos y maliciosos, aguardaba por nosotros en el andén de la estación. Pese a su uniforme castaño claro y sus polainas de piel —un acatamiento al estilo campestre— identifiqué sin mayor hesitación al señor Lestrade, de Scotland Yard. En su compañía nos dirigimos hasta la posada Hereford, donde teníamos reservados nuestros aposentos.

—Solicité un carruaje —anunció Lestrade, al tiempo que tomábamos asiento ante un servicio de té—. Estoy al tanto de su naturaleza enérgica: no se sentirá satisfecho hasta no haber incursionado en el lugar de los hechos.

—Es muy gentil de su parte y me halaga usted —replicó Holmes—. Mas todo depende de la presión barométrica.

Lestrade se mostró sorprendido.

—No comprendo... —declaró.

—¿Cuál es la marca del barómetro? Según veo, 29. Sin viento, no se aprecian nubes... Poseo cigarrillos que solicitan ser fumados, y aquel sofá ofrece una comodidad mucho mayor que las acostumbradas en los albergues campestres. No, creo que no usaremos ese carruaje, al menos por esta noche.

Lestrade rió, condescendiente.

—Por supuesto: ya extrajo sus conclusiones sobre la base de las noticias que dio la prensa —aventuró—. El caso en cuestión es más ordinario que una escoba. Más nos sumergimos en el asunto y en mayor medida demuestra su vulgaridad. Mas desde luego que no se le puede decir que no a una dama, en particular si posee tanta voluntad. Escuchó hablar antes de usted y no cesó de insistir en conocer su criterio al respecto, aunque tantas otras veces le tuve que repetir que nada podría hacer usted de nuevo, después de cuanto yo ya había efectuado antes. Sin embargo, ¡caray! Si ese es su carruaje, allí a las puertas...

No había Lestrade terminado de decir eso cuando entró a la estancia una de las muchachas más fascinantes que vi en toda mi vida. Sus fulgurantes pupilas color de violeta, lo entreabierto de sus labios, ese detalle de rubor en sus mejillas, habían cedido todo su recato arrollados por el desasosiego que la animaba.

—¡Ah, señor Sherlock Holmes! —exclamó, mirando tan pronto a uno como a otro, hasta que, con penetrante intuición femenina, clavó sus ojos en mi amigo—. Me hace feliz que haya acudido y vine a expresarlo ante usted. Estoy convencida de que no fue James... Estoy convencida de ello y deseo que usted principie su labor estando asimismo al tanto de ello. No vaya a permitirse dudar de eso. James y yo nos conocemos desde la niñez y yo sé cuáles son sus defectos en mayor medida que cualquier otra persona... No le haría daño ni a un insecto. Acusarlo es descabellado, puede decírselo cualquiera que lo conozca.

—Espero demostrar su inocencia, señorita Turner —le dijo Sherlock Holmes—. Puede confiar en eso.

—Sin embargo, usted leyó lo que James declaró. ¿Extrajo de ello, ya, algún tipo de conclusión? ¿Avizora una salida? ¿Cree en su inocencia?

—Su inocencia es asunto factible.

—¡Ya lo ve! —exclamó la joven, echando atrás su cabeza y mirando con aires retadores a Lestrade—. ¡Lo oye bien usted! ¡El señor Holmes me brinda esperanzas!

Lestrade simplemente se encogió de hombros.

—Lo lamento, pero opino que mi colega se adelantó con eso de sus primeras conclusiones —manifestó.

—Mas... ¡si está en lo cierto! James no fue. En lo referente a esa riña entre padre e hijo, estoy convencida de que la causa de que se negara a declarar sobre ese detalle ante el juez fue que estaban discutiendo acerca de mí.

—¿Por qué dice algo así?

—No corresponde esconder ningún detalle. James y su padre tenían muchas diferencias por mi causa. El señor

McCarthy estaba muy interesado en que nos casáramos. James y yo siempre nos vimos como hermanos, pero él es muy joven, poco sabe de la vida... Por supuesto, no está listo para un compromiso de esas dimensiones. Por ello discutían y esa riña fue solamente una más.

—¿Y en cuanto a su propio padre? —se interesó Holmes—. Acaso, ¿él también quería que se casaran?

—No, él se oponía. El único que estaba a favor de nuestro matrimonio era el señor McCarthy.

Repentinamente la joven se sonrojó bajo la penetrante mirada de Holmes.

—Gracias por el dato —le dijo—. ¿Podría ver a su padre si mañana voy de visita por la propiedad?

—Lo lamento, pero estimo que su médico no le dará permiso.

—¿Su médico?

—Así es... ¿acaso usted lo ignoraba? Mi desgraciado padre se halla mal de salud desde años atrás. Esto que sucedió lo puso peor. Debe guardar reposo absoluto, sin salir de la cama. Diagnosticó el doctor Willows que está destrozado su sistema nervioso. El señor McCarthy era su único conocido, desde los antiguos tiempos en Victoria, Australia.

—¡Ah, en Victoria! Detalle fundamental es este.

—Fue en las minas de Victoria.

—Las minas de oro, donde hizo su fortuna el señor Turner.

—Precisamente, fue así como usted dice.

—Se lo agradezco, señorita Turner. Su colaboración resultó extremadamente útil.

—Si mañana se presenta alguna novedad, no deje de hacerme saber eso. Indudablemente usted se dirigirá al presidio, para entrevistarse con James. Señor Holmes, dígale que yo sé que es inocente.

—Cuente usted con que lo haré, señorita Turner.

—Debo irme: mi padre está muy mal. Me extraña si me alejo así sea por un solo instante. Adiós, entonces, y que Dios lo acompañe en cuanto haga.

La muchacha abandonó la estancia tan impulsivamente como había irrumpido antes en ella y escuchamos enseguida el trote de su carruaje yendo calle abajo.

—Me avergüenzo de usted, Holmes —declaró Lestrade con marcada dignidad, tras hacer una pausa—. ¿Por qué alienta esas esperanzas en ella, si después se desengañará? Carezco de todo rasgo sentimental, pero eso fue un acto de extrema crueldad.

—Podré demostrar la inocencia de James McCarthy —afirmó Holmes—. ¿Usted está autorizado a visitarlo en la prisión?

—Sí, pero sólo podemos verlo usted y yo.

—Entonces voy a reconsiderar lo de no salir. ¿Tenemos tiempo para abordar el tren a Hereford y verlo esta misma noche?

—Sobradamente.

—Siendo así, vamos a ponernos ya en marcha. Lo lamento, Watson, se va a aburrir, pero sólo me ausentaré unas horas.

Los acompañé hasta la estación, y luego vagué por el pueblito y cuando volví al hotel me tumbé en el sofá, intentando concentrarme en una novela policial. Sin embargo la acción de ésta resultaba tan inferior al hondo enigma que nos ocupaba en la vida real, que permanentemente mi mente volvía de la ficción a los sucesos ciertos que nos involucraban; terminé por dejar la novelita de lado y abocarme plenamente a meditar acerca de cuanto había sucedido en aquella jornada.

Partiendo de que lo referido por ese infeliz muchacho fuera completamente genuino, ¿qué acontecimiento demoníaco, qué catástrofe imprevisible y fuera de lo común podía haber tenido lugar entre que se distanció de su padre y el momento en que fue llamado a acudir merced a los gritos de la víctima y retornó al terreno abierto? Algo de índole tremenda y letal, mas la pregunta era: ¿qué cosa? ¿Serían capaces mis destrezas profesionales de colegir algo, a partir de la naturaleza de las lesiones? Llamé al servicio y solicité que me proporcionaran el semanario local, que incluía una crónica fidedigna de las pes-

238 | Sir Arthur Conan Doyle

quisas. En la declaración del médico forense se señalaba que el tercio posterior del parietal izquierdo y la mitad izquierda del occipital habían sido quebrados merced a un vigoroso golpe, uno que fue propinado con algo de bordes redondeados. Marqué esos sitios anatómicos empleando mi propio cráneo. Con toda certeza, el golpe fue dado desde detrás de la víctima. En cierta medida, eso hablaba a favor del reo, que fue visto riñendo con su padre frente a frente. De todos modos ese dato no era un gran aporte, pues el hombre mayor bien podía haberse dado vuelta antes de sufrir el ataque. Con todo y eso, era probable que se justificara comunicarle a Holmes mi descubrimiento.

A continuación, estaba eso de la llamativa mención de una rata, por parte de la víctima. ¿Qué podría significar...? No era un delirio, eso seguro, pues uno que recibe un golpe letal no acostumbra entrar en delirio. Lo más factible era que aquello consistiera en un intento de dar alguna explicación sobre lo que le había acontecido. Nuevamente, la pregunta: ¿qué cosa...? Me freí el cerebro detrás de alguna posibilidad de interpretación, inútilmente. Restaba el asunto de la prenda avistada por el muchacho McCarthy; si era verdadero ese episodio, el homicida había extraviado la prenda en su escape —tal vez un abrigo— y había conservado la adecuada sangre fría como para volver a buscarla, justamente cuando el joven se ponía de rodillas, de espaldas, a menos de una docena de pasos. ¡Qué enmarañado era todo aquello, qué improbable era todo!

Dadas las circunstancias, no resultaba tan extravagante lo supuesto por Lestrade, aunque tanto confiaba en Sherlock Holmes, que no perdía la esperanza, tomando en cuenta que todos los datos recientes, al parecer, vigorizaban su convencimiento acerca de la inocencia del chico McCarthy.

Regresó tarde Sherlock Holmes y venía solo, pues Lestrade se albergaba en el poblado.

—El barómetro continúa marcando bien alto —me refirió, al tiempo que tomaba asiento—. Es fundamental que no haya precipitaciones hasta que logremos revisar la escena del crimen. Por otro lado, para una labor de estas características hay que estar en forma y con los sentidos aguzados. No deseo ir hasta allí al volver tan cansado del viaje. Me entrevisté con el muchacho McCarthy.

—¿Cuál fue el resultado del encuentro?

—Ninguno.

—¿No pudo averiguar alguna cosa...?

—Ninguna. En cierto momento me sentí inclinado a suponer que él sabía quién era el culpable y estaba encubriéndolo a él o a ella. Mas ahora estoy persuadido de que el joven se encuentra tan desconcertado como todo el mundo. No es un chico muy listo que digamos, pero tiene buena presencia. Agregaría que es de buen corazón.

—No puedo rendirle admiración a sus predilecciones —le referí—, si es cierto que se negaba a casarse con una joven tan fascinante como la señorita Turner.

—Bueno... eso contiene un detalle muy triste. El chico la adora con frenesí desde hace años, desde que era un crío, ya antes de conocerla a fondo. La señorita pasó un lustro internada... El bobo fue pescado mientras tanto por una camarera de Bristol, y se casó con ella en un juzgado. El asunto es muy secreto, pero ya se puede imaginar usted lo desesperante que debe de haber sido para el joven que le enrostraran el no efectuar algo por lo que daría su propia vida, cuando sabe que es cosa imposible. En uno de esos espasmos demenciales fue que le levantó el puño a su padre, quien volvió a la carga con lo de la señorita Turner. Asimismo el chico no posee dinero propio y su progenitor, un tipo duro, lo hubiese repudiado de haberse enterado de la verdad. Fue con su esposa camarera que el joven pasó esos tres días en Bristol, a espaldas de su padre, quien nada sabía de ello. Retenga este detalle, Watson, porque resulta fundamental. Sin embargo, no hay nada negativo que no suceda para bien, dado que la camarera, cuando supo por la prensa que el joven estaba en aprietos y hasta puede terminar en el patíbulo, rompió definitivamente su relación y le informó por escrito que ya tiene nuevo esposo en los astilleros Bermudas. Eso alcanzó a consolar al chico McCarthy de todo lo demás.

—Mas, siendo inocente el inculpado, ¿quién fue el asesino?

—Esa es la cuestión: ¿Quién lo hizo? Deseo llamar su atención hacia dos detalles. Primeramente, la víctima se había citado con alguien a orillas de la laguna. Este personaje no podía ser su hijo, quien estaba fuera; el viejo McCarthy ignoraba cuándo iba su muchacho a regresar. Segundo aspecto: la víctima usó un grito especial, sin saber que su hijo estaba de vuelta, un grito que sólo esos dos conocían. De este dúo de pormenores depende todo el asunto. A continuación, si no tiene usted mayor objeción, conversemos acerca de George Meredith, y dejemos los detalles de segunda fila para mañana.

Como Holmes lo había anticipado la lluvia no cayó. La jornada amaneció con cielo abierto, sin nubosidad. Cuando dieron las nueve, Lestrade pasó por nosotros en carruaje y todos juntos fuimos a la finca Hatherley y al estanque Boscombe.

—Hay pésimas noticias —nos comentó Lestrade—. Dicen que el señor Turner, el propietario, está tan grave que ya no hay esperanzas de que sobreviva.

—Imagino que es hombre ya muy mayor —aventuró Holmes.

—Anda por los sesenta años, mas la estancia en Australia minó sus fuerzas. Ya lleva mucho de afectado tan severamente y lo que pasó agravó su estado mucho más. Él y McCarthy eran viejos amigos y se puede decir que Turner era su protector. No le cobraba renta por la finca Hatherley.

—¿Es cosa cierta? Muy interesante —subrayó Holmes.

—Así es, comprobadamente. Y lo auxilió de mil modos. Es cosa notoria en toda la comarca.

—¡Caray! ¿Y no le parece extraño que este señor McCarthy, quien casi nada tiene y le adeuda tanto a Turner, desee casar a su hijo con la hija de su amigo rico, la segura heredera de su hacienda, y, además, lo diga con tanta certeza? Como si alcanzara con proponerlo y todo lo demás viniese por añadidura.

Y todavía más raro resulta todo, tomando en cuenta, bien lo sabemos, que el mismo Turner era opuesto a esa iniciativa. Así lo contó su hija. ¿Qué saca usted en claro de lo que acabo de insinuarle?

—Ya vienen las deducciones y las inferencias —ironizó Lestrade, guiñándome un ojo—. Holmes, ya me resulta bastante arduo vérmelas con los sucesos concretos, para tener que volar detrás de asuntos teóricos e imaginados.

—Tiene toda la razón —confirmó Holmes, fingiendo la mayor modestia—. Le resulta arduo manejarse con los hechos.

—Bien, pero como mínimo me he percatado de algo que a usted, según se ve, le resulta muy difícil suponer —le retrucó Lestrade, ya entrado en calor.

—¿Ah, sí? ¿A qué cosa se refiere?

—A que el señor McCarthy encontró la muerte a manos de su hijo McCarthy, y que son descabelladas todas esas fantasías opuestas a ello.

—De acuerdo: bajo la luz lunar se ve mejor que en medio de la niebla —remachó Holmes, riendo—. Mucho me equivoco o eso que se halla a mano izquierda es la finca Hatherley.

—Así es.

Se trataba de una vasta edificación, de aspecto muy cómodo, compuesta de dos pisos, con techo de pizarra y grandes áreas de amarillento liquen que cubrían sus paredes grisáceas. Empero, las persianas corridas y la ausencia de humareda en las chimeneas le otorgaban a esa propiedad un aire de desolación, como si todavía soportara la carga pesada de un trágico suceso. Tocamos a la puerta y la mucama, a pedido de Holmes, nos mostró las botas que su empleador gastaba cuando murió; asimismo nos enseñó las botas del hijo de la casa, pese a que no las estaba usando en ese desgraciado momento. Tras medir ese calzado desde todos los puntos posibles, Holmes solicitó ver los patios y desde ese sitio continuamos por el meandroso camino que conducía a la laguna Boscombe.

Cuando seguía un rastro como ese, Sherlock Holmes se metamorfoseaba: quienes apenas conocían al sereno y lógico pensador que vivía en Baker Street habrían estado en francos problemas intentando identificarlo en tan peculiar instancia. Su semblante enrojecía y se tornaba sombrío; sus cejas se volvían oscuras y muy marcadas y bajo ellas relumbraban sus pupilas con fulgores de acero. Llevaba su cabeza inclinada, encorvados los hombros, la boca apretada, mientras que las arterias de su cuello se destacaban como si fueran sogas. Los orificios de su nariz parecían dilatarse con un ansia de cacería concretamente animal; su mente estaba tan concentrada que cualquier pregunta o comentario era desoído o apenas producía un gruñido. Avanzaba veloz y sin hacer ruido por el sendero que cruzaba los terrenos y después el bosque, hasta terminar en la laguna Boscombe. El suelo era húmedo, cenagoso, como todo aquel paraje; en él se apreciaban huellas numerosas que cubrían la senda y la corta hierba que la bordeaba de ambos lados. En ocasiones Holmes aceleraba su marcha y en otras se detenía bruscamente. En determinado momento realizó un corto rodeo, internándose en la planicie. Mientras tanto, Lestrade y yo lo seguíamos, con expresión desdeñosa e indiferente el agente policial, al tiempo que yo seguía el proceder de mi camarada con una atención surgida del convencimiento de que cada uno de sus actos poseía un objetivo bien trazado.

La laguna Boscombe es una acotada porción de agua de más o menos cuarenta y cinco metros de ancho, rodeada de juncales y ubicada en la zona limítrofe entre la finca Hatherley y la propiedad del próspero Turner. Sobre el bosque que se alza del otro costado alcanzábamos a avistar los colorados y erguidos pináculos que marcan la edificación donde reside el magnate propietario. En el flanco de la laguna que pertenece a Hatherley la arboleda es densa, con una angosta franja de pasto inundada, como de veinte pasos de ancho, que cruza entre el bosque y los juncales de la ribera. Lestrade señaló el lugar preciso donde fue hallada la víctima y ciertamente el suelo se hallaba tan húmedo que eran muy visibles las señales del cuerpo antes yacente allí. De acuerdo con la ansiedad que delataba su semblante y la agudeza de su mirada, Holmes era capaz de interpretar muchos otros detalles que parecía leer sobre el terreno. Iba de una punta a la otra, como un perro de caza detrás de un rastro. Después se dirigió a quien había venido con nosotros.

—¿Por qué razón entró usted en la laguna? —inquirió.

—Intenté pescar algo con el auxilio de un rastrillo, pensando que podría dar con un arma o alguna otra cosa... Mas, ¿cómo diablos es que usted pudo...?

—Hum, hum... ahora no tenemos tiempo. Su pie izquierdo, torcido hacia adentro, se lo ve por todos lados. Incluso un ciego podría seguir el trayecto que usted hizo. Allí, se metió usted en los juncales. ¡Qué fácil hubiese sido esto de haber llegado yo antes que todos los demás! Anduvieron chapoteando por todas partes, como una manada de bisontes. Por aquí anduvo el grupo del cuidador, para borrar toda huella en un diámetro de dos metros en torno del cuerpo. Sin embargo vemos aquí tres impresiones diferentes de unos mismos pies —dijo mi amigo, quien extrajo una lente de aumento de su bolsillo y se tendió sobre su abrigo impermeable para observar mejor, al tiempo que seguía hablando, aunque más bien para sí mismo—. Se trata de los pies del muchacho McCarthy. Dejó esas huellas en dos ocasiones caminando regularmente y una corriendo tan rápido que las puntas se marcaron, mientras que los tacos apenas pueden ser señalados. Esto coincide con cuanto dijo: se lanzó a la carrera cuando vio tendido a su padre. Y aquí, bien, aquí encontramos las huellas de su padre, las que dejó cuando se movía de un punto al otro. En cuanto a esto... ¿qué es esto? Ajá... la culata del arma del joven, que estaba apoyado en su escopeta al tiempo que escuchaba lo que le estaban diciendo. ¡Ah, veamos esto de aquí! Son pisadas... hechas en puntas de pie... con botas poco usuales, parece. Botas de punta cuadrada... vienen, van, retornan. Vuelven, desde luego, a recuperar un abrigo. Entonces... ¿de dónde fue que vinieron estas pisadas?

Holmes corrió de un sitio al otro, perdiendo el rastro en ocasiones y tornando a dar con él, hasta que nos introdujimos bosque adentro y así dimos con una inmensa haya, la de mayor altura de toda la arboleda. Holmes siguió la pista hasta detrás del haya y tornó a acostarse sobre el pecho, soltando un corto grito satisfecho. Permaneció así un buen rato, levantando hojas y ramitas, guardando en un sobre algo que yo creí que era polvo y revisando con su lente el suelo y la corteza del haya hasta donde alcanzaba a llegar. Entre el musgo se encontraba un guijarro de forma irregular; Holmes lo revisó con toda concentración y luego procedió a guardarlo en su bolsillo. Después tomó una senda que cruzaba la arboleda hasta llegar a la carretera. Allí terminaban todas las pisadas.

—Un caso ciertamente interesante —refirió, mientras volvía a adoptar su conducta acostumbrada—. Yo supongo que esa vivienda gris, la que está a la derecha, es el pabellón del guardián. Cruzaré algunas palabras con Moran; quizás escriba una breve nota. Después ya podemos ir a comer algo. En cuanto a ustedes, pueden caminar hasta donde dejamos el carruaje. Me reuniré con ustedes en un rato.

Demoramos unos diez minutos en volver hasta donde estaba el vehículo y retornar en él hasta Ross. Holmes conservaba el guijarro que había recolectado en la arboleda.

—Es posible que esto despierte su interés, Lestrade —refirió al tiempo que le exhibía la piedra aquella—. Fue el instrumento empleado para perpetrar el homicidio.

—No distingo señal alguna que lo confirme.

—Ninguna hay..

—En ese caso, Holmes, ¿cómo puede afirmar eso que me dijo?

—Debajo del pedrusco había hierba crecida. Apenas llevaba algunos días arrojada en ese sitio. No fue arrancada de ninguna parte en las cercanías. Su forma se adapta a las heridas y no hay señales de otra arma.

—¿En cuanto al homicida...?

—Un hombre alto, zurdo, algo rengo de la pierna derecha, usa botas de caza con suela gruesa y un capote de color gris, fuma cigarros de la India con boquilla y lleva una navaja gastada. Existen otras pistas, pero con estas tenemos lo suficiente para seguir nuestra pesquisa.

Lestrade comenzó a reír.

—Lo siento, pero sigo sin creerlo —nos aclaró—. Las teorías están bien, pero tendremos que vérnoslas con un empecinado jurado inglés.

—Veremos —retrucó Holmes, serenamente—. Siga con su método y yo con el mío. Voy a encontrarme muy ocupado durante la tarde y tal vez vuelva a Londres en el tren nocturno.

—¿Abandona el caso sin terminar?

—Ya está terminado.

—¿En cuanto al enigma...?

—Está revelado.

—¿Quién es el asesino?

—El sujeto que antes describí.

—De acuerdo, mas, ¿quién es él?

—No le va a ser arduo averiguarlo. Esta comarca no está muy poblada.

El agente Lestrade se encogió de hombros.

—Soy práctico —definió—, y ciertamente no voy a recorrer todo el paraje detrás de un zurdo que es rengo. Todos en Scotland Yard se reirían de mí.

—De acuerdo —asumió muy tranquilo Holmes —. Ya le brindé su oportunidad. Aquí está su cuarto, Lestrade. Hasta luego. Le dejaré un mensaje antes de irme.

Tras abandonar a Lestrade volvimos a nuestro hotel, donde la comida ya estaba esperándonos a la mesa; Holmes permaneció mudo e introvertido, con aire pesaroso en su semblante, tal como uno que se halla confundido.

—Veamos, Watson —me dijo cuando concluimos la comida—. Siéntese en este sitio, y permítame expresarme un poco. Ignoro qué cosa hacer y le voy a dar las gracias si me aconseja cómo proceder en estas circunstancias.

—Por favor, dígame lo que tenga para decir.

—Al estudiar el caso, un par de detalles de los dichos del chico McCarthy concitaron enseguida nuestra atención. Así y todo, me pusieron de su lado, mientras que a usted en contra. Primeramente, el asunto ese de que el padre lanzara un grito particular al ver al muchacho. Después, esa rarísima referencia a una rata hecha por el ya agonizante señor McCarthy. Comprenda, Watson, que tuvo el moribundo que emitir varias palabras, mas eso fue lo único que su hijo escuchó. Entonces, la pesquisa debe iniciarse partiendo de este par de instancias. Vamos a principar por aceptar que los dichos del reo son ciertos.

—¿Y qué hay del grito ese?

—Con toda evidencia no lo profirió para llamar la atención de su hijo, a quien suponía en Bristol; casualmente el joven estaba allí. El grito aquel intentaba llamar la atención de alguien con quien tenía una cita, fuese quien fuese. Ese particular tipo de grito, algo así como "cuiii", es característico de los australianos. Existen fuertes razones para suponer que Mc Carthy iba a encontrarse en la laguna Boscombe con alguien que había vivido en Australia.

—¿Y qué puede decirme acerca de lo de la rata?

Sherlock Holmes extrajo de su bolsillo un papelito plegado y lo abrió apoyándolo sobre la mesa.

—Este es un mapa de la colonia de Victoria —me informó—. Anoche envié un telegrama solicitando que me enviasen uno.

Colocó su mano sobre un sector del mapa y me preguntó:

—¿Qué lee aquí?

—Arat —leí en el mapa.

—¿Y qué lee ahora? —dijo Holmes levantando su mano.

—Ballarat.

—En efecto. Eso es lo que dijo el agonizante, mas su hijo sólo entendió lo último: una rata. McCarthy quería dar a conocer el nombre de su asesino, un fulano de Ballarat.

—¡Es increíble! —no pude menos que exclamar.

—Por supuesto. Con ello y bien se ve, quedaba muy reducido el campo. La posesión de una prenda gris era un tercer asunto seguro, suponiendo que lo declarado por el reo sea genuino. Pasamos de la mera incertidumbre a la posibilidad bien concreta de un australiano proveniente de Ballarat que gasta un capote gris.

—Por supuesto.

—Alguien que, asimismo, se movía por la comarca como haciéndolo por su propia casa, pues hasta la laguna exclusivamente es posible llegar atravesando la granja o bien la finca, sitio por donde no es cosa fácil que transiten extraños.

—Absolutamente es como usted lo dice.

—A continuación, veamos lo de nuestra incursión reciente. Revisar el sitio me mostró pormenores de menor cuantía que le ofrendé a ese tonto de Lestrade, en referencia a la identidad del homicida.

—Mas, ¿cómo pudo usted discernirlo?

—Mis métodos son ya bien de su conocimiento, Watson: su base es la revisión de cosas menores.

—Lo sé muy bien: puede calcular aproximadamente la altura merced al largo de las pisadas. En cuanto a eso de las botas, también puede suponerlo sobre una base igual.

—Efectivamente: no eran botas de un modelo muy común.

—De acuerdo, pero, ¿qué hay de la renguera?

—La huella de su pie derecho se veía invariablemente menos impresa que la del pie izquierdo, pues este debía soportar un peso menor. Se trata de un rengo.

—¿Y cómo averiguó que es zurdo?

—A usted también le llamó la atención la naturaleza de la herida, como la describió el médico forense; un golpe dado desde cerca y desde atrás. Pero del flanco izquierdo. Un golpe de zurdo, uno que se escondió detrás de un árbol mientras duró la riña entre padre e hijo. Incluso fumó un cigarro mientras tanto. Hallé ceniza y mis conocimientos al respecto me posibilitaron reconocer que se trataba de un cigarro de la India. Ya lo sabe, Watson, me apliqué a ese asunto y hasta redacté un artículo referido a ciento cuarenta variedades de tabaco para pipa, cigarros y cigarrillos. Apenas di con las cenizas revisé las inmediaciones y hallé los restos del cigarro sobre el musgo, allí donde había sido desechado. Un cigarro de la India, como los que se enrollan en Rotterdam.

—¿En cuanto a la boquilla, Holmes?

—Se podía apreciar que el extremo no había estado en contacto con los labios. En consecuencia, se había empleado para fumarlo una boquilla. El extremo fue cortado, no mordisqueado, mas no era ese un corte limpio: emplearon una navaja muy gastada.

—Holmes —le dije—, ha tendido usted una malla en torno a ese sujeto, y es una red de la que no podrá escapar. Así le salvó la vida a alguien inocente, como si hubiese cortado la soga de la horca. Ya percibo hacia dónde apunta todo esto. El homicida fue...

—¡John Turner! —exclamó el camarero, abriendo la puerta de la sala para que ingresara alguien que venía a visitarnos.

El individuo que entró poseía un aspecto raro, llamativo: su andar lento y rengo, sus hombros recargados lo mostraban deteriorado, mas sus rasgos eran duros, fuertemente marcados y arrugados, mientras que sus formidables miembros hablaban de un poderío corporal y temperamental fuera de lo común. Lucía un barba enmarañada, su cabello era agrisado, mientras que sus cejas sobresalientes y lacias sumaban lo suyo para darle ese aspecto digno y poderoso. Sin embargo, su semblante se mostraba muy pálido y su boca y las narinas tenían un tono azulado. Con solo observarlo, entendí que estaba en las garras de una afección crónica y sin remedio posible.

—Por favor, tome usted asiento en el sofá —dijo con toda gentileza Holmes—. ¿Recibió mi mensaje?

—Me lo alcanzó el guardián. Usted quiso reunirse aquí conmigo para evitar todo escándalo.

—Mi visita a su propiedad iba a originar habladurías.

—¿Cuál es su interés en este encuentro? —dijo el visitante, observando con gran fijeza a mi camarada. La desesperanza asomaba a sus ojos fatigados, tal como si ya hubiese recibido la respuesta a su pregunta.

—Exactamente —respondió Holmes, replicando así en mayor medida a la mirada de Turner que a sus palabras—. Estoy al tanto de cuanto le sucedió al señor McCarthy.

El anciano hundió el rostro entre las manos.

—¡Dios tenga compasión de mí! —exclamó—. Nunca hubiese permitido que le sucediera algo malo al chico. Tiene mi palabra: hubiese admitido todo de ponerse el asunto muy feo para él durante el juicio.

—Me alegra oír eso —le informó Holmes, muy circunspecto.

—Habría hecho una confesión completa con anterioridad, a no ser por mi hija. Este asunto le hubiera quebrado el corazón. Seguramente se lo va a romper cuando se entere de mi arresto.

—Todavía es posible que eso no suceda —aventuró Holmes.

—¿Qué cosa me está diciendo...?

—No pertenezco a la policía y sé que su hija fue quien pidió que yo viniese hasta aquí, actuando en su nombre, señor Turner. Empero, el muchacho tiene que recuperar su libertad.

—Me estoy muriendo —aseguró el anciano—. Hace años que soy diabético. Mi médico de cabecera supone que no me queda un mes de vida, mas me gustaría fallecer en mi casa, no en la prisión.

Holmes se incorporó y luego se sentó a la mesa con la pluma en la mano y ciertos papeles delante.

—Solo debe reducirse a narrarnos toda la verdad —aseguró—. Voy a anotar los hechos. Va a firmar su declaración. Watson oficiará como testigo. En instancias extremas, presentaré su confesión y ello salvará la vida del chico. Le prometo no usar esta documentación si no resulta imprescindible hacerlo.

—De acuerdo —aceptó el anciano—. Es dudoso que yo viva hasta que termine el juicio, así que me importa muy poco, pero deseo que Alice no sufra un golpe como este. Paso a explicar lo sucedido. Es largo el asunto, mas seré breve.

"Usted desconocía al occiso. Ese McCarthy, era el demonio en persona, se lo juro. El Cielo lo libre de caer alguna vez en las zarpas de un sujeto de su calaña. Me tuvo en su poder por dos décadas y estropeó mi vida... Mas en principio le voy a decir cómo terminé en una situación como esa.

"A comienzos de la década de 1860 me encontraba en la explotación minera, yo era un joven audaz e impulsivo, listo para lo que fuera menester. Tenía pésimas compañías y el vicio de beber, así como mala fortuna con la mina. Entonces me fui a los montes y me convertí en bandolero, con otros seis individuos. Nuestra existencia era puro salvajismo: asolábamos cada tanto alguna hacienda o atracábamos las carretas que iban rumbo a los yacimientos. Me llamaban Black Jack de Ballarat; en las colonias todavía recuerdan a nuestra pandilla: la banda Ballarat.

"Cierto día un cargamento de oro fue trasportado desde Ballarat hasta Melbourne. Mis hombres y yo asaltamos aquel transporte. Media docena de efectivos de custodia contra otros tantos de nosotros, un número parejo, mas en el primer encontronazo dejamos cuatro caballos sin jinetes. De todas formas tres de mi banda murieron antes de que nos hiciésemos del botín. Le apunté con mi arma al cochero de la carreta, que no era otro que ese diablo de McCarthy. Lamento no haberlo liquidado en ese mismo instante y haberlo perdonado pese a tener sus malignos ojos fijos en mi cara, como memorizando cada detalle de mi aspecto. Nos escapamos con lo robado, fuimos a partir de entonces gente de dinero, y volvimos a Inglaterra sin que nadie sospechara de nuestro pasado. Ya en el país me despedí de mis camaradas, para establecerme y tener una vida serena y agradable. Adquirí esta propiedad y hasta quise hacer el bien con mi fortuna, para compensar de dónde la había obtenido. Contraje matrimonio y pese a que mi mujer falleció en plena juventud, me quedó mi adorada Alice. Apenas era una beba y su manito me llevaba por la buena senda. En definitiva: le di vuelta a una página de mi existencia y me ocupé de enmendar todo lo anterior. Las cosas iban magníficamente, hasta que ese McCarthy me echó el guante. Yo había ido a Londres para hacer ciertos negocios y me topé con él en Regent Street. McCarthy casi no tenía qué vestir en ese momento.

"—Aquí estamos, Jack —me dijo, aferrándome del brazo—. Seremos como una familia para ti, mi hijo y yo. Te vas a ocupar de nosotros. Inglaterra respeta las leyes y siempre hay un policía a mano.

"Fue de ese modo que se mudaron aquí, sin que hallara manera de sacármelos de encima, y aquí vivieron desde ese momento, ocupando mi mejor tierra y sin pagar un centavo por ella. Se acabaron mi tranquilidad y mi posibilidad de olvidar el pasado. Donde volvía la cara, daba con la suya, maligna y codiciosa, sonriendo. Todo se puso peor cuando mi Alice creció: el canalla comprendió que yo temía que mi hija supiera de mi pasado en mayor medida que si se enteraran las autoridades.

"Me pedía lo que se le antojaba y debía dárselo sin mediar una palabra, así se tratara de casas, efectivo, tierras... Pero llegó una instancia en la que me exigió lo único que no estaba dispuesto a darle: mi hija.

"Su hijo había llegado a la mayoría de edad, de igual modo Alice, y como era notorio lo de mi estado de salud, tuvo la gran idea de que su muchacho se adueñara de la suma de mis bienes. Allí me rehusé. No iba a permitir que su infame linaje se mezclara con mi familia. El chico no me desagradaba, pero era carne de su padre y con esto alcanzaba para mí. Me mantuve en mis trece y McCarthy me amenazó. Lo desafié a que concretara lo peor que pudiese hacer y nos citamos junto a la laguna, a mitad de camino de nuestras viviendas, para tocar el asunto.

"Cuando llegué, lo encontré con su hijo, de manera que encendí un cigarro y esperé detrás de un árbol a que se quedara a solas. Sin embargo, al escuchar su voz, surgió en mí todo el aborrecimiento que sentía por él. Azuzaba a su hijo para que desposara a mi Alice, sin importar lo que ella quisiera, como si fuese una cualquiera. Enloquecí al solo pensar que ese infame sujeto me tenía en sus manos, a mí y a cuanto yo tenía. ¿No había modo alguno de liberarme de él? Me quedaba poco de vida y me hallaba desesperado, pese a que conservaba mis

252 | Sir Arthur Conan Doyle

capacidades mentales y la energía de mi cuerpo, conocía que mis días se acortaban. Sin embargo, ¿qué sería de mi memoria y cuál el destino de mi hija? Ambas cosas podían salvarse si acallaba para siempre a ese bastardo. Y así lo hice, señor Holmes. Créame que lo haría de vuelta. Mis errores fueron tremendos, pero fue un martirio pagar por ellos. La posibilidad de que mi Alice se revolviera en las mismas redes que yo me esclavizó más allá de cuanto podía aguantar. Cuando lo ataqué no me asaltó mayor remordimiento que si estuviese acabando con un bicho ponzoñoso. Los alaridos que soltó llevaron a su hijo a retornar; para entonces yo ya estaba escondido en la arboleda, mas tuve que volver a recoger el abrigo que se me había caído cuando escapé. Caballeros, esto es cuanto ciertamente sucedió.

—No me toca abrir juicio sobre usted —dijo Holmes, al tiempo que el anciano firmaba su confesión—. Le ruego a los Cielos que jamás caigamos en una tentación como esa.

—Así lo espero, señor. ¿Qué va a hacer a continuación?

—Tomando en cuenta su salud, cosa alguna. Usted sabe que pronto deberá presentarse ante un tribunal superior a la corte penal. Guardaré su confesión y, si McCarthy es condenado, tendré que hacer uso de ella. De modo contrario, nunca será vista por nadie y su secreto estará seguro para siempre.

—Adiós, entonces —dijo el anciano Turner, muy solemnemente—. Cuando les llegue la hora, su muerte será más llevadera recordando cuánta paz le brindaron a la mía.

Dicho esto, el viejo abandonó la estancia bamboleándose. El temblor era dueño de su enorme cuerpo.

—¡Que Dios nos ampare! —exclamó Sherlock Holmes tras un buen rato de profundo silencio—. ¿Por qué razón el destino les juega tales jugarretas a los miserables gusanos indefensos?

Cada vez que me encuentro con algo así, recuerdo los dichos de Baxter: "Allí va Sherlock Holmes, gracias a Dios".

James McCarthy fue declarado inocente merced a unos alegatos preparados por Holmes y que mi amigo le brindó a la defensa. El anciano Turner falleció siete meses después de nuestra entrevista. Parece que James y Alice serán dichosos juntos, ignorando por completo cuanto involucra a su negro pasado.

Índice